夏婉雲——著

時間的擾動

【臺灣詩學論叢】第三輯
總序

李瑞騰

《臺灣詩學論叢》是臺灣詩學季刊社在學刊和論壇之外，一個新的嘗試，所謂論說臺灣詩學，不是口號，而是實踐的宣言，過去從季刊到學刊，我們匯聚學術力量，以刊物為據點，經之營之臺灣現代詩學，現在加上叢書，我們相信，臺灣詩學可以挖得更深織得更廣。

2016年，《臺灣詩學論叢》出版四本（白靈、渡也、李瑞騰、李癸雲），2017年則有五本（向明、蕭蕭、雲朵、陳政彥以及方群和楊宗翰合編的《與歷史競走》），今年續推出四本，包括白靈《世界粗礪時我柔韌》、夏婉雲《時間的擾動》、李桂媚《色彩‧符號‧圖象的詩重奏》、朱天《橋與極光——紀弦、覃子豪、林亨泰詩學理論中的象徵與現代》。

白靈勤於筆耕，詩之論評有深刻的詩體會作基礎，講究方法，而出之以嚴謹的論述；夏婉雲曾論兒童詩的時空觀、對於現代詩人在詩中反映出來的「囚」與「逃」曾有深刻的分析，且出版有專書，本書為其詩評論集，可見其詩之趣味和視野。他們二位皆文壇資深名家，而李桂媚和朱天都很年輕，屬臺灣新生代詩人，但在詩學領域都已具有專業形象。

李桂媚（1982- ）出版過詩集《自然有詩》、詩評論集《詩人本事》，多年來熱心於推廣詩運。《詩人本事》夾敘夾議岩上、林武憲、吳晟、蕭蕭、康原、向陽6位詩人的人與詩，已可見其詩觀詩藝。本書略分三卷：「臺灣新詩色彩美學」、「臺灣新詩標點符號運用」、「圖象與音樂的詩意交響」，極具創意的命題，探觸詩藝核心。

　　朱天（1983- ）著有詩集《野獸花》、詩學專著《真全與新幻：葉維廉和杜國清之美感詩學》修改自碩士論文，深獲前輩如柯慶明、林盛彬、白靈、須文蔚、孟樊的肯定。本書為其博士論文，討論並比較戰後臺灣現代詩三位理論大將：紀弦、覃子豪和林亨泰，條分縷析象徵主義與現代主義之於戰後臺灣現代詩的影響，屬於臺灣現代詩史的探源。

　　有充滿活力且思想深刻的新生代，文學才有可能永續發展，在詩歌理論和批評領域，當亦如此，「臺灣詩學論叢」為年輕朋友預留空間，有志者盍興乎來！

自序
——從創作到研究、從細緻到延緩

夏婉雲

壹、感性

　　時間輪軸轉回到2013年的除夕，長女即將臨盆，我也正在趕博士論文，我在敝宅門聯上寫著：

　　小龍年得孫一家歡慶
　　無數日竟夕嚐膽臥薪

　　橫幅是「耕耘後苦盡甘來」。五年來，坐骨神經痛深深困擾著我，四處求治；在這閉關奮戰的一年，我戴護膝、護踝、護腰，天天站著打電腦，一天工作十幾個小時下來，黑夜信步走到門前吟哦這兩句，心中想著洪漢鼎教授：文革期間，許多知識份子下放勞改皆自殘，洪漢鼎能撐下去十年是靠德國高達美的哲學思想，洪師是翻譯《真理與方法》的學者，他一再探索哲學的勃勃原力，洪的遠遠身後還有大師海德格、康德在支撐他下放的勞苦；我對牆寫作經年如牢，大陸的洪漢鼎也和孤燈陪我，深寂獨坐，實生嘆焉。

文學是哲學的實驗室，文學是哲學的藝術化。我原是文學創作者現苦讀西哲，借其理論來寫論文，因深知現象學很適合研究現代文學；從碩班始，就在政大、臺大哲學系聽基礎課，關永中、汪文聖、羅麗君皆是老師，碩論用「知覺現象學」研究童詩，讀博班，更是上哲學研究所課，主任說我是政大哲學系的人；哲學系同學還邀我參加兩個梅洛・龐蒂讀書會，跟從陳榮華、蔡錚雲、林靜秀老師學習。

除了旁聽，我也是臺灣諸多研究團隊「餵養」出來的人：中研院文哲研究所彭小妍、楊小濱、黃冠閔師所辦「英文文學理論・夏日學院」，我暑期參加多次；中研院還甄選博士候選人來辦研討會，對全國中文博士候選人熱心指點，這些哈佛、耶魯來的研究員諄諄又熱心的指導論文；另外甄選到的博士生做助理可支薪，中研院對博生真是照顧有加。

其二，是香港大學中文系黎活仁教授主辦多次赴大陸的學術研會，我跟著他遊走學習，曾去廈門大學發表二篇，去珠海國際學院發表論文。後來也去北京，出席由北大、首都師大主辦「當代詩學論壇」，發表論文。

其三，淡江大學袁保新老師所帶領的袁門思想讀書會，業師的寬宏大量、誨人不倦，五年來不斷激勵我。其四，師大國文系楊昌年業師所帶領的耕莘寫作會研究班，七年來楊老師改正我九篇小論文、無數散文、詩的缺失，有了這些基奠，我才會寫論文。

臺灣學者：王邦雄、何金蘭、顏崑陽、張雙英、陳芳明、鄭文惠、蔡美麗諸多老師的指導；前行代詩人、中生代詩人白靈、渡也、方群、向陽、陳義芝的關懷。畢業後升為助理教授，袁保新、蕭蕭、羅文玲、戴台馨、殷善培、鍾正道教授還提攜我在大學兼課。

在時間的擾動中，我身後的背景早期是兒童文學研究所、中華民國兒童文學學會，更早期是臺北縣、市語文界的朋友、陸達誠神父所帶的耕莘青年寫作會、師大、師專師友的鼓勵。

貳、理性

在滾滾時間的擾動中，本書對「時間性」作了初步探討，筆者將舉證書中十篇論文，以詩詞的**主客共存**，予以實證，這十篇論述，析言如下：

一、城堡與白鴿──尹玲詩中的逃逸與抵抗

發表完「何金蘭（尹玲）老師論文研討會」，才跟著業師尹玲去越南旅遊、探望詩人，如今，把論文改得比較實際，否則越戰、尹玲老師戰後傷痕皆寫得飄忽不實，再看論文才發現越南人活得比臺灣人辛苦太多了，南越亡了，人民是這麼的顛沛流亡。此篇透過拉崗的精神分析、梅洛龐蒂的身體現象學、乃至左右腦的「跨」與「互動」探討尹玲詩作的逃逸動力和抵抗精神，並指出尹玲的「無根鄉愁」使她始終處在追求「過程」中，而不必產生什麼「結果」。末了並以尹玲詩，挪用高德曼意涵結構，在「遺忘」與「留存」、「清靜」與「紛亂」之間不斷「意向性地」互動，而能創造出不同於其他詩人的詩作。

隨業師去了越南及其故鄉美托，始知她常感嘆自己沒有家，就算有自己的家鄉她也回不去，始知業師心力交瘁四十年，南越景物已非，都只是一個虛假的故事，以前的「城堡」是被人「中控室」般控制住的；她的抵抗方式就是讓一切不斷漂移、絲絲逸去、漸漸沁透。

二、「顯現／不顯現」與「亮／滅」的糾纏
——試論簡政珍〈火〉詩

詩中火燒的一樓，是國四學生，二樓，一對男女誤以為火焰敲門是警察臨檢，三樓，一個抱著嬰兒的母親，燒五樓，是單身的老人。本文以發生論結構主義看簡政珍「火」詩的意涵結構。其世界觀是建立在「顯影」與「隱藏」、「照亮」與「吞滅」二元意涵結構上。火災的一開一闔瞬間，逼顯人性的多重面向。

簡政珍對詩的生命感有深刻的認知，他曾說：「詩人總在『有』『無』之間擺盪，在步入自己感知必然的『無』前，將客體時間壓縮成爆炸性的一瞬間，在瞬間寫下『有』」。火災時詩人可一瞬間在各樓層遊走，它是一層層的觀望、觀看，如此可知「心／時間／靈魂／夢想」的想像世界，可以上天下地的，而詩的本質正是如斯。

本詩結構緊密性也是呈現在時空的精神結構上；每一樓層的生老病死始終處在「進行」中。皆是同時發生，也都各自有它的當下。

「火」詩是人一生瞬間的彰顯，它既顯現不同人面對死亡的現身情態，也探究了死亡對一切的穿透性。

三、「內／外」、「遠／近」的關係
——試論泰華詩人曾心、楊玲兩首詩

發生學結構主義最重要的即是「關係」與「過程」，只有走向「進行的」關係，讀者才有進入創造過程的愉悅和美感。楊玲的〈朱熹書院〉用「內」和「外」的二元意涵結構或顯或隱，貫穿全

詩,「院內」的三千平方米「書院」與「院外」竹叢中微小的「蟋蟀」聲是二元意涵。曾心的〈羽毛筆〉用「遠／近」之間作意涵結構,「遠的天上」的「一群天鵝」與「近的地下」的「一管羽毛筆」形成大小強烈對比,瞬間拉出事件的空間;又使朱熹與當下、現實飛鳥與莎士比亞形成古今對照,如此時空互為表裡,造成情思綿邈之意。

　　〈朱熹書院〉、〈羽毛筆〉兩詩的時空是交感的,都是「記憶的時間」,分別隱喻遊走於「書院」與「蟋蟀」、「天鵝」與「羽毛」的大小強烈對比,瞬間拉出事件的空間;又使朱熹與當下、現實飛鳥與莎士比亞形成古今對照,如此時空糅合,能造成幻化的意趣。

四、孿生／變身、巫語／詩語──論唐捐身體詩生發的時空

　　九○年代的唐捐(劉正忠)詩怪誕魔幻,找出詩人的世界觀,才是詩的生發。梅洛龐蒂說人童年、早年身體的觸覺和運動感覺,是人具有「運動的第一時刻」,後來一而再地「裝入」每一時刻。所以身體的知覺是創造的關鍵,它是理性介入前的「前理解」區域。研究詩人詩的生發頗適宜以此知覺現象學來研究,唐捐身體知覺過的「童年大埔、父親經驗」必然在他的詩中扮演最關鍵的角色。

　　本文由「身體圖式」探討唐捐「為什麼會這樣地」寫詩,原來他詩的每個現在都隱含一個無以離棄的過去,這些和他形成了生命共構,形成了「處境的時空性」,唐捐詩的生命結構主要媒介為孿生父親、民間信仰、鄉土環境的意象符碼,有了源頭,所以他可不斷發問。

詩人回到神祕玄思之境，從古代神話、神祇找符碼，原型、神話具是人類的集體潛意識。詩從陰暗的逼視中，從生活所感對生命提出大哉問。

五、李清照詩詞中孤獨意涵的詮釋觀點

本文不是在窺探個人瑣碎的心靈，而是為了獲得作品中宇宙、人生的普遍真理，這提出一種詮釋學方法，不再侷限在作品心靈的解讀，而是對「人」表現出來的各種意義作瞭解。在探討李清照的存有，她作品真實的說出自己的無奈、自我矛盾。她召喚、開顯出結構，存有的孤獨感感動我們，和我們的存有孤獨感作今昔之相應，只有用現在的處境來重建作品，和作品做視域交融，才能填構出新的意義。

本文籍作品層層推演出她的「存有」感及孤獨；並用伊瑟爾的「空白」理論讓我們讀者來填補。靖恥前期李清照作品是形神合一，少女、婚姻的心境是主客體之融合；靖恥之後、喪夫喪國是形神分離。

清照的「孤獨」是能掌握自我方向，讓我們瞭解一切事物和自己的真理，它真實的說出了我們無奈、宇宙存有者自我的矛盾，作品中的真理要怎麼看出呢？可用「再造和組合」兩個概念來描述、細讀文本。

六、身體、纏繞、與互動
——從向明的童詩看文學時空的指向

除了楊喚，向明是以童詩形式書寫童年經驗和人生感受最多的一位。他如影子般「隨身的糾纏」。他早期的四行詩後來轉移為一

系列童玩詩，那其中隱含了在那當下的時代悲哀感和對政治檢驗的規避，這與很多成人的童詩往往是回憶童年，與特殊歷史時空經常脫離有甚大區別。

童玩，是他的身體磨擦過他年少時的土地中取材，經由臆想而變形、拉長、縮小、或擴大，使兒童對童玩的認知既能從身體與事物的互動開始，又可進而由身體的知覺與時空中其他事物的綜合接觸，逐漸擴展他們對世界的認識，這是向明漫在這些小童玩詩上的特殊體現。

而多數與向明同一批來臺的詩人多在年少時期，他們彼此之間遂有了一種命運同悲的「內在的聯繫」、「無名的集體性」、和始終處於無以脫離、拉開此岸與彼岸的夢境之中，此種糾葛極接近兒童成長時的赤子天真心態，遂能延續其一生，成為他創作的最大動力。

七、自然與人為──白靈童詩中的幾種時間

西方哲學中對時間有物理觀點、心理觀點、存在觀點和非常觀點這四種觀點，或可拿來理解兒童對「客觀時間」的「抵抗」。由於第一種「物理時間」是「人為」設定的「模式」，兒童是被教導地學習才能認知，兒童往往會改用主觀「心理時間」的觀點切入。白靈做到這點，他童詩很本質，既遊戲又狂歡，掌握了瞬間垂直的時間。

兒童座落在皮亞傑所謂「具體運思階段」，兒童是拒絕時間的，時間是白靈兩本童詩集的重要主題，白靈在其諸多兒童詩中標示出「物理時間」時，都有逃脫至「心理時間」的傾向，白靈童詩即是試圖通過特有的審美方式，把時間從生活中偶然易逝的狀態轉

化為一種延續和永存，它以「自然」而少有「人為」的形式加以展現；而非常觀點的詩也與兒童奇幻童話的世界更為貼近。

這些觀點使白靈的童詩具備了遊戲性的特質，以「能指」建構了一個「玩的世界」。

八、當下、空間情境化與童詩寫作

兒童是最會活在當下的人，喜歡與生活時時處在「遊戲的狀態」，只有兒童保留了最多的「無名的集體性」、或混同特質、混沌天性、時空溶合同一的本領，此是創作行為中最可寶貝的本領，藝術的創作即是重拾、挽救上述的天性。

兒童是天生的詩人，他們混同了一切、「一體同觀」了一切。兒童對待的時間是經常處在混沌狀況，只在當下、同在當下、一併在當下，是要在混同的觀念中、在空間中製造情境，若是因空間的變化而延伸出時間，也都是自然，好童詩就是混沌與當下的融合。

本文透過兒童樂在當下的特性，就其身體與空間互動的情境化需求，和當下所隱含的時間延伸特質作初步探究。一首好童詩把過去、現在與未來的時間共同交織成一世界，是客體時間的連續性，也把空間的情境化，時空交織成「當下」，具備了時間與空間的整體感，是作者當下身體對知覺客體的感覺、體驗，它透過「時空的存在」使人感受到情與景的交融，呈現了人與自然永恆互動的可能性。

九、時間的擾動——從意向性與時間性分析兩首童詩

本文即「意向性」地轉向「時間本身如何流動或擾動的過程」來討論詹冰的〈插秧〉、林良的〈白鷺鷥〉兩首童詩，並以幾首唐詩與之相呼應。如何擷取經驗中「擾動的瞬間」，使之能由「當下

向過去與未來展伸」，成了將經驗「綻放」為詩的重要途徑。

　　兩詩皆將「空間的各單位時間化」，皆作視點的移動，皆有短暫和永恆的變化。而〈白鷺鷥〉多一些親臨感。〈插秧〉農夫「插」的瞬時動力空間較小、較靜態，〈白鷺鷥〉外人視之「低低飛」的瞬時動力空間較大、較動態。

　　〈插秧〉畫面冷，是「萬物靜觀皆自得」狀；〈白鷺鷥〉畫面熱，畫面有翅膀舞動的動態。〈插秧〉第二段虛空間是第一段實空間的延伸，〈白鷺鷥〉兩段皆為實空間；〈插秧〉先靜後動的時空，〈白鷺鷥〉鷺鷥一直動在兩段，時空也一直在往前移；細析之，饒富餘波。

十、虛像與實像──漢字詩創作與教學之研究

　　漢字的象形特色是「圖象基因」和「建築特性」這兩個的視域交融的結果，詩透過變形、拉長、縮小、擴大等不同手法，展開了創新、趣味，漢字詩即著眼於此而創。

　　漢字詩有合乎六書原則來寫的詩，亦有非合乎造字原則者，不合乎造字原則的詩正可以玩出字的「拆散、奇想、排列」之趣味。這些詩可以擴大想像力，讓學生的奇想邀翔於天際。中國字形、音、義的運妙不可言，正足以由「字」中訓練學生的玄想，教師如能引導學生「胡思亂想」，必得漢文字佳詩。

　　本文即先就文字與思維的關係、文字本身可能引發的魅力和方向，探究擴張漢字的視域和增長認字的觸鬚之可能，次就如何透過造字原則或非造字原則，使漢字成為有趣的詩教學，並與文字教學結合的方式作探究。

參、結語：理性又感性

現象學家海德格強調時間是有「時間性」。時間與「時間性」並不同，「時間性」乃人存在所蘊含的「將來」、「過去」、「現在」這三個焦點，是緊扣地指向「現在」人的存在。人的存在蘊含著「時間性、時間感」，必需藉「時間性」來「創造」時間、「觀看」時間。因此時間的衡量是建基於人的「時間性」上。

海德格也提出人的存在有三種方式：

第一種「一般」方式：乃一般老百姓在尚未為自己生命作任何抉擇的生活形式，面對過去是無可檢擇的「事實性」，面對現在是忙於工作、安於佚名的「墮落性」。

第二種「非本真」方式：自「一般」方式向下墜落，極端地懶散、散漫生命，面對過去唯餘「遺忘」，面對現在是隨波逐流地「度日」，面對未來是被動地「等待」。

第三種「本真」方式：自「一般」方式向上提昇、積極地朝向詩意地棲居的生命型態，面對過去是「重溫」，面對現在是把握每一剎那，並做為未來之踏腳石，面對未來是主動「期待」，是「屬己」方式。

借鏡哲學來言文學的「本真」方式：浮沉人生都是轉瞬即逝的，而藝術則可保存甚至永恒化某時、某刻。文學創作即是試圖通過特有的審美方式，把生病、旅遊時間從日常生活「偶然易逝的狀態」轉化為一種「延續和永存」，臻至海德格所謂人存在的「本真」方式，即便人、風景只是一瞬間，卻是寫出日常生活「最佳的擾動方法」。這經驗、體認海德格稱為「綻出」、或「出離自

身」。

　　這個「綻放」，到高達美稱為「絕對瞬間」，到簡政珍則為「瞬間的狂喜」，皆是朝向本真生活的必要，在時間的流動中留下一個標記。寫詩變成一種紓解，一種新生，是對自我的一種「高級交代」。高達美說在那一刻常常是「忘卻自我地投入某個所注視的東西」、「完全不同於某個私有的狀態」。

　　如此當可明白梅洛龐蒂所指出的：當我坐著注視桌上的檯燈時，我在座位上細看檯燈的性質，而且也把壁爐、牆壁、桌子能「看到」的性質給予檯燈，可用壁爐角度寫檯燈；而檯燈的背面只不過是向壁爐「顯現」的正面，檯燈還有一百八十度面。每一物體皆所有它物的鏡子，有一百八十度的面向。

　　所以，是我身體與「檯燈」知覺客體的「共存」，我和「檯燈」客體實空間共構，把空間情境化，視「空間性」是空間本身與我主體所共構，可說是時間內在意識的延伸，是我這個身體當下與知覺客體的「共存」。因此身體與知覺對象間的共存，其招致的所有感知的空間性，除了可見的實空間外，包含感覺、體驗、想像的虛空間，可書寫的空間就更大。

　　這數年發現，只有在分析作品的微小構思，才呈現具意義又緊密一致的意涵結構，才能看到作者的內在，我對詩學的體察，雖然社會、現實、集體意識等大的結構會呈現文學，但是每每走向過程、找出結構、重新解構，在解析過程中會讀出社會、作者朝著什麼方向進行，找出它核心所在；即試圖找出詩中的思想、感情和行為；以細微、延緩的分析過程，來指出閱讀的「延緩」也是使詩走向「過程」，使字詞重生的方式，宛如為一首詩建構一座「小小城堡」。

所以，此種曲曲折折研究詩、創作詩以「延緩」自身，不正是將「時間擾動」、回歸「本真」的一種生活方式？

　　是關子尹的「宇宙、世界觀」在呼喚我？是陳天機的「系統視野、宇宙人生」在和我打招呼？還是海德格的「林中路」在「開顯」我？中年後兢兢業業拿到博士已臻六年。從附錄〈我的文學年表〉中，應可看出一個發跡於兒童文學的人，又走到成人文學的創作。如此便罷，喜讀書退休後又考到碩班，緊接著因喜哲學、喜深思，又跨到博班這研究的不歸路，如此多棲動物，轉折路自是辛苦；每一關卡，皆如夏蟬蛻殼，每一蛻變皆如溪蝦蛻變，皆須重頭開始，這是「蟬蛻龍變」嗎？我非龍，每次確實解脫求變，這真是「脫殼其身，解骨騰形，如棄俗登仙」啊！棄俗離仙遙遠，而棄俗人生境界確實弘遠些；喜的是每個跨與互動，皆是滲透互補，在互相關係中，活得更生機勃勃。深盼讀者從最末附錄〈我的文學年表〉中看出諸多端倪。

目次

意涵結構

城堡與白鴿
──尹玲詩中的逃逸與抵抗

任何一鄉最後卻只是你我回不去的一個他處──尹玲〈故事故事〉

摘要

對越戰前後的越南人而言，「美國是我們的主，法國是我們的神」，心中的神祇不能更換，但至少腳下還有土地。但對有自覺力卻漂泊海外的越南華裔詩人尹玲，卻有無根的茫然。這也衍生了她的逃逸意識和一生漂泊的心態，她有東方的身體、西方的進步思想。只有藉不斷逃逸、跨越，彷彿讓心中沒有著落，才有安定的力量。本文即透過拉康的三域說、梅洛龐蒂的身體－主體說、左右腦的「跨與互動」探討尹玲的詩作的逃逸動力和抵抗精神，並指出尹玲的「無根鄉愁」使她能始終處在追求「過程的」關係之中，而不必一定能產生什麼「結果」。末了並以尹玲的詩作挪用高德曼，找出意涵結構再細緻分析詩的方式，指出閱讀的「延緩」也是使讀詩人走向「過程」、自字詞中重生的方式，宛如為一首詩建構一座「小小城堡」、「一傘的圓」，以顯現出詩之深層意涵和結構之美。

關鍵詞：尹玲、城堡、逃逸、意向性、高德曼

一、引言

　　尹玲的身分是複雜的、她的文化認同更是遊移、多元，身分與認同形成了她一生最大的困境。她客家籍的父親兩歲即隨親戚由廣東大埔移居越南，對家鄉大埔的印象當然是模糊的，來自「華族」廣東的這群客家人胼手胝足的生活、教養下一代，這個大埔家鄉乃成了尹玲常常被耳提面命、不能遺忘的原鄉。

　　但她的外婆是越南人，1945年出生在越南美托小鎮的尹玲自然而然至少就有四分之一越南血統，越語、客家語都成了她的母語，「我承繼了兩種血統，也享受兩種幸福，卻也承擔兩種不幸」[1]，一邊「只是書上的圖片」的中國抗戰完是內戰，內戰完是各種階級鬥爭、繼而文化大革命，把人與山河搞得天翻地覆」。一邊是越南在法國人統治多年後，慶幸能夠獨立，卻在中共暗助下開始赤化。這樣複雜又脆弱的越南，宛如環伺的列強用刀槍玩弄的嬰兒，驚慌與恐懼、死亡與炮火成了家常便飯：

> 也許活，也許死，死的陰影散布每一條街道每一角落，一個塑膠炸彈的爆炸，也有冷冷的小粒子彈從暗裡發出，……我們，只關心今天是晴是雨？我們讀一則故事似的讀我們眉宇間半生的浮沉。[2]

---

[1]　尹玲：〈我們暫且迷信〉，《那一傘的圓》，（臺北：秀威資訊公司，2015），頁104。

[2]　尹玲：〈我們暫且迷信〉，同上註，頁101。

年輕時的尹玲要長年面對的竟是死的陰影，而「人與人之間都帶著冷漠和猜忌的面具」，而是因北越的入侵滲透南越使人人充滿自危的不安感。以是「我們從不過問世局，不敢也不想」，由於對人性失掉信任、對政治的混亂、戰爭就在身旁而惶惶亟欲避亂而不能，甚至只能失望地不同主義和思想和主張始終處在對立之中，活著也等於沒有活著一般，這種越南的傷痛經驗是臺灣詩人所沒有的，即使前行代詩人的年少抗戰內戰經驗也未如此複雜、難以分析。

　　她複雜的身分、多元文化的交叉影響，使得她的不安、掙扎與失落比在臺灣的任何其他詩人可能都更為嚴重。雖然成長過程中她受過良好的中文和法文教育，在讀華文小學時要唱的「國歌」卻是「三民主義／吾黨所宗」起頭的，來臺灣後每回在看電影院起立唱國歌時是要「泫然欲泣」的。但畢竟她生長越南，那兒離開美托往西貢的方向路上兩排的鳳凰木是她心中最美的越南象徵物，這成了她1969年來臺後追尋的安定意象，「曾刻意的到處去找鳳凰花的蹤影」，竟曾經看風雨中的鳳凰花樹看到入神：

> 看得目瞪口呆，直以為正置身於回不去的家鄉裡。那時是六月底，南越早已於四月三十日淪入敵人手裡，鳳凰花已成為一種思念、一種情緒、一種祕密、一種不敢開啟的記憶。[3]

那高挺四張樹頂當五月開滿了鳳凰花時，就是「一傘的圓」，可以抵擋風雨和「前路」，因為她「早已不相信世界會有一個明天，我們的明天在砲彈的歡呼聲中，瑟縮藏得不見蹤影」，即使愛情也不

---

[3]　尹玲：〈能說的唯有回憶〉，《那一傘的圓》，（臺北：秀威資訊公司，2015），頁46。

可相信，「不是空洞的夢囈就是愚蠢的焚身」，於是只能「把一切信心託付虛無」。[4]尤其是南越淪陷前，她心力交瘁的在臺灣四處請託和奔走，希望能營救出家人和父母，最後只救出弟妹來臺。那時感受到的痛苦和煎熬即使成家後也難以消除，「我不在臺北，我不在西貢，我不在任何地方。我只是一個迷途的遊魂，流離失所，沒有目的，沒有時空的阻限」[5]，這樣的虛無感迄今仍沒有消除。

因此尹玲一生自始至終是憂鬱的，她本來期待有個家如「小小城堡」可以保護她，過其無災無難的一生，她期待的「白鴿」並沒有降臨。因此她始終是睡不安穩的，這世界同樣的災難一而再再而三的在世界各地重複上演，在烏克蘭、巴基斯坦、巴黎，重複上演著她遭遇過的悲劇。這樣時代下的詩人，其要逃離痛苦、掙扎的經驗與心境，自然與臺灣其他詩人不同，本文即透過拉康的三域說、梅洛龐蒂的身體－主體說、左右腦的「跨與互動」探討尹玲的詩作的逃逸動力和抵抗精神。

二、尹玲語言的流動和詩的兩個根球

尹玲是早熟的，生長在多種「語言流動」和各種文化衝突的越南，因此本身也是充滿矛盾的。她既欽羨西方尤其是殖民者法國的高雅進步，又難過於越南的貧困落後，而父親所唸唸不忘的祖國又變成了中共，臺灣或香港又幫助不了他們什麼。尹玲雖然生長在重視中國傳統習俗的客家家庭，父親還是為她選擇了中法學校，讓她受了五年完整的歐洲法國教育，深深薰習了殖民越南長達七十年

---

4 尹玲：〈淅瀝‧淅瀝‧淅瀝〉，同上註，頁98。
5 尹玲：〈撕碎的回憶〉，同上註，頁88。

（1884-1954，二戰時日本短暫占領過）的法國文化，所以法國的文化和思想、生活方式深刻地影響了尹玲。

即使日本曾佔領越南、美國曾託管越南、客家人大多會言香港話，這些多元文化雖對尹玲皆產生影響。但對尹玲而言，日本、美國、香港文化只算是暫時性的撞擊，中國文化、法國文化、越南文化卻都是她深層文化的伏流，但那時越南太弱、中國過於傳統，以現代精神文化而言，法國絕對是強勢的，她一生的矛盾自此而生。

從她十二歲（1957）即寫下的第一首詩〈素描〉，可以看出她的欣羨和痛苦，尹玲的早熟也由此詩即可窺知，此詩前二段如下：

> 塞納河是一張流動的床
> 枕著聖路易小島
> 枕著聖母院　雨果的鐘樓
> 枕著整個巴黎初生的臍帶
> 河水輕哼溫柔的搖籃曲
>
> 香榭麗舍在落日中升起
> 升至與凱旋門頂齊
> 華燈猛然振翅
> 越過無聲　村莊般的靜謐
> 溶入合攏的暮色[6]

此詩寫於1957年11月16日，卻相隔31年才刊登於1988年4月藍星詩

---

[6]　尹玲：〈素描〉，《當夜綻放如花》，（臺北：自費出版，1994），頁101。

刊第15號，很難想像這是才十二歲的大女孩所寫的。此詩不僅寫巴黎的美景，也帶出法國的文學魅力（雨果小說筆下的巴黎聖母院）和在1954年退出越南後對越南政治的影響。詩的前兩段很有法國近代精神的詩風，起筆就不俗，首段說「塞納河是一張流動的床」，此句有可能轉化自海明威《流動的盛宴》一書扉頁上的題獻：「年輕時假如你有幸在巴黎生活過，那麼此後你一生中不論去到哪裡，她都與你同在，因為巴黎是一席流動的盛宴。」此巴黎之「文化名片式」的題詞一定影響了尹玲。而當她說此河床枕著最著名的聖路易小島、聖母院、和鐘樓，由「河」而「島」而「教堂」而「鐘樓」，像鏡頭由遠拉近，最後作特寫。末了說「枕著整個巴黎初生的臍帶」，由「床」而「枕」而「臍帶」而「搖籃曲」，令自然的與人文的「大景」並比有強烈生命力的「小景」，則此「臍帶」與「搖籃曲」就不只連結了巴黎與塞納河，也連結到欣羨有如孺慕母親的尹玲身上。

二段寫香榭麗舍大道、落日、與凱旋門三者的關係，並隱含了法國勢力在越南的消褪。「香榭麗舍在落日中升起」是「落日在香榭麗舍中升起」的倒裝，而因沿著香榭麗舍大道就會見到的凱旋門，它是法國首都巴黎的一條大道，被譽為巴黎最美麗的街道。而「落日」與「凱旋門」頂齊是可能的，說香榭麗舍「升至與凱旋門頂齊」則或有其美景與規模之壯闊難以形容之意；「華燈猛然振翅」可能有——亮起、引人眼睛為之一驚，卻是無聲的靜謐的，「村莊般的靜謐」有與家鄉聯想，代表一種歡喜。但也有此種美景已在暮色中合攏，此後可能再難相見。此二段對巴黎的素描可能得自圖片、照片。法國在1954年撤出越南後，十二歲的尹玲在接下來兩段中寫出她的矛盾心理：

教人如何分得清

這是大西貢呢

還是小巴黎

時空交織　在此

重疊成奠邊府以前

　　和奠邊府以後

不知道要愛還是要恨

那百年殖民的錯綜糾纏

來不及揮手

巴黎就已在你腳下

隨著八年晝夜

縮成肉眼看不見的

往　事

12歲擁他入夢

此後專注如秋空的雁

這最初　也是最末

這唯一唯一的星辰[7]

由於具法國風的西貢某些景象類似巴黎，一時之間面對「大西貢」也有「小巴黎」的聯想。1954年「奠邊府（戰役）以前」法國統治著越南，「奠邊府（戰役）以後」，法國從此退出統治了七十年的越南，此戰役乃有決定性關鍵。尹玲的懊惱、「不知道要愛還是要

7　同上註。

恨」也由此開始，越南重回越南人手上，本是美事，卻又被劃分為南北越，長期陷入混亂，期待的和平始終沒有降臨。因此尹玲在1957年自然是「來不及揮手」，1945到1954年，法國佔領八年，關於巴黎的一切「就已在你腳下／隨著八年晝夜／縮成肉眼看不見的／往事」，此後巴黎乃成了「最初　也是最末」、「唯一的星辰」，像不能再相見似的。尹玲寫出了法國撤出越南後的感嘆。

　　美好的事物彷彿是不分國界的，包括文明和精神文化在內。殖民者與被殖民者的關係的確是存在不平等，但羨慕、學習較文明的社會非常自然，何況南越赤化後，越南人（包括華裔）逃離越南都獲法國當做難民接容安置，法國前總統希拉克還收養了一名越南孤兒，當年眾多越南人（或者華裔）甚至把法國當作祖國。

　　這是一種多複雜的殖民文化現象，「美國是我們的主，法國是我們的神」是失落之語，而神比主子更重要，主子可以隨時換，而心中的神祇卻不能更換，但稍有自覺力的越南人卻有不知該尊奉哪一尊神祇的飄盪和茫然。這也衍生了尹玲的逃逸意識和一生漂泊的心態，尹玲成了一個要不斷游牧的人，大環境使她不安，她有東方的身體、西方的進步思想。只有藉不斷逃逸、跨越、不安居，彷彿讓心中沒有著落，才有安定的力量。

　　當1994年後尹玲首次回久別的西貢，卻發現「法國色彩褪去許多」：

　　　　那時你常流連看電影的法式EDEN長廊早已不見，TXT行不
　　　　再是你青春時的時髦和夢幻。最具法國味道的著名CATINAT
　　　　街，法國餐廳、法國咖啡館也已不存在。你在一半昔日一半
　　　　現在的所謂故鄉西貢（1975年後叫做胡志明市），心房絞痛

心中淌血流滿面，哀悼不知何處去的一切。[8]

在西貢她尋找著昔日法國的味道和色彩，那是有高品味的精神文明符號，接近人對美與知識的追尋。而在法國，她卻又經常一兩個月居無定所，無法安頓自己：

在完全沒有住宿地方的情況下漂泊流浪，從這座城市到另一城市，從這村莊到另一村莊，聽著有若母語的法語、……，天天在耳邊或高或低，若有似無。越南的一切若有似無。[9]

「有若母語的法語、越語、粵語、潮州語、海南語」，說明了尹玲的語言天分，使她有能力在不同的語言文化中自由「流動」，也「造就」了她精神的痛苦、游離和漂泊感，漂泊在法國、越南和中國之間，而始終落後的「越南的一切若有似無」，其生長的原鄉幾乎只形成背景，卻也是她永遠書寫不完的巢穴和深淵。

幸好她在這「流動的語言之海」駛著詩的船，因為詩，只有詩才易從日常語言的束縛中「流動」出去，她創作的前二十年以散文為主、兼寫小說，參加過「濤聲文社」[10]，在1969年即離開越南，無緣參與1972年越華八大文社的盛會[11]，且那時詩作又極少，1976至1986年又「停止寫作整整十年」[12]，1987年再度提筆後，詩才成為創作主力。而從尹玲1957年的第一首詩可以看出，她文化的根源

---

[8]　尹玲：〈有一傘的圓〉，《那一傘的圓》，頁34。
[9]　同上註。
[10]　方明：《越南華文現代詩的發展》（臺北：唐山出版社，2014），頁28。
[11]　同上註，頁32。
[12]　尹玲：〈有一傘的圓〉，《那一傘的圓》，頁30。

和書寫的能力來自中國，她詩的近代精神來自法國，中國和法國宛如成了她鍛鍊詩創作能力的「兩個根球」[13]。越南是她的母親、書寫不完的題材汲取處，以血淚、戰爭和鳳凰花組成，中國與法國則都是她的大她者、是她的父親，中國是永遠空缺的祖國，臺灣與香港暫時補足這個缺憾。法國是逃避處、高度文明和有秩序有深度思想的國家，補足了她在精神、思想的空缺。她的複雜、流動和不安，也成就了她。

三、尹玲不存在的城堡與白鴿

尹玲常對朋友說，她沒有家，但明明她有夫有女、在臺北有個家。許多人難以理解她的心境，其實她心中的家早在越戰結束時就被摧毀了，而且不只她一人，她在越南的朋友、親友、同學、文友，她投稿過的三家最大華文報的主編們，無不死的死、逃的逃，四散至全世界各地，那是一個再也拼不全一個家的全面性悲劇世界。她寫過一首童詩〈在星空下入夢〉，表達了她對家最好如「城堡」堅固的想望：

> 那是一個小小城堡
> 父親用他的愛心
> 替我們開護城河
> 媽媽用她的慧心
> 給我們築防難牆

---

[13] 陳千武（恒夫）在〈臺灣現代詩的歷史和詩人們〉，提到「兩個根球說」此處借用作為尹玲詩創作的影響來源。

......

媽媽也講故事

用她柔和的眼睛

訴說溫暖的親情

或用她好聽的聲音

唱出我們平安的童年

......

我們都在

星空之下入夢[14]

「護城河」、「防難牆」表示有危險必須請父母加以阻絕,「星星在天空上眨眼/好像幫爸爸打拍子」指出天空的安全和廣袤,最後「披著星光」、「在星空之下入夢」,這樣的「城堡」可以阻絕陸地的危險,卻假設空中是安全的。

原來安全的「小小城堡」是父母雙手建築不了的,是小老百姓無能力自我建構的,而且真正的「城堡」往往是政治權力運作的中心,是一般老百姓接近不了的,還常為有如謎一樣的「城堡」丟出來的命令或規訓所左右、控制、毫無抵抗能力。

卡夫卡著名的小說《城堡》所描述的,就是一個由不可撼動的城堡所掌控的世界,從來沒有人能到過城堡內,但隱約中卻可以強烈感受到城堡對每個人的掌控與箝制。小說內容是描述在一個寒冷的冬天的夜晚,土地測量員K來到了一個村子,他的目的是要前往村子附近的那座城堡去執行公務,城堡就在附近的山岡上,他卻怎

14　尹玲:〈在星空下入夢〉,《旋轉木馬》童詩集,(臺北:三民書局股份有限公司,2000),頁28-29。

麼也走不到那裡。城堡的主人伯爵人人皆知，卻從未有人見過，K 用盡心機，東奔西突，但一切努力終屬徒勞，K至死都沒有能夠進入城堡。「城堡」在書裡比喻國家機構與牢不可破官僚制度，冥冥之中似乎又有著一股不可抗拒的力量約制著一切，讓人始終無法越雷池一步。於是人只能繞著城堡周圍徒勞地努力，末了存活也成了一種茫然，若是在無意之間要稍加抗拒，很快便會潰敗、遍體麟傷並伏首稱臣。而且因「城堡」對每個人的控管，使人與人之間產生疏離、生孤獨與絕望之感，不得不在困境、怪誕與荒謬的制度下中不斷探求尋索出路，卻發現在龐大組織制度底下幾乎無路可走，到末了也只能逃離、或以各種方式避掉衝突、自建保護膜、只希望好好地活著以及簡單的死亡罷了。

此種令人不寒而慄、既意味保護也意味箝制、既是把關同時也是權力的國家機制，即位於拉崗（拉康）（Lacan，Jacaueo，1901-1983）三域中的「象徵域」，是人一出生即被劃了槓的主體，而尹玲更是處在被法國、中國、越南三國同時劃了三條深淺不一的槓，其矛盾、荒謬和複雜可想而知。法國心理學家拉康認為嬰兒出生時只是一個非主體的自然存在，是內在的統一體，受本能「需要」的驅使，帶著濃厚的「生物性」，易於得到實現和滿足，此過程為「實在域」：「實在是一種永遠『已在此地』的混沌狀態而又在人的思維和語言之外的東西，因此她是難以表達、不能言說的，它一旦可以被想像、被言說，就進入了想像域、象徵域」。[15]實在域既是一個原初統一體存在的地方（心理的而非物理的），就不存在任何的缺席、喪失、或者缺乏，於其中的任何需求圓滿具足。既如此則

---

[15] 黃漢平：《拉康與後現代文學批評》（北京：中國社會科學出版社，2006），頁25。

不存在也不須使用語言，因圓滿或具足即永遠超越語言的，也不能夠以語言加以表徵，此亦即位於現代大腦科學所說的「右腦區」，而語言是被制約和學習而得、也是控制人思考方式的工具，充滿了「社會性」的各種規訓和限制，位於「左腦區」。像「城堡」對尋常百姓的控制一般，語言對人的控制非同小可，理性左腦（囚／象徵域／像固體／迴路感）在日常生活中對感性右腦功能（逃／實在域／像流體／合一感）長期的壓制，語言成了最大的力道，如何從日常語言逃出，成了人要重獲自由感的努力過程，如此由左腦逃向右腦，成了所有藝術、影音創作、乃至詩努力的方向。[16]

右腦顯然比左腦具有更大的能量、更強的聯結力、和更大的快樂，過度理性或壓抑就不可能快樂。所以拉康才說語言總是涉及喪失和缺席，只有當你想要的客體「不在場」時你才需要言詞。如一切具足，需要的皆「在場」，即不需要語言。尹玲強大的語言能力也暗示著她奇大的喪失、離「圓滿具足」的遙遠，也幸好她有能力在各種不同的語言文化中自由「流動」、「漂泊」，可以自由轉換，尤其是在「跨國旅行」時，使得她的匱乏得以快速轉移，不致泥淖於其中之一，當她說「越南的一切似有若無」時，正是她短暫的脫離越戰陰影、暫獲釋懷的一刻。更幸好她在詩語言的創作上始終持續不斷，而詩的創作正是藉占優勢的左腦中的語言／文字（囚）去表達占劣勢的右腦之感性的、直覺的、注重當下與圖象畫面（逃），不管是現成的、自創的、或重組的畫面。因此詩是左右兩半腦合作的產物，而右腦正是創造性形象思維的主要範疇，文字從左腦被挑出來在右腦進行直覺地比對，其創造性由此而生。而

---

[16] 七田真：《超右腦革命》，劉天祥譯（臺北：中國生產力中心，1997），頁94。

詩人（像嬰兒／小孩般）就只能站在左腦語言思維與右腦形象思維之間求取「跨與互動」，來來回回於左腦語言區與右腦的圖象區之間，無非自語言控制的「象徵域」一再逃出，卻只能逃入「想像域」，向「實在域」張望罷了，因為「圓滿具足」自出生後就永遠喪失、永恆地匱乏了，「圓滿具足感」則可以藉著其他形式或創造活動短暫獲得。[17]尹玲即是透過「跨國旅行」（身體／語言的轉換）、「詩語創造」（從日常語言逃逸）、「高德曼的挪用」（詩語言詮解與掌握，見下節）的等三邊形式的「跨與互動」，使自己有機會從受控語言的「象徵域」游離出去，站在「想像域」向「實在域」張望，因而短暫重獲「綻放」（海德格）或「澄清」（梅洛龐蒂），此時時間要較平常緩慢下來，具有形式主義「延緩」的效果。上述的說明或可將之歸結如下圖。[18]

　　1970年尹玲離開越南到臺灣求學的第二年，她寫下〈我們暫且迷信〉一文，期待和平的「白鴿」終將到來，她與躲在小閣樓避戰怕被抓伕的情人終可相聚，文末說：

> 我們問蒼天，我們問白雲，問所有可以供奉的神，祂們答以默默，只有默默。問所有122厘大砲，問最新的M16，問B52……你能說，從生到死，除了空洞，人還有什麼呢？
> 你的戒掉陽光，鎮日鎖在囚牢裡仰望隙縫的明天。我的離鄉背景，馱負懷念和相思的摩擦。他抱一些浮萍，……我們暫且迷信，救生圈救出的，一定是一隻輕巧完整、能飛抵任何

---

[17] 拉康：《拉康選集》（上海：上海三聯書店，2001），頁72。
[18] 參考夏婉雲：《臺灣詩人的囚與逃：以商禽、蘇紹連、唐捐為例》第二章圖2-3並予以重整（臺北：爾雅出版社，2015），頁53。

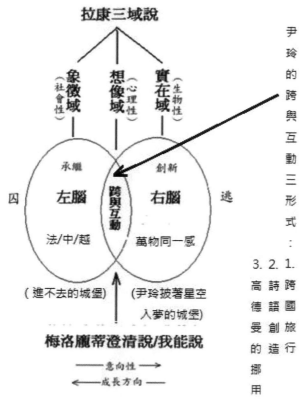

圖一　尹玲在拉康三域中「跨與互動」的位置和形式

角落的、可以避彈的白鴿。[19]

「122厘大砲」當然是看不見的「城堡」（美國）提供的，面對的敵人又是另兩個強大的「城堡」（中共和蘇聯）提供的支援，結果只造成更大的傷亡，戰爭成了死神收屍的巨大「空洞」。尹玲與情

---

[19] 尹玲：〈我們暫且迷信〉，《那一傘的圓》，（臺北：秀威資訊公司，2012），頁101-102。

人分隔兩地，情人像「被囚的鷹」「雙翼終將折去」「日日禁足方丈小樓」（見〈血譜（二）〉一詩），卻仍期待「抓到一個救生圈」，這個「救生圈」可以救出「一隻輕巧完整、能飛抵任何角落的、可以避彈的白鴿」。很遺憾的，1975年越戰結束，「白鴿」始終沒有來臨，而是以戰敗收場。和平果真是一個「名詞」、「浮萍」與「水泡」。

因此尹玲的「披著星光入夢」的「小小城堡」並不存在，她對那躲在背後掌控百姓命運的「巨靈式城堡」（國家機器／強權）始終是厭惡的，對能帶來和平的「白鴿」不存希望，她的厭戰反戰思維劇烈而強大，比如〈一隻白鴿飛過〉一詩：

> 永遠　是
> 一些不相干的人
> 在千里之外（比如巴黎）
> 高尚的某座宮裡（比如愛麗舍）
> 決定你的命運
> 你未來的生或死
> 簽下一紙他們稱之為
> 和約
> 的勞什子
>
> 你當然仍在你的土地上
> 冰雪覆蓋著
> 心僵凍
> 家中僅剩的孩子

昨天在一場不關他的事

某雙方衝突中

吃下一枚

剛好送到的

子彈

塞拉耶佛依然飄雪

含著一嘴冰血柱

那只白鴿

它

只不過恰巧

飛

過

（寫於一九九六年四月二十二日）[20]

　　塞拉耶佛是波士尼亞的首都，是近代世界史最重要的一個地方。第一次世界大戰就從這裡爆發。波士尼亞戰爭（又稱波赫戰爭）持續時間達3年半，戰爭造成約20萬人死亡，200萬人淪為難民。最後各國聯合調停在1995.12.14簽署了岱頓協定。和約地點就在巴黎。本詩寫於和約簽訂後四個月。戰爭地點在南斯拉夫，和約地點在巴黎，所以她說：「永遠是一些不相干的人，在千里之外（比如巴黎），高尚的某座宮裡（比如愛麗舍），決定你的命運」，所以簽下一紙，她鄙視這種大他者，稱之為「勞什子和約」，愛麗舍宮是法國總統的官邸，高尚豪華之地，如同城堡一

[20]　尹玲：《一隻白鴿飛過》（臺北：九歌出版社有限公司，1997），頁29。

樣，皆是權力中心。尹玲在紫娟的訪問稿中說：「法國總統府裡這批人提到和平，讓我想起以前越南就是這個樣子」。

她說：「一大群『大人物』在法國巴黎開停火協議，問題是停火地點『塞拉耶佛』（波士尼亞）每天仍在不斷打仗。」[21]而種族滅絕的野蠻行徑，仍在迫害中。如同塞族共和國總統的野蠻行徑一樣，「開戰永遠是因某一個人的眼神，一個手勢，而戰火就在別的國家真的打起來了！」他們在簽停火協議，我們仍不斷打仗；雖然她寫的是「塞拉耶佛」（波士尼亞）的內戰，但內隱的是越戰。尹玲想及1954年越共打敗法國，在日內瓦簽訂協定將越南分為南北越，也是在千里之外，高尚的某座宮裡，決定你的命運、你未來的生或死。而一般小人物呢！「你當然仍在你的土地上／冰雪覆蓋著／心僵凍」皆是對戰爭殘酷后的比喻。

她對戰爭製造者的控訴表現在她諸多的戰爭詩中，這是臺灣眾多詩人所難以觸及的部分，而且由「直接經驗」所得，因此真實而動人，比如〈血仍未凝（三）〉：

年月若魘啊　愛原是血的代名詞
照明彈眩盲我們的雙睛
天燈那樣夜夜君臨空中
攝去我們急索空氣的呼吸
半秒鐘的遲疑
瓦礫之上死亡躺在高速跑的射程
一翻身就攫去你我的凝眸

---

[21]　紫鵑：〈河流裡的繁花──專訪詩人尹玲女士訪問稿〉，《文學人》，（2009年03月完稿）。

一眼便成千古[22]

「披著星光入夢」的夢想在尹玲後來的日子裡變成了「照明彈眩盲我們的雙睛／天燈那樣夜夜君臨空中」，情人戰亂中相見成了死中求生，相吻要「急索空氣的呼吸」被炸彈「攝去」，死亡就在「半秒鐘的遲疑」之際，「你我的凝眸」很可能下一秒即「一眼便成千古」，其慌恐和厭惡可知。而〈碑石流著湄河一樣的淚〉第一節則寫道：

那年　無所謂前後方
火線就在客廳或者是臥房
　　　在學校或寺廟
　　　在巷弄在墓地裡
能夠醒來　便能拾起昨夜
　　　飛如星雨的彈殼
鑄成360隻手鐲
讓流浪域外的愛人
細數鐲上
　　　子彈開花後
　　　羼血的淚痕
再把傷別的吻
在夢中

---

[22] 尹玲：〈血仍未凝（三）〉，《當夜綻放如花》，（臺北：自費出版，1994年），頁27。

顫顫地印回
　　已腐的黑唇[23]

此詩說若僥倖不死，則有機會把「飛如星雨的彈殼／鑄成360隻手
鐲」，讓在域外的愛人可以細數「屬血的淚痕」，然後透過夢中把
「傷別的吻」「印回／已腐的黑唇」，寄出手鐲的人有可能在愛人
收到後早已死去。時間的落差使生前寄去的手鐲竟成死別的遺物，
人間憾事莫過如此。尹玲此詩以「砲彈／手鐲」的「醜／美」、
「大／小」造成「昔／今」、「生／死」的對比，令人讀後唏噓不
已。此詩第二節又說：

照明彈落在你的眸中
豎成萬道不帶名姓的碑石
細細的流著
湄河一樣
　　不會止的
淚[24]

此詩以「眸」之小，卻包容了「照明彈」、「萬道不帶名姓的碑
石」、「湄河一樣／不會止的／淚」，既有天降之物、又有數不盡
的不動之墓塚、流不盡的河，使得時間空間濃縮於一眼，因一瞬而
成永傷，戰爭之殘酷和其傷害遠遠在「城堡」中控者的計算之外、
關心之外。

23　尹玲：〈碑石流著湄河一樣的淚〉，《當夜綻放如花》，頁31。
24　同上註，頁32。

尹玲呈現不只是一己的傷痛，她還把視角轉到昔日是敵人的北
越婦女，如〈橙色的雨仍自高空飄落〉一詩由此婦女的觀點看待那
場戰爭，那時「各方神明祝禱的西貢」常派機來北越轟炸：

> 藍空中B52鎮日哼唱白色催魂曲
>
> 河內來不及更換睡衣
>
> 就沉入瘡痍妝點的夢窗
>
> 醒來　鏡子裡召喚的
>
> 是一副不堪修飾的眉眼

「瘡痍妝點的夢窗」、「不堪修飾的眉眼」皆寫轟炸後的場景和死
亡，最恐怖的是落葉劑所造成的後果，即〈橙色的雨仍自高空飄
落〉詩中「橙色的雨」[25]：

> 高空經常飄落橙色的雨
>
> 我們母親的娘家
>
> 許多農村許多叢林
>
> 處女地深處
>
> 雨後竟開出奇異的花朵
>
> 潰瘍了S整個身腰
>
> 天空頓時萎謝
>
> 大樹一株株瘸腿
>
> 稻穀化膿

---

[25] 橙色的雨指橙劑為美軍在越南戰爭時期執行落葉計畫以對抗在叢林中活動的越共，
https://zh.wikipedia.org/wiki/%E6%A9%99%E5%8A%91。

綠草癱成爛漿也似的泥
土地從此不孕
我們的孩子
25年後的血
仍然流著當時的天賜
生下一張張扭曲的臉
嵌在一具具
無手無腳
彎如鐵絲網的軀體上
恣意穿刺我們的眼睛[26]

毒劑的後果是「祝禱西貢」的「各方神明」（指參戰各國）所未曾
估計和關心的，因此土地「開出奇異的花朵」、「從此不孕」，人
「潰瘍了整個身腰」、臉「扭曲」、「無手無腳」、「彎如鐵絲網
的軀體」等現象又如何向「各方神明」追討？

　　「意向性」（Intentionality）是現象學最主要的字眼，其特性
有二：（一）、是投射向外在對象而獲得確定的特性（瞄準）；
（二）、是主動建構意義的特性，也就是意向的充實（射中）。
　　而梅洛龐蒂「身體－主體」的意涵則認為世界的意義不再只是
以知識論的態度被呈現，而是在實際活動的當下意義才被聚合，以
往「思維主體」的意涵，現在轉為「行動主體（身體－主體或肉身
主體）」，開啟了另一新的世界與主體的意義領域。因此人必須直

---

[26]　尹玲：〈橙色的雨仍自高空飄落〉，《當夜綻放如花》，頁42-43。

接涉入情境產生行動，與其他人產生「跨與互動」，共同行動與實踐，始可展開存在意義，則空間的情境自能成就行動之意義。[27]

因此尹玲的「跨國旅行」（身體與人與語言與事物產生互動）、「詩語創造」（左右腦互動／語言與形象互動）、乃至「高德曼的挪用」（閱讀的延緩和過程化），無非是藉助不願被固定的「身體」、「語言」、「時刻皆在變化的事物」，於既然存在的「天地之爭（互動、纏繞、運動）」中，藉助於藝術或「作品」將此「運動的過程」宛如當下發生似地固定下來，以便能夠認識其存在，且也須藉助於作品，我們方能體驗；亦即把時間從生活中偶然易逝的狀態轉化為一種延續、永存，也就是「將結果過程化」、「易逝的延緩化」。

尹玲在〈故事故事〉中說的即是「放緩時光」的方式：

你我之間多少溫馨時光就是在
賞析品嘗「故事故事」的雋永當中
滴滴點點輕輕緩緩絲絲逸去

「故事故事」就在你我柔和言笑之間
輕盈細膩地漸漸沁透我們
最終凝成心頭的最濃記憶
繫著你的童年我的中年無數漂泊羈旅
在巴黎在布拉格在塞維亞在大馬士革

---

[27] 梅洛龐蒂（Maurice Merleau-Ponty）：《知覺現象學》（姜志輝譯，北京：商務印書館，2001），頁273-275。

然任何一鄉最後卻只是你我回不去的一個他處[28]

「賞析品嘗」是先眼手再鼻口耳通過五官慢慢過關，「滴滴點點輕輕緩緩絲絲逸去」是讓時間不那麼快而要「絲絲逸去」，而且還得「輕盈細膩地漸漸沁透」才「凝成記憶」，還得身體處在「無數漂泊覊旅」的不同空間情境中，即使明明知道「然任何一鄉最後卻只是你我回不去的一個他處」，是說不管你住在何處都不是妳的家鄉，你都回不去那個住所，你都沒有家，就算有自己的家鄉你也回不去，因為現在的臺北、越南和最早的臺北、越南景物已非，都只是一個虛假的故事，沒有一個可以真正回得去的「小小城堡」，「城堡」是被人中控室般控制住的，也沒有一支救生圈救得上來一隻可以「避彈的白鴿」。她的抵抗方式就是讓一切不斷漂移、絲絲逸去、漸漸沁透。

　　她又藉著下列這首〈髮或背叛的河〉寫這種宛如宿命的世界觀與人生觀：

　　　　其實　　打一開始
　　　　它就蓄意背叛
　　　　從未猶豫
　　　　嘩嘩由西向東
　　　　無視癡想的黑
　　　　恣縱地走向白
　　　　任你如何誘迫

---

[28]　尹玲：〈故事故事〉，《故事故事》（臺北：秀威資訊公司，2012），頁22-23。

甚至以

死[29]

這裡的「它」既指髮（由黑轉白）、也指湄公河（由面向東，遠離土地），更暗指在越南角逐爭權奪利、操弄人們的「各方神明」、「大小城堡當家的」，根本無視老百姓的存在和生死，「蓄意」、「從未猶豫」、「無視」、「恣縱」說的均是它們任意而為的行徑。尹玲無以抵抗，詩即是她的抵抗。

四、挪用高德曼分析尹玲詩舉例

　　越南淪陷後，尹玲花了四年時間才救出弟妹，安排好他們就學，1979年尹玲去法國學習她喜歡的文學社會學，尤其對「發生學結構主義」（Genetic Structuralism）深研之，呂西安・高德曼（Lucien Goldmann 1913-1970）研究的文本是經典小說，尹玲卻挪用其理論研究新詩。

　　越共侵擾越南二十年，愛讀書的尹玲對共產主義、社會學有一定的看法，越共占領越南四年之後，尹玲去法國學習她喜歡的文學社會學，始知「時代、環境、社會」都會影響文學，她在讀呂西安・高德曼（Lucien Goldmann 1913-1970）理論時得到救贖，高德曼可說是以馬克思主義建立理論來研究文學社會學的人。創立的文學理論「發生學結構主義」原來是要從社會結構整體面來看，係從社會、現實、集體意識等大的結構來呈現世界觀，她在越戰糾纏不清的根

---

[29]　尹玲：〈髮或背叛的河〉，《髮或背叛之河》（臺北：唐山出版社，2007），頁30。

莖・至此慢慢鬆弛開，凡事有它緊密的意涵結構，只有在分析作品微小構思的細緻中，才能得到內在的快樂，也就是說快樂並不是外求的「城堡」和「白鴿」，而是朝著自己內心出發，她才能自我重生，走向過程、找出結構、重新解構，才能顯現出詩之美，她浸淫在其中。而朝著什麼方向進行，一直不斷的處在過程之中，而不是要獲得什麼結果，這就是高德曼結構主義和現象學的核心相似處。

　　二十世紀中，高德曼創立的文學理論「發生學結構主義」，對高德曼來說，這是指文學作品跟社會、經濟、背景之間的關係。他的調查研究是一系列相關的全體性以漸進和辯證方式進行的融合歸併。他說：「通常讓人了解一部作品的行為並不來自作者，而是來自一個社會團體。」[30]除了這個融入全體性的概念之外，高德曼也要求文學作品概念體系的內部連貫性（coherence），從整體去互相了解各個部分。（何金蘭，P99-101）

　　發生論結構主義的理論係從社會結構、整體現實、集體意識、社會階級等大的結構來呈現世界觀，高德曼做過許多小說、戲劇的分析。尹玲則以發生論結構主義來研究詩。她以此法分析了十一首詩，尹玲找出詩中的思想、感情和行為，以細微的分析過程、延緩地呈現具意義又緊密一致的意涵結構[31]。以下試舉二例。

（一）〈書寫失憶城市〉一詩簡析

　　　拆

　　　　拆

　　　　　拆

---

[30]　何金蘭：《文學社會學》（臺北：桂冠圖書有限公司，78.8），頁152。
[31]　同上，頁95。

拆去一切

記憶的可能

唯獨留下

撒滿空中的口沫

企圖建構

通往天際的

虹[32]

筆者將尹玲〈書寫失憶城市〉放在歷史脈絡、社會結構中來詳細分析。我們先找出二元對立總涵結構是「遺忘／留存」的關係。「書寫失憶城市」這城市有三層意思：

第一層指的是實體屋瓦的城市：現在這城市不是過去的城市，沒有過去的痕跡了，早被「遺忘」，只「留存」下老城的記憶在某些人心中。

第二層指的是我內心的城市：是說過去城市真是太美好，它只「留存」在我的心裡，而且不會與別人相同，但面對新城市的面貌卻有「失憶感」乃至「虛幻感」，彷彿我是被城市「遺忘」的人，不會訴說的是城市。因沒有了家人，沒有了家，沒有了人倫、也拆掉了家的精神象徵、和拆光了過去的精神文明。

第三層次是指政客對「共產理想」的拆解：只剩下政客的口沫，1975年北越統一了越南，共產黨直接掌控國家，但至1986年，越共也開始改變經濟政策和對外開放投資的模式，所以表面上是共產主義，而骨子裡卻是掛羊頭賣狗肉，是向資本主義靠攏。共產主

---

[32] 尹玲：〈書寫失憶城市〉，《髮或背叛之河》，頁89。

義的理想性被「遺忘」了，只有空洞的共產這個牌位，政客也失憶了，只「留存」黨教條，像「虹」被掛在天上，虛妄的只剩下黨綱，政客失憶了得了健忘症。

這個「遺忘」和「留存」的二元意涵結構，此「遺忘」和「留存」二元對立意涵結構或顯或隱，不但貫穿全詩而且也依次出現在詩的許多元素中。

1.遺忘／留存

平日被隱藏、難以窺探的心態，藉助哭喊拆光城市記憶被照亮，作者藉之彰顯自身巨大的批判、無力和無奈。如1954年越共打敗法國，在日內瓦簽協定將越南分為南北越，爾後越共一直要侵略南越，1961年起越戰爆發，美國幫忙打了十幾年消耗戰，導致百萬越南人及五萬八千美軍死亡。「自己的土地，許多國家來『幫忙』」，「『他們偏愛血腥』，『我們』卻是『他們』殺伐的『殘者』」，越戰歷史恆在那兒，只有在書寫失憶城市時「逼顯」事物當下才會現形，「隱藏」的世界完全浮現，如利劍之出鞘，如針尖般不得不現出原形。本詩結構緊密性也是呈現在時空的精神結構上，這些簡潔的語言精煉後顯發了詩作，因為詩，只有詩才易從日常語言的束縛中「流動」出去。

2.時空交感

筆者以為此詩的時空是交感的，「拆去一切記憶的可能」是時間，留下「撒滿的口沫」是空間，口沫拋出的弧線，「企圖建構通往天際的虹」用動作瞬間拉出事件的空間，時間和空間糅合交綜，時間和空間互為表裡，處理極靈活，這種時空混融的手法，往往能

造成情思綿邈、錯綜幻化的意趣。[33]

　　發生論結構主義最重要的是「關係」，「身體－角色」既是「主體」也是「客體」，互為主體的關係，客體亦為主體，身體與世界之間有相容相摻的情境關係，「拆去一切記憶的可能」當城市角色沒有了，身體也沒有依憑，一切皆是無意義的「口沫」和「虹」。除了西貢，這失憶城市也可指臺北、或其他城市，尹玲心中六〇年代的臺北亦跟現在的不一樣，當1994年後尹玲首次回久別的西貢，卻發現法國色彩褪去許多「最具法國味道的著名CATINAT街，法國餐廳、法國咖啡館也已不存在」[34]，皆是失憶城市，所以：「我不在臺北，我不在西貢，我不在任何地方。」[35]臺北、西貢，皆是被拆拆拆拆，皆是失憶的城市，她被迫漂泊流浪。

3.詩的微小結構探析

　　詩的眾多微小結構的細膩密集可加強總意涵結構的深度和廣度，茲分析之：

　　（1）第一至三行：「拆／拆／拆」，連用三個拆，且一個拆字一行，表拆光，拆個撤底意，拆光有點是氣話。拆，故意寫不念舊情，其實隱藏的是最不捨舊情，拆一個字有拆個澈底意。為什麼要拆？就是不想記憶、要拆光對城市的記憶。這首詩的形式分析是：三個拆一字排開，從上拆到中，從中拆到下。

　　（2）第四行：「拆去一切」。「拆去」：接上行拆字，是頂

[33] 夏婉雲：《童詩的時空設計》（臺北：富春出版社，2007）。
[34] 尹玲：〈因為那時的雨〉，《一傘的圓》，頁34。
[35] 尹玲：〈撕碎的回憶〉，同上註，頁88。

真格，很狠心的拆光。「一切」：含所有人、事、情感和景物，皆拆光拆夠、不留一絲之意。

（3）第五行：「記憶的可能」。是「可能的記憶」之倒裝句。所有能想到的記憶，既不想記憶、想要忘掉，以至故意用失憶之法。

（4）第六行：「唯獨留下」，「唯」是唯一，只獨獨留下。

（5）第七行：「撒滿空中的口沫」。有二意：一是指和他人說話時，唯獨留下還有一點趣味的事件，或稱自己的話語是口沫、泡沫，無意義的打嘴泡。二是指政治協商或政客的談話是泡沫，沒有意義的語言。「撒滿」：散布、東西散落出來，零零碎碎撒了一地，有拋物線的感覺，才能連到空中。「空中」：向空氣中。「口沫」：口中泡沫，代表沒有意義的話語。

（6）第八行：「企圖建構」。不可能建構，所以才要企圖建構。

（7）第九行：「通往天際的」。天際不可能通往，故是虛擬的、虛張聲勢的。

（8）第十行：「虹」。虹是氣之七彩繽紛，此虛幻不實的色是虛擬的橋，口沫建構是不可能，它只能建構的虹，通往天際的虹。

從微小結構，可看出第一層意義是對受創者言，他們心中也想拆光對一座城市的記憶，為什麼不想記憶？因人事時地物的記憶太痛苦，然而拆去一切記憶可能嗎？這真是兩難習題。第二層意義戰爭和政客硬生生將她的家鄉轟炸光、拆光，拆去她一切的記憶；只留下一張嘴一口泡沫，而講大話不能建國；政客對人民講得天花亂

墜，皆是撒口沫；口沫建構是不可能，它只能建構天上虛幻不實的
虹。所以口沫＝天際＝虹。此是第三層意義：拆解就需重建，但用
口沫可以建構嗎？拆光城市、撒滿空中的口沫，表示一切皆沒有意
義，都是空談；對死了幾百萬人而言，對打了多年的越戰而言，寧
願不要記憶，所以是個失憶的城市；而午夜夢回，城市記憶還是拆
不光，會從夢的縫隙中緩緩逸出。

（二）〈一個人在Joyce〉一詩分析

在上首〈書寫失憶的城市〉中，她對這城市不要記憶，要拆去
城市一切的記憶，這首1997年的詩也是要遺忘一座失憶的城市，且
此城市滿佈塵埃，上首是直接不滿的控訴，而此首是靜坐此處想紛
擾的彼處，〈一個人在Joyce〉[36]詩如下：

> 靜享獨處
> 遺忘一座失憶的塵埃城市
> 及其獸類的叫囂
>
> 輕撫彷彿南歐的風
> 翻飛
> 逝去時光的支支
> 白旗[37]

---

[36] Joyce喬伊絲，咖啡館店名，此處在臺北市松山區慶城街，名為Joyce west coffe。
[37] 尹玲：〈一個人在Joyce〉，《故事故事》，（臺北：秀威資訊公司／釀出版，
　　 2012），頁201。

詩人身處臺北市幽雅名叫Joyce的咖啡館，靜享獨處如南歐般的平靜生活，她遺忘了家鄉西貢塵埃般的城市（當然也有可能暗指政客喧囂的臺北），啡館店前有花園，放了六、七個白色帳篷雅座，白旗代表什麼嗎？西貢，是真的遺忘了嗎？她真的失憶了嗎？為什麼要在喬伊斯獨坐，因為別處找不到安靜，尹玲寫詩永遠用他方跟此方的對比，永遠用白髮變黑髮來對比。

這一首詩用高德曼發生學結構主義來分析，其二元對立總意涵結構是「清靜／紛亂」，平日被隱藏、難以窺探的心態，藉助遺忘一座城市、控訴獸類的叫囂被照亮，作者藉之彰顯自身嚴厲的批判、無力和無奈。這個「清靜」、「紛亂」的二元意涵結構，或顯或隱，不但貫穿全詩而且也依次出現在詩的許多元素中。

1.清靜／紛亂

紛亂：是吵雜、煩躁、煩擾、混亂，外在的強勢，容易被打擾的外力，自己無法控制的主義、機器、無法抵抗的團體力量，也代表獸叫囂、腐敗、戰爭，永遠是共產國家人民的大背景、大陰影。清靜：表安靜，詩人身處臺北咖啡館享受南歐般的平靜、幸福。此是內在、內縮、自我控制的、也是弱勢的，在無法推倒的大他者中、只有靜享獨處時，眾人的力量才似乎隱退，好像上有政策下有對策般的暫時求取片刻的安靜。這時代每個人都在懷疑、猜忌大背景大他者（政府／國家機器／財團／大企業）的意圖和陰謀中生活。

2.白旗意涵

「逝去時光的支支白旗」有三層意思：

第一層表示投降：南越戰敗向越共投降、彷彿脆弱的小城堡向

強勢的大城堡投降，無力抵擋的小老百姓向大他者投降，向野獸投降。而由叫囂的「紛亂」中走向投降後的「清靜」，其結果不是死亡、被清算、逃亡、或苟延殘喘豎「白旗」地活著。越南共產黨掌控國家，然而1986年後，越共也開始改變成市場經濟，和對外開放投資，所以表面上是共產主義，而內部是資本主義在開發，在時代潮流下共產主義竟也豎起「時光的支支白旗子」向資本家投降了，象徵共產主義的破產。在西方衝擊下的越南人要活著，心思是非常複雜的，所以白色也表示一切皆枉然。

第二層表示Joyce咖啡館帶出南歐的點點記憶：Joyce咖啡館的庭園有大白傘豎立，風中拍拍響如白旗翻動，再「紛亂」的拍動（乃至叫囂）也可供日後或書寫的當下短暫「清靜」地回味。因而帶出作者過去跨國旅行中一個一個事件的記憶，即使是遺跡還有石頭墩杵立、樑柱高聳及石堆頹圮地錯落其間、如旗幟般豎立在不同的時光中，而只有記憶是無法投降的。

第三層表示白髮：「逝去時光的支支白旗」表示一根根白髮，生命終也得向歲月投降。尹玲的早生白髮，是必要之痛。有些詩人將白髮的降臨想成「死亡空降的傘兵」、「飄落白色的咒語」、「白即是美」、「五十歲以後」、「死亡，你不是一切」、「獨白」。尹玲一夕之間變白髮，白髮日日頂在頭上，提醒她多年來逝去的憂傷時光。依本詩前後意，「支支白旗」，既代表支支白髮、也代表獸再「紛亂」的叫囂最終也得「清靜」下來，向時間、死亡投降。

3.詩的微小結構探析

詩微小結構的細膩可加強總意涵結構的深度和廣度，茲分析於下：

（1）第一行：靜享獨處。靜享：靜靜地坐在臺北市松山區Joyce咖啡館，享受獨處時光。獨處：靜享獨處彷若短暫靠近母體、享受與南歐記憶合一，有南風習習、有安全幸福之感。

（2）第二行：遺忘一座失憶的塵埃城市。遺忘：即使舒適，她首先想到的還是他方，刻意要遺忘的大他者——不堪回首的城市。失憶的：她對這城市不要記憶，要拆去城市一切的記憶，要遺忘一座失憶的城市。塵埃：這城市有太多塵埃，一為戰爭、落後、一為心裡上它布滿傷心、難抑悲楚的點點蒙塵。城市：主要應是指家鄉、西貢，這個魂牽夢掛要遺忘的大他者。

（3）第三行：及其獸類的叫囂。獸類：代表戰爭、政客、越共，尹玲詩文把好戰份子、政客皆喻為無人性的獸類，可見心中的痛；獸是國家的機器，大他者的御林軍。叫囂：尹玲詩文把好戰份子、政客的行為皆喻為紛爭、囂張、敗壞。「及其」：承接句，上承要遺忘一座失憶的城市，和製造這城市塵埃的野心家；下接為何要遺忘的原因，因為內中有獸的紛囂。

（4）第四行：輕撫彷彿南歐的風。輕撫：是「我」輕撫白髮，省略主詞；輕撫是我撫摸，或者是風輕撫，我的手借風來翻飛。彷彿：彷彿是南歐的風在輕撫我頭髮。南歐的風：是詩人柔和想像風如手的暗喻，只有風可以安慰她的白髮，且只有如南歐的風可以安慰她的白髮。

（5）第五行：翻飛。前後有兩個動詞，一翻飛，一輕撫，輕撫是我撫摸或者是風輕撫；翻飛就只有風會翻飛。

（6）第六行：逝去時光的支支。逝去時光：白旗如余光中的
　　　向歲月的投降，白旗＝白髮，一夕之間變白髮，白髮日
　　　日頂在頭上，提醒她二十七年來逝去的憂傷時光。

（7）第七行：白旗。表白髮，向逝去時光的投降，白：白色
　　　表一切皆枉然，也可象徵她的幽幽傷痛。

　　尹玲寫詩永遠用他方跟此方的對比，永遠用白髮變黑髮來對
比。在Joyce啡館店靜享獨處，在臺北清靜中回想那個「紛亂」城
市。從微小結構中，在臺北清靜的一角可看出「獸的叫囂」或「翻
飛逝去時光的支支白旗」的「紛亂」，需要「清靜」的獨處，柔和
的「手」去自我「輕撫」，才有機會如沐浴在南歐的風中獲得安
慰。一座塵埃城市還在、獸還在叫囂，代表憂傷時光的支支白旗還
在翻飛，尤其午夜夢回，會從夢的縫隙中緩緩逸出，而一切走向
「白」走向「逝」走向「死」是必然，心中清靜則何妨獨享。

五、結語

　　很少人能夠體會尹玲所謂「無根的鄉愁」是何意，對於1949年
由大陸來臺的前行代詩人而言，他們的鄉愁至少是「有根」的。但
一個在臺的越華詩人如尹玲，卻成長在「我們操著粵語　越語　法
語／美語　英語　國語／和不知哪一國哪一地的語／誰的聲音大
誰／就是我們的主子／我們是宿命的終生異鄉人」[38]，她的宿命是：

---

[38]　同上註，頁81。

不斷的出發

便無法完成一次

真正的回歸

一千隻伸展的翅

何如一雙棲止的鞋[39]

她寧願棲止成鞋卻不能，只好不斷出發、不停展翅。這剛好造就她
成為一位詩人。因為人活在世上就理應始終處在一種「進行的」、
「過程的」關係之中，而不為當下處境所「囚」，也不定要自該處
境中「逃」出，定要「逃」進另一處境方才罷休，到時另一處境也
會是另一形式的「囚」了。若是能「意向性地」在不同處境（也包
括身分／地域／心情）之間適恰地「跨」與「互動」，乃至只是
「跨」在現在與過去回憶之間，自然就會有不可思議的收穫。這或
也是尹玲後來詩、詩論愈寫愈好的原因，她跨國旅行，一去往往數
月，居無定所，她在今與昔、此城與彼城、此鄉與彼村、在遺忘與
留存、清靜與紛亂之間不斷「意向性地」互動，而能創造出不同於
其他詩人的詩作。她知道「任何一鄉最後卻只是你我回不去的一個
他處」，「披著星光入夢」的「小小城堡」是不存在的，永遠「可
避彈的白鴿」也是不存在的，她在高德曼的挪用中找到可以自我重
構的詩的城堡。這些都是她自我救贖、既逃逸又可抵抗「該供向哪
一方宇宙／哪一方神祇」[40]的安定力量，那麼不斷出發、不斷跨與
互動又何妨？

---

[39] 尹玲：〈昨夜有霧〉，《一隻白鴿飛過》，頁191-192。
[40] 尹玲：〈讀看不見的明天——重構另類六〇年代〉，《一隻白鴿飛過》，頁82。

本文即透過拉崗的精神分析、梅洛龐蒂的身體現象學、乃至左右腦的「跨」與「互動」探討尹玲詩作的逃逸動力和抵抗精神，並指出尹玲的「無根鄉愁」使她能始終處在追求「過程的」關係之中，而不必一定能產生什麼「結果」。末了並以尹玲的詩作挪用高德曼，找出意涵結構再細緻分析詩的方式，指出閱讀的「延緩」也是使讀者、詩人走向「過程」、自字詞中重生的方式，宛如為一首詩建構一座「小小城堡」、乃至只是「一傘的圓」，以顯現出詩之美。而原來詩的寫或讀均是「使結果成為過程」的方式，尹玲以她的一生和詩，為我們展示了一位詩人不懈地追求「一千隻伸展的翅／何如一雙棲止的鞋」的「過程」。

參考書目

尹玲：《當夜綻放如花》，（臺北：自費出版，1994年）。

尹玲：《一隻白鴿飛過》（臺北：九歌出版社有限公司，1997）。

尹玲：《旋轉木馬》童詩集，（臺北：三民書局股份有限公司，2000）。

尹玲：《髮或背叛之河》（臺北：唐山出版社，2007）。

尹玲：《故事故事》（臺北：秀威資訊公司／釀出版，2012）。

尹玲：《那一傘的圓》，（臺北：秀威資訊公司，2015）。

何金蘭：《文學社會學》（臺北：桂冠圖書有限公司，1989.8）。

七田真著：《超右腦革命》，劉天祥譯（臺北：中國生產力中心，1997）。

梅洛龐蒂（Maurice Merleau-Ponty），《知覺現象學》（姜志輝譯，北京：商務印書館，2001）。

拉康，《拉康選集》（上海：上海三聯書店，2001）。

黃漢平，《拉康與後現代文學批評》（北京：中國社會科學出版
　　　社，2006）。

夏婉雲《童詩的時空設計》，（臺北：富春出版社，2007）。

方明：《越南華文現代詩的發展：兼談越華戰爭詩作（1960年～
　　　1975年）》（唐山出版社，2014年）。

夏婉雲：《臺灣詩人的囚與逃：以商禽、蘇紹連、唐捐為例》，
　　　（臺北：爾雅出版社2015）。

（本文登於《臺灣詩學學刊》（第二十七期，2016年5月，頁7-45），
並見於《淡江大學論叢——尹玲評論集》（2016.7）

「顯現／不顯現」與「亮／滅」的糾纏
——試論簡政珍〈火〉詩

摘要

　　本文以高德曼發生論結構主義看簡政珍「火」詩的意涵結構。「火」一詩是當下臺灣一甲子的社會縮影，透過一場大火的穿透性，這個社會隱藏的諸多現象和病症被顯影了。火中究竟「可見到什麼？」、「可照亮、吞滅什麼？」是值得探討的。當常人的世界未發生災難時，社會和人的內部是緊閉的，而災難發生則可「逼顯」事物當下現形，它「照亮」平時不顯現的事物，也立刻殘酷的「吞滅」各事物，其世界觀是建立在「顯影」與「隱藏」、「照亮」與「吞滅」上。詩以五層樓暗喻常人由少年至老年的人生，每層樓的事件莫不是當代社會現象的表徵，包含教育、價值問題、兩性、老年問題、治安、貧富問題等等一系列的社會現象。火災的一開一闔瞬間，顯影了人性的多重面向，「照亮」（顯影）的當下旋即「吞滅」（隱藏），是既顯再隱、色後隨即是空的強烈對照。

　　文中穿透各層樓、為事件顯影的是火和小偷，暗中窺探此一悲劇的是作者。火、小偷、和作者同樣具有穿牆鑿壁的穿透性，火和小偷都可說是隱形的作者。而火是死亡的元凶，是不可見的死神的化身，將諸多隱藏事物一一彰顯、照亮後，即予以吞滅和再度隱藏，作者不滿的反諷。所以「火」詩既是社會縮影，也是人一生瞬

間的彰顯，詩既顯現不同人面對死亡的境遇感，也探究了死亡對一切的穿透性，宣告了人世生生滅滅的必然。

關鍵詞：高德曼發生論結構主義、顯現、不顯現、簡政珍

一、前言

　　文學社會學是採取社會學看問題的角度，運用社會學的方法來探討整體的文學現象。高德曼的「發生論結構主義」已是文學社會學演進到五、六〇年代的事，在進入呂西安・高德曼的「發生論結構主義」（genetic structuralism）分析方法之前，先簡說法國的「文學社會學」發展，其目地是為說明「發生論結構主義」產生的歷史背景。

　　十八世紀末法國革命所帶來的震撼，有利於社會改革和文學社會學的研究。斯達勒夫人探討宗教、風俗、法律對文學有甚麼影響？她是把文學和社會學這兩個概念結合一起研究的第一人，她指出文學和社會學互相依賴，發展出**時代精神**（Zeitgeist）和**民族精神**（Volksgeist）是文學研究理論的精神骨幹[1]，她認為文學在時間和空間上因人類社會的變遷而顯現多樣性。

　　五十年後，鄧納發現時代、種族和**環境**是決定文學創作或文學現象的三個因子[2]。二十世紀初郎松重蒐集材料，以「文學史方法論」來同時強調整體、團體和個人這三種角色。

　　到五〇年代艾斯噶比是文學和傳播結合，試圖從社會學角度來探討具體的文學現象，他注重出版、大眾傳播的「文學事實」，全是數據調查，而非文學、美學意涵作品的研究，。[3]

---

[1]　何金蘭《文學社會學》，（臺北：桂冠圖書有限公司，79年3月），p11-16。
[2]　鄧納此機械式說法，忽略天才、典範產生的重要性，而二十世紀初郎松重蒐集無爭議性的材料，來作文學史方法的研究。
[3]　艾斯噶比在二次世界大戰後在法國西南部波爾多大學從事教學和研究工作。一般人稱以他為首的文學社會學研究學派為「波爾多學派」。見何金蘭〈文學社會學在法國之起源及發展〉，《淡江學報》78年3月），P20。

二、簡述呂西安・高德曼的發生論結構主義

艾斯噶比以文學出版、讀者與作者的互動為觀察,而同時代的高德曼呢?呂西安・高德曼(Lucien Goldmann 1913-1970)可說是以馬克思主義建立理論來研究文學社會學的人。創立的文學理論「發生學結構主義」(Genetic Structuralism),起初稱之為「文學的辯證社會學」(Sociologie dialectique de la littérature),它的重點有三:

1.文學和時代、社會猶如父子、先後關係。

2.文學是被社會、時代生產出來的。

3.從世界觀來看現象,故重整體性。

它是科學的、實證的一套研讀文學作品的方法。了解發生結構主義的意義可借用特里・伊格頓(Terry Eagleton,1943-)的解釋:

> …我們必須弄明白這個述語中的兩個詞,**結構主義**:因為他的興趣不在一種特殊世界觀的內容,而在這種世界觀所展示的範疇結構。因而,兩個迥然不同的作家可以屬於同一種集體精神結構。**發生(遺傳)**:因為高德曼研究這種精神結構是如何歷史性地產生的,也就是說,他研究一種世界觀和產生世界觀的歷史條件之間的關係。[4]

什麼是世界觀?它不是一種立即的、經驗性的事實,而是在瞭解個人實際上如何表達其觀念時,所不可或缺的一種概念性的運作

---

[4]　Terry Eagleton,《馬克思主義與文學批評》,臺北:南方叢書出版社,民國76年,頁:36

假設。

　　對高德曼來說，這是指文學作品跟主宰作品產生的社會經濟背景之間的關係。他的調查研究是一系列相關的全體性（totalités）以漸進和辯證方式進行的融合歸併。他的「隱藏的上帝」一書中即曾描繪過這個概念的輪廓：

> 一個意念、一部作品，只有在它融入一個生命、一個行為的整體之中時才擁有它真正的意義。再者，通常讓人了解一部作品的行為並不來自作者，而是來自一個社會團體。

　　除了這個融入全體性的概念之外，高德曼也要求一部文學作品概念體系的內部連貫性（coherence），從整體去互相了解各個部分。

　　高德曼又認為：「社會學與歷史觀是密不可分的」、「在作品本身的意義中去了解作品」、「在理解和形式的層面上，重要的是研究者必須嚴格地遵循書面寫成的文本；他不可以添加作者論及任何東西，須重視文本的完整性；……特別是，他要避免任何會導致以一篇自己製作或想像的文字來替代原來那篇確實的文本的舉動」。（何金蘭，P99-101）

　　他認為此是一切文化創作實質的價值基礎。[5]因文化創作，在它付諸行動實現的範圍內，是文化或文學領域內一個緊密一致且具意義的結構，他提出了「集體性的主體」的新概念，認為我們要理解與解釋它（何金蘭，P96）

---

[5]　何金蘭《文學社會學》（臺北：桂冠圖書有限公司，78.8），P152。

高德曼做過許多小說的分析，因理論係從社會結構、整體現實、集體意識、社會階級等大的結構來呈現世界觀，偉大小說、戲劇自然較適合；批評家謂其理論不適合分析詩，因而他在逝世前一年，企圖嘗試分析柏斯（Sant-John Perse）的幾首詩，也和同事合作分析波特萊爾的〈貓〉一詩，但研究篇幅甚短（何金蘭，79.3，P163）。除了長詩，短詩的細緻性，並不容易探討得出詩人的世界觀及歷史脈絡。

在國內，以發生論結構主義來研究詩的學者是何金蘭，她以此法分析的十幾首詩中，放在歷史脈絡論詩人世界觀的僅洛夫〈清明〉、向明〈樓外樓〉，餘如其分析向明〈門外的樹〉詩、淡瑩〈髮上歲月〉詩、林泠〈不繫之舟〉詩、敻虹〈我已經走向你了〉詩、蓉子〈我的粧鏡是一隻弓背的貓〉詩、羈魂〈一切看來是那麼實在〉、分析白靈〈鐘擺〉詩各名為〈在「生／死」「左／右」的夾角「入／出」「游／游」〉詩等十首，因詩本身不涉及特殊歷史性。

三、〈火〉的意涵結構分析

什麼是意涵結構（structure significative）？高德曼是說找出每個文本的思想、感情和行為「具意義又緊密一致的結構，（何金蘭《文學社會學》，p95）這個具意義又緊密一致的結構，稱之為意涵結構（structure significative），它「是由為數有限的元素所組成，能使讀者看懂文章的整體。」（何金蘭《文學社會學》，p101）。

筆者以高德曼本衷為主，將簡政珍「火」詩放在歷史脈絡、社會結構中來分析。將於下兩節中詳細分析詩中的「意涵結構」和

「微小結構」。

　　火[6]

　　午夜，當人的脈搏

　　隨著霓虹燈起動

　　一把火寂寞得想

　　一覽人世風景

　　一樓，甫剛睡眠的國四學生

　　揉眼皮，找眼鏡

　　不知怎麼一回事，直到

　　所有的升學參考書

　　在火中變成升騰的舞者

　　還不知道

　　怎麼安排心情

　　二樓，誤以為火焰敲門是

　　警察臨檢，一對男女

　　慌亂中以衣服

　　包裹相互褻瀆的語音

　　然後爭相

---

[6] 簡政珍：《當鬧鐘與夢約會：臺灣著名詩人簡政珍詩選集》（北京：作家出版社，2006年，18頁）及其第二本詩集《紙上風雲》（臺北：書林出版有限公司，1988年）。「還不知道怎麼安排心得」中的「心得」，應該是「心情」，大陸詩選集排版錯誤，作者告知應以《紙上風雲》為主。

赤裸奪取燃燒中的窄門

三樓，一個年輕的母親
抱著嬰兒，背對
進逼的火影，茫然
看著閉鎖的鐵窗
和街上撿拾生活的小貓

四樓沒有人跡
眼見日曆一張張成灰
牆上的掛鐘停下來默哀

火焰興致地躍上
五樓時，單身的老人
正翻個身，夢著
戰火和晚霞
一個小偷
及時剪斷通往頂樓的鐵柵後
從容投入
清冷的夜色

　　簡政珍，臺灣省臺北縣人，一九五〇年生。美國奧斯汀德州
大學英美比較文學博士。曾任中興大學外文系教授、系主任、逢
甲大學教授，《創世紀詩刊》主編。現任亞洲大學人文社會學院
院長。

著有詩集《季節過後》、《紙上風雲》、《爆竹翻臉》、《歷史的騷味》、《浮生紀事》、《詩國光影》、（大陸廣州）、《意象風景》、《失樂園》、《放逐與口水的年代》；詩文論集《空隙中的讀者》（英文）、《語言與文學空間》、《詩的瞬間狂喜》、《詩心與詩學》、《放逐詩學》、《電影閱讀美學》、《音樂的美學風景》。

主編《當代臺灣文學評論大系文學理論卷》，和林燿德共同主編《新世代詩人大系》，和瘂弦共同主編《創世紀四十周年紀念評論卷》。

曾獲中國文藝學會新詩創作獎，創世紀詩刊三十五周年詩獎，美國的大學博士論文獎，行政院新聞局金鼎獎等。目前研究其作品的評文有百餘篇。

基於發生論結構主義的意涵結構，筆者找出簡政珍「火」詩意義緊密一致的結構意涵是「照亮」與「吞滅」。

這個「照亮」（顯影）與「吞滅」（隱藏）的二元意涵結構，不但貫穿全詩而且也依次出現在詩的許多元素中，此二元對立意涵結構，如下：

意涵結構

照亮／吞滅
顯影／隱藏

「照亮」與「吞滅」的二元對立關係即是「顯影」與「隱藏」。此有如戰爭「照亮」（顯影）平常人性之所難見時，伴隨的是「吞滅」世間人事物的強大力道；也有如一將功成萬骨枯，將

軍被「照亮」（顯影），萬骨被「吞滅」（隱藏）；有如政治人物被鎂光燈「照亮」（顯影）的同時，四周也潛伏著將「吞滅」（隱藏）其道德和人性的危險；絕對的權利使人絕對的腐壞，絕對的「照亮」（顯影）使人易被絕對的「吞滅」（隱藏）。所以從「火」詩中可看到「顯影／隱藏」、「照亮／吞滅」的意涵結構。

　　高德曼提出了「集體性的主體」，人是由經歷過共同經驗，並且設想出集體策略來處理這些經驗所產生的結果。都市地小人稠，公寓經驗是現代人共同行為的體驗，火災也是現代人共同經驗。即火災和人有密切關切：人會處在火災中，火災也會在人中，人會設想出集體策略來處理火災經驗，但簡政珍不是以人角度寫火，而是以「火神」為主角來回頭觀看人的社會，今以圖示之：

人／社會

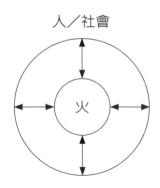

　　一般人撐住桌面，桌子有作用力，硬度會讓身體感覺到，硬度會反彈回來；這種以他物反身的角度，以客體「火」為主體，來回看人的社會、世界脈絡，頗富哲思。簡政珍在〈如何讀詩──以詩閱讀人生〉中也說：「好詩通常不是提供二元對立的笑聲和眼淚，而是主體和客體交融的苦澀的笑聲。」只有經由客體，我們才能認

識自己。此詩真正的用意，不是嘲諷，而是主體和客體交融後有「錯綜複雜的餘味」，詩中所呈顯的世界觀是理解和體認後的複雜尾音。[7]

　　詩境常寄託理境，哲思、道理常借詩抒懷。法國作家羅蘭・巴特提出「自動寫作」，他讓手儘可能快地寫作連腦袋都不知道的事情，「詩靈」的快速閃動，是頗適合的。[8]學者趙衛民認為：「詩最重要的是寫出『夢和潛意識』，如何發展出能突破潛意識面的驚駭意象，或改造語言的力量才是重點。」[9]

　　而語言何嘗不是一種照亮，語言學家影響了文學，詩的語言要陌生化、要誇飾，[10]極端的字眼即吞滅的字眼，才能照亮顯現主角，如「感時」才照亮「花濺淚」、「恨別」才照亮「鳥驚心」、「星垂」才當下顯現照亮「平野闊」，語言成為詩的重心，詩是拿語言來衝浪、遊戲似可明證。

　　此詩借一幢大樓彰顯了臺灣重要的社會問題，甚至是時代、環境問題，這些社會問題，寫出各層樓處在不同階段人生的命運；一樓的國中生或有機會逃離，二樓是出軌、三樓是母愛、四樓是死蔭、五樓是宿命，頂樓竟是宵小，擄掠而無傷的離去。[11]這些社會問題借一幢大樓全部彰顯，其所用的社會關係詞欲呈顯的問題以表列之：

---

[7]　簡政珍：〈如何讀詩——以詩閱讀人生〉，http://audi.nchu.edu.tw/~ccchien/2007.09.22, 及2009.5.9檢索。

[8]　趙衛民《新詩啟蒙》，（臺北：業強出版社，92年2月），P160。

[9]　同上註。

[10]　朱剛：〈俄蘇形式主義〉，《二十世紀西方文學文化批評理論》，（臺北：揚智文化〈股份〉公司，91年7月），P20。

[11]　白靈〈介入與抽離——從簡政珍的詩看中生代詩人的說與不說〉，（中生代詩歌與簡政珍作品研究會，北京師範大學珠海分校、當代詩壇學會主辦，94年3月）。

〈火〉照亮又吞滅的社會問題

段落	地點	社會性的關係用語	彰顯的社會問題
一段	夜市街道	霓紅燈	都會問題、物我關係問題
二段	一樓	升學參考書	升學問題、價值問題、健康問題
三段	二樓	一對男女	兩性問題、現代愛情問題、人權問題
四段	三樓	鐵窗與母親	婚姻問題、單親題、撫養問題、都市景觀、流浪動物問題
五段	四樓	空屋	社會貧富不均問題空屋問題
六段	五樓	單身老人	安養問題、社會福利問題、兩岸歷史糾葛問題
	頂樓	小偷	社會疏離、治安問題

　　此詩是反諷，彰顯的是社會、時代、環境問題，吞滅的也是這些問題，臺灣這些痼疾短時間皆難以解決，吞滅是將問題再度隱藏、掩蓋；代表詩人的世界觀是強力的無奈。

　　高德曼認為：「社會學與歷史觀是密不可分的」、「在作品本身的意義中去了解作品」、「在理解和形式的層面上，重要的是研究者必須嚴格地遵循書面寫成的文本；他不可以添加作者論及任何東西，須重視文本的完整性」。特別是要避免用自己的意思去解釋。（何金蘭，99-101）

　　本詩在全知觀點下，火災發生的當下（the living present）各樓層原來隱藏的瞬間全被「火」照亮顯影，又快速吞滅和再度隱藏，將「純潔／不純潔」、「光輝／污垢」、「僥倖／不僥倖」、「現實／夢境」、「理想／破滅」——等二元對立的現象於災難瞬間都完全浮現。

（一）「照亮／吞滅」

平日被隱藏、難以窺探的社會醜態、污垢，藉助一場火而有機會的被照亮，因一時之間不可能獲得解決，於是立刻予以殘酷的「吞滅」，作者藉之彰顯自身巨大的同理心、無力感、無奈感。一如颱風、地震常可把平日不易被顯影的官商勾結問題（橋樑偷工、建築減料）、人性善惡問題（自救／救人的人道表現）、貧富問題（處理災難能力的差異）等等均予暴顯，比如921及四川汶川大地震等把短缺鋼筋水泥的牆壁全顯現出來，把過去諸事全「照亮」，命也「吞滅」的帶走一切，大地震「照亮」了人性的善良和險惡，光輝了文學、顯發了詩作，[12]卻「吞滅」諸多無辜的生命，但問題能改進或改善的仍極有限，常常「顯影」後仍再度被「隱藏」，即是明證。

本詩借火災發生的當下「照亮」了各樓層，首段說明起火原因，總起下文，二段讀詩的心情隨一樓學生的意識還在迷迷糊糊狀態，三段脫離準備階段節奏變動態，寫男女的本慾；四段轉安寧的沈思是顯現「為母者強」的母題。五段四樓是死樓，死氣沈沈的默哀，五樓的老人代表落日餘輝的生命回憶，最巧妙的是末詩的臨去秋波一轉，小偷的出現，一方面呈現詩的本質元素即含有遊戲趣味性，二方面呈現了天地不仁、以萬物為芻狗的世間常性，三方面則顯現了作者巨大的同理心、和對社會陰暗現象強力的反諷。

---

[12] 大陸許多詩人皆在寫四川汶川大地震，921大地震的詩名作亦頗多，如羅智成的〈鎮魂〉即極為悽切、慟容。

（二）顯影和隱藏

為事件、災難「顯影」的是火和小偷，暗中「隱藏」於後的是作者，作者是詩中唯一的隱形人，像火穿透一切，看見了整個事件；火、小偷、和作者同樣具有穿牆鑿壁的穿透性，因此火及不肖之徒都可說是隱形的作者，而火又象徵不可見的死神，生死一瞬間，隨時可吞滅事物。偷兒角色最詭異是詩中的隱喻世界，如靈魂般潛入，又如鬼神般自如地潛出。隱藏的作者在詩句中如鬼魅，藉助火與小偷，進入一切，照亮它們、又吞滅它們，如火影如偷兒之影，顯影問題、又隱藏問題。

筆者以為此詩的境域是建立在「顯影」和「隱藏」上，火災未發生時整幢樓層住何人有何事全是緊閉不顯現的，而災難發生的時間點「逼顯」事物當下現形，「隱藏」的世界完全浮現，如利劍之出鞘、如法庭極端尖刻之辯論，如針尖般不得不現出原形。本詩結構緊密性也是呈現在時空的精神結構上（何金蘭，p91）：每一樓層的生老病死皆是同時發生，也都各自有它的當下，有它建構的時空順序。

再則，詩中的時空是交感的，詩中時間和空間，有時是糅合交綜，有時是互為表裡，在時空處理上極靈活，這種時空混融的手法，往往能造成情思綿邈、錯綜幻化的意趣。[13]

發生論結構主義最重要的是「關係」，「身體－角色」既是「主體」也是「客體」，互為主體的關係，客體亦為主體，變成讀

---

[13] 夏婉雲《童詩的時空設計》，（臺北：富春出版社，2007年5月）。

者也隨之起舞糾纏，「我看見一對男女奪門而出、我看見一個年輕的母親」。身體與世界之間有相容相參的情境關係。

人生活在活生生的世界，天天和別人說話、打照面，世界是自自然然不窘迫的，當世界發生變異，衝突、操煩的最高點自然是火災、水難、天災等，也就是說原本的常人世界是平和的、不經意的，因有外在客體祝融的介入，使得世界改變，出現了哭號、尖叫、淒哀等境遇感的反應，作者希望纖細的讀者有感同身受的感知。祝融、小偷的出現加強了荒謬劇，這介入的祝融、小偷等客體，因作者的擬人化，在詩中反成了可自如來去的主角，我們眼睜睜的看這兩角色的精湛表演，也因而隱約顯現了作者的悲憫情懷和「天地不仁」的世界觀。

四、〈火〉詩的微小結構探析

（一）標題

在一部文學作品中，除了一個總的意涵結構之外，還有一些部分的、比較小的結構，高德曼稱之為微小結構或部分結構。

這微小的結構，需細讀文詞，在字與字、詞與詞、段落與段落之間剖析它形成的綿密的關係結構，這些元素同樣具意義又緊密一致的結構，能使讀者仔細的品嚐文章的意味，在細細的文辭之間能擁有作家世界觀、深層的意涵，真可謂「小兵立大功」。

簡政珍這一首〈火〉共分六節。現分析每小節的微小結構如下：

（二）第一節

在第一節中有四行詩句，可以分成三個部分來討論：

1.第一行：午夜，當人的脈搏

　　說明起火原因，總起下文。表明祝融神想一覽人世風景，因而「生火」。鄉間、農村如有祝融，其釀成災難較小，故這首詩詩人安排在都市，是有其時空背景的。首段意涵結構是世人在享樂夜生活的五光十色，祝融也不甘寂寞，想要一探人世的朐麗浮景、入夜風華，它的好奇亦屬自然的一部分；對祂是照亮，對人世是毀滅，應是祂始料未及的。

午夜：萬事萬物皆為實質黑漆漆所「吞滅」時，都市仍有照亮的一面。夜生活使人五官全啟動，享樂神經全被挑起，城市事物快速在轉動。

脈搏：人的脈搏是紅的，人活著脈搏才會動；無數條脈搏支撐著人動。所以說人的脈搏，隨著霓虹燈起動，霓虹燈的脈搏也是紅的。

2.第二行：隨著霓虹燈起動

霓虹燈：如霓虹燈有脈搏主色也是紅的，無數條霓虹燈支撐著不夜城動。脈搏喚醒了人，霓虹燈也喚醒了城市，「人的脈搏會隨著霓虹燈起動」，霓虹燈是聲色生活的代表，人有脈搏，因人有心智在主控，此不說心智，而說下位的脈搏，便覺有趣。人的脈搏會流動，如同霓虹燈會跑動，即脈搏＝霓虹燈，一小流、一大流，小流跟著大流而起動而目眩神迷。

隨著起動：人的脈搏微小而隱形，原是看不見的，因小脈搏＝大霓虹燈，人的內在受外在影響而活潑起來，以小喻大，脈搏也隨著大霓虹燈而起動，由脈搏而霓虹燈，此是轉喻的效果。

3.第三行：一把火寂寞得想

一把火：火把黑暗照亮。大自然催毀、反撲的力量頗大；一把火也
　　　　可隱喻為一個地震、一場戰爭。所有物皆從尋常位移至不正
　　　　常位，從正常到火照亮‧吞滅的入徑反而可以使人反省習焉
　　　　不察之象，如升學、兩性問題、婚姻、老幼撫養、安養、貧
　　　　富不均、治安問題。

寂寞：人的日子過得太平凡，要用災難打醒，火的日子過得太平
　　　　凡，也要用災難打醒。而最受到目眩神搖的是祝融神，因午
　　　　夜，是人最寂寞的時候，也是祝融神最不甘寂寞的時候。火
　　　　很寂寞，當祂他耐不住寂寞時，即要搗蛋，也想介入。

4.第四行：一覽人世風景

一覽：覽，觀看意。瀏覽，大略的看了一遍，同「瀏覽」。一覽，
　　　　有隨意看一眼之意，如想成「一攬」雙關語即有抓攬入懷
　　　　中、攬為己有，吃掉、吞掉之引申意。

人世：人為世間最特殊的存有，姑不論「我思故我在」或「我在故
　　　　我思」，人常以己身作為「萬物的權衡」。

風景：火神把黑暗照亮，自然用祂的方式，祂介入即是插入人世，
　　　　用一覽人世的方式。都市聲色這麼熱鬧，不甘寂寞的火神也
　　　　要觀看，想要一覽風景。以火神言祂參一腳的方法就是燃
　　　　燒；借火花、火光來看清人世。對祂而言只是一時的好奇、
　　　　頑皮，對人類言可是大災難，所以一覽人世的風景，是風雨
　　　　前的寧靜、火災前的寧靜。

（三）第二節

第二節有七行詩句，筆者分三個段落來論述。

1.第一行：一樓，甫剛睡眠的國四學生

一樓：第二節開始，逐段以火神瀏覽的觀點，閱讀祂觀看到什麼？研究祂觀看到人世的什麼風景？祂觀看的即是人的社會，也是詩人所關切、憂心的當下臺灣、或世界的問題，雖然結果是以燃燒、吞滅的方式。

學生：第二節因剛開始，節奏是緩慢地作者思忖老、中、青中孰最晚睡？設定成「國四英雄傳」的重考生住一樓。

升學壓力一直是臺灣的社會現象，要進好學校成為學生的夢魘，重考生壓力尤其重，所以挑燈夜戰甫剛入眠，此不只是學生的問題，而是人生價值問題。

甫剛睡眠：表示重考生讀到二、三點才剛入眠，此顯露的是升學主義下的身心健康問題，一般國中生運動、睡眠皆不足。

2.第二行：揉眼皮，找眼鏡

揉眼皮：甫剛入眠的重考生，因為剛入睡，學生意識還在迷迷糊糊狀態，作者細緻化的分解動作「揉眼皮、找眼鏡、不知怎麼一回事」。意識迷糊，聞怪聲、異味，會馬上起來，揉眼皮，找眼鏡是作者動作化的描述，作者深知事件和動詞是寫詩的關鍵。

找眼鏡：詩中妙的是「揉眼皮、找眼鏡」皆為看清事物，但他還是「不知怎麼一回事」，「直到」看到全部的參考書在燃燒才

驚醒、精神才被振奮起來。而少年人帶眼鏡是升學主義的產物，升學主義以臺灣、大陸和日本最為嚴重。

3.第三行：不知怎麼一回事，直到

不知：「不知怎麼一回事」，指十六歲孩子因年幼涉世未深，危機處理應變能力不足，「不知怎麼一回事」和下句「還不知道怎麼安排心情」是語出雙關。

直到：在迷迷糊糊的狀態，直見全部的參考書在燃燒才驚醒，用直到帶起下文。

4.第四行：所有的升學參考書

所有的：重考生房間最多、最重要的是升學參考書，最易燃的也是參考書，所有的表全部的升學參考書皆被照亮。

參考書：參考書被照亮，一如靈魂被照亮、心之被照出，皆屬精神層面的瞬間顯露，敏銳的讀者就可承接讀出下面的詩句。

5.第五行：在火中變成升騰的舞者

在火中：此是指祝融照亮升學書旋即吞滅它，漂亮的變成火之舞；讀者隨學生而看見升騰的舞者，比喻祝融有曼妙的舞姿。

升騰的：舞者來自參考書，真是又驚又美又沈重，透過火，心情沈重的壓力，瞬間也升騰了（中學生壓力過大，會盼望考卷櫃被燒掉）。作者把燒掉參考書看成「升騰的舞者」是對教育的順勢反諷。[14]

---

[14] 白靈〈介入與抽離——從簡政珍的詩看中生代詩人的說與不說〉，（臺灣中生代詩人及簡政珍詩研究，福建廈門大學主辦，96.5）

舞者：是假舞者，參考書燒成舞者是諷喻，顯現的吞滅成隱灰。

6.第六行：還不知道

不知道：此句「還不知道」和第三句「不知怎麼一回事」，皆是不
　　　　知道，但上句是矇矓，此句是憂心、操煩，「還不知道怎麼
　　　　安排心情」是散文句，用逗點一分為兩句。

7.第七行：怎麼安排心情

心情：一則在突然的火光中，學生心慌不知如何應變；一則指參考
　　　　書燒掉的心情，當下整個心空掉，一樓國四學生能跑走，但
　　　　最在意的是課業，念茲在茲的是往後不知怎麼安排課業？

（四）第三節

　　第三節寫二樓有六行，以三段意思呈現，今分析其意涵結構。

1.第一行：二樓，誤以為火焰敲門是

二樓：此節脫離準備階段，節奏變快，寫青年男女也用動感形式的
　　　　荒謬劇來細述。

誤以為：「誤」是動詞，以動詞、動作開始的詩句較動感。

敲門：火焰劈里啪啦的燃燒聲，本來就似敲門聲。火焰敲門象徵死
　　　　神敲門，照亮就是吞滅。

是：「是」和「不是」相應，是否定的肯定，誤以為「是」其實是
　　　　「不是」。誤以為火焰敲門聲是警察臨檢，此種否定的美學
　　　　造成「否定」的趣味。

2.第二行：**警察臨檢，一對男女**

警察：男女因為偷情，怕警察臨檢，可見是不正常的男女關係，所以誤以為火焰燃燒聲是警察敲門聲。

臨檢：臨檢又牽涉到民主和威權問題，以前警察可臨檢住家和旅館，隨時代演進，人權問題被彰顯，現在已無此制度（除非有搜索票）。擴而言之，嚴肅的道德觀、社會價值亦不斷在改變，以前的道德制約、社會制約亦隨首長、民意代表直選、民選而更加開放。

一對男女：一對男女本暗暗辦事，本不想讓人知曉，現在因火災而燒出而照亮。

3.第三行：**慌亂中以衣服**

慌亂中：三四句詩意較濃，因是感官位移，以「衣服」轉成「語音」、以「形符視覺」轉成「語音聽覺」，用通感造成雜遝幻效，以「衣服」包裹「褻瀆的語音」。

4.第四行：**包裹相互褻瀆的語音**

褻瀆：「慌亂中以衣服／包裹相互褻瀆的語音」，情人間的語言猥褻，本無可厚非的，但褻瀆的是行為、衣服包裹的是褻瀆的身體。

語音：以「衣服」包裹「語音」，語音是虛的，故作虛虛實實之感。

褻瀆的：當然暗示兩人行為的褻瀆，但生死之際，兩人相互用語言褻瀆對方，可能怪罪對方為什麼選擇這個地方約會等等。

5.第五行：然後爭相

爭相：「然後爭相／奪門而出」，在「爭相」處斷句，以備「奪
　　　門」放下一句，兩個皆動詞，用分行強調動詞，用分行強調
　　　動作的快速及連續效果。

然後爭相：這赤裸男女，面對生死交關是奪門而出的人性畢露，此
　　　不是互相扶持而是爭奪，不是真愛犧牲，而是偷情快感的兩
　　　性速食文化、功利社會的表徵。

6.第六行：赤裸奪取燃燒中的窄門

窄門：門，本不窄本可逃，燃燒顯其空隙變小，奪門更顯其窄；
　　　門，原可逃生出去，現在生門變死門。

奪取：「赤裸奪取燃燒中的窄門」，男女衣衫不整，來不及穿衣而
　　　赤裸奪門，此門是燃燒的，在奪門而出時更見其窄，奪門即
　　　是悠關生死的奪命。

赤裸：食色乃人之大慾，在生活世界中，一般人愛追求聲色之娛，
　　　現代人更是隨心所欲，不正常的男女關係是一種快感的沈淪。

　　總之，此段彰顯的是兩性問題、現代愛情問題、人權問題，詩
中顯出幾許無奈。

（五）第四節

　　第四節有五行，有四個微小意涵結構。

1.第一行：三樓，一個年輕的母親

三樓：人的成長經過青春期（一樓）、戀愛（二樓）而結婚生子
　　　（三樓）漸趨成熟，故三樓寫一年輕的母親。二樓吵雜，三
　　　樓轉為安寧。

母親：和二樓慾念相對應的是烈火中的慈母。我們用對比的詞語可
　　　看出，一對男女是赤裸身體、熱鬧、喧囂、慌亂，一對母子
　　　是無聲、茫然、衣服裹體；總體隱藏的語詞是吵雜和無聲、
　　　自私和無私的對比。二樓三樓相對應的詞語如下：

二樓三樓對比的詞語

1	二樓	三樓
2	一對男女	一對母子
3	火焰的窄門	閉鎖的鐵窗
4	沒穿衣服，赤裸的身體	衣服裹嬰
5	慌亂的語音	茫然無聲
6	兩人爭相奪門	無聲，看著鐵窗
7	成人爭奪	靜靜小貓

2.第二行：抱著嬰兒，背對

抱嬰兒：三樓轉為安寧的沈思、茫然，其實是暗喻生的渺茫。「抱
　　　　著嬰兒，背對」皆是以動作先行，用二個一輕一重的動詞。
　　　　午夜了，只有母親獨不見父親，詩句中包涵了父在外地工作或
　　　　是婚姻問題、單親問題、撫養問題，皆可隱藏其中而不顯。

背對：有不敢看熊熊大火意，年輕的母親只敢背對炙熱大火。「背
　　　對，進逼的火影」，是故意分二行。

3.第三行：**進逼的火影，茫然**

進逼：有層層逼進之意。

茫然：「進逼的火影，茫然」是倒裝句，把動詞放前，較有力道。
　　　「母雞啄鷹」意在護嬰，雖遍體鱗傷而力抗，乃出於動物存
　　　種本性，因幼子無力應付變局，和上述的成年男女各自獨立
　　　可成熟的解決問題不同。一個年輕的母親抱著嬰兒在火三
　　　樓，其心態亦復如斯，故看著進逼的火影，唯有茫然。

火影：背對著火時，火影出現，火之魅影高大逼人；火影高高低
　　　低、時大時小，易使人聯想到柏拉圖的「洞窟比喻」中的光
　　　影，亦是高高低低的虛幻，但此處更見火災的鬼魅、熊熊的
　　　炙熱。

4.第四行：**看著閉鎖的鐵窗**

看著：母愛是文學永遠的母題。前有閉鎖的鐵窗、後有進逼的大
　　　火，她要趕快做決定，是把嬰兒用三床棉被層層包裹丟下
　　　嗎？丟下後嬰兒將來的命運將會怎樣？自己無法逃離，嬰兒
　　　又會如何？

閉鎖：房子如無鐵窗，本可逃生，加鐵窗變閉鎖，「看著閉鎖的鐵
　　　窗」，更加強了鐵窗的閉鎖性。

鐵窗：臺灣房子皆加鐵窗，此為臺灣特有的醜陋鐵窗，彰顯都市景
　　　觀問題和居家安全問題，詩人只有無奈、反諷。

5.第五行：**和街上撿拾生活的小貓**

撿拾：自己無法逃離，嬰兒就會是孤兒，像「街上撿拾生活的小

貓」般孤苦無依；故詩人看著閉鎖的鐵窗，「同時」也看著
街上撿拾生活的小貓，此連接詞「和」字用得也很用心。即
使如此，面對祝融，母親的保護和安慰也可能是無望。

小貓：「嬰兒」和「小貓」似兩個本來全然無關的人物並接，使景
象激盪變成詩的語言。簡政珍說：

> 兩個不同時空的景象變成互為因果的邏輯。兩種現實的場
> 景撞擊發出生命的火花，而展現一個不熟悉卻真確的現
> 象。詩正是使讀者從習以為常的生活中看到嶄新的面貌，
> 從熟悉中「看到」不熟悉。[15]

「嬰兒」和「小貓」這兩個不同時空的景象變成互為關係，亦
既是高德曼所言世界觀不是一種立即的事實，而是作者在表達觀
念時，不可或缺的概念性運作的假設，簡政珍心中自有要表達的
概念。

（六）第五節

第五節四樓只有三行，看似墊襯的橋段，簡單的滑過，實則
不然。前面一、二、三樓都有人，四樓故意空盪無人，留一點空的
感覺，讓人有呼吸感。好的詩人會注意意象韻律的節奏，詮釋者要
讀出此節奏感，如太強的一謂作目的性詮釋，而抓不住美好的韻律
感，經常是詮釋者的自我瓦解[16]。

---

[15] 簡政珍：〈如何讀詩——以詩閱讀人生〉，《臺灣現代詩美學》（「臺灣現代詩理
論與批評」篇章）（臺北：揚智出版，2004）
[16] 參照簡政珍《臺灣現代詩美學》第3章。

詩從目的性的詮釋解放出來,當會發現此「留白」的一道曙光,這是有趣的意象韻律調適。

1. 第一行:四樓沒有人跡

四沒有人跡:是空屋,雖象徵死亡意,另一方面也表空屋問題、無
　　　殼蝸牛問題、社會貧富不均問題。

樓:「四樓沒有人跡」承接四段生的渺茫直接指死亡。四樓的安
　　排,「空」除了造成韻律感外,也是時間的「空檔」與間
　　隙。三樓是母親,五樓是老人,中間隔的是時間,意味母親
　　經過一段「時間」,會變成老人。這是人生的所有過程。

2. 第二行:眼見日曆一張張成灰

日曆:「日曆一張張成灰/掛鐘停下來默哀」,火燃燒日曆,掛鐘
　　　被燒壞不走了,詩人用的兩個比喻是「日曆一張張成灰/掛
　　　鐘停下來默哀」一助燃一被燃。

3. 第三行:牆上的掛鐘停下來默哀

　　日曆與掛鐘的意象都指涉時間,物象(鐘)的停止,不能阻止
時間的進行,這是時間的空間化問題,此詩句有趣在:看似停止鐘
錶時間,但強制無用,鐘錶時間仍在世界滴答流淌。日曆成灰、掛
鐘燒停,兩兩對立;而用生動的動詞「眼見」帶出,掛鐘停下來默
哀無聲,也是對死亡「吞滅」的默哀。

(七)第六節

　　第六節有八行,分細之。

第一行：火焰興致地躍上

火焰：「火焰興致地躍上」，當火神燒到四樓、死樓時，人間是哭
　　　嚎不止、哀鴻遍野，而火焰還興致勃發地躍上五樓，在五樓
　　　舞著，形成反諷，

興致：表火的愈燒愈烈，有生機勃發狀，此段「火焰興致地躍上」
　　　也是詩人寫來最「起勁」的一段。

第二行：五樓時，單身的老人

老人：五樓的單身老人是宿命、命運，寫老人的餘輝、人生的無常。

單身：是獨居的矜夫寡婦，此是老人安養問題、社會福利問題外，
　　　還隱藏著兩岸歷史糾葛問題。

第三行：正翻個身，夢著

翻身：也表示老人睡不好。

第四行：戰火和晚霞

戰火：火，當作夢著戰火，有歷史感，用當下的火顯現過去的記
　　　憶，用小災難顯現過去的大災難。戰火是實事、晚霞是實
　　　景，晚霞亦象徵老人的晚年。

晚霞：代表老人夢著戰火和晚霞，最後的落日餘輝之回憶。

第五行：一個小偷

小偷：小偷超脫現實的想法，令全詩步入高潮。生死一瞬間，火
　　　神隨時可吞滅事物。而作者具有強烈的悲天憫人性，小偷

則無。

第六行：及時剪斷通往頂樓的鐵柵後

剪斷：頂樓「擄掠」的小偷，竟是「從容」的離去，既「僥倖」又
　　　不必負什麼責任。小偷角色是詩中的隱喻世界，其如靈魂般
　　　可潛入，其如鬼神般可潛出；其也可喻為時間般隱藏、如死
　　　神般不可見。

及時：正是時候。

第七行：從容投入

從容：表示體態的輕盈，這個貪婪者不必耕耘就有收穫；生家性命
　　　不受火災的吞滅，又可掠奪而去。有了「小偷從容投入夜
　　　色」，走入夜色，隱藏的部分才正開顯，言有盡而意無窮；
　　　故理解作品、找出微小結構，往往能把文學世界隱藏的部分
　　　顯現出來。

投入：小偷的荒謬像現化貪婪的政治社會寫照，也像人生的無常。
　　　亦表示工商業社會、資訊的社會人際關係的疏離、社會治安
　　　的問題。

第八行：清冷的夜色

清冷：詩人最巧妙的是在末四行以宵小行徑結尾，是超現實的表
　　　現，俏皮的臨去秋波，小偷的出現，呈現詩的遊戲人生，作
　　　者戲謔的寫出詩的遊戲性，可見詩的本質元素即在能指，含
　　　有遊戲趣味性，筆者發現即使帶有社會或是歷史意識的作品
　　　也需要一點幽默感。

夜色：簡政珍在〈如何讀詩——以詩閱讀人生〉曾說：「潛藏的語調似乎在強調別離之苦的難以承受，而用反面的說法來遮掩。繁複的語調是詩裡孕含的空隙。繁複的語調是詩裡孕含的空隙。讀詩就是在詩行的空隙裡聽到這樣的語調。讀詩就是在詩行的空隙裡聽到這樣的語調。」[17]

　　詩中偷兒是詩中的隱喻世界，其如靈魂、鬼神、祝融般隨意潛入，也喻為時間、死神般不可見。可怕的世界在詩句中如鬼魅的俱浮俱現。

五、結語

　　簡政珍對詩的生命感有深刻的認知，他在《詩心與詩學》說：
　　「詩人總在『有』『無』之間擺盪，在步入自己感知必然的『無』前·將客體時間壓縮成爆炸性的一瞬間，在瞬間寫下『有』」。[18]詩人可一瞬間在各樓層遊走，它是一層層的觀望、觀看，如此可知「心／時間／靈魂／夢想」等想像世界，是可以上天下地、無入而不自得的，而詩的本質正是如斯。
　　易言之，時間和空間的範疇結構是本詩可能意識之極限[19]，本詩結構緊密性也是呈現在時空的精神結構上；每一樓層的生老病死皆是同時發生，也都各自有它的當下，有它建構的時空順序。
　　每一層樓的人各自生活，不能貫穿別層樓，只有作者可以遊走

---

[17] 同上註。
[18] 簡政珍，《詩心與詩學》（臺北：書林書店，2000），頁172。
[19] 何金蘭，《文學社會學》（臺北：桂冠圖書有限公司，78.8），頁100。

各層樓，不只作者，其實還有偷兒和祝融[20]可以遊走層樓，當火災發生時，火、作者和小偷三者皆在經歷時間，皆可跳脫體會每一當下的感受，各自在揮灑。而每一層樓的時間長短不一，正在上演生老病死，每個生老病死始終處在「進行」中。

其詩感嘆人性的黑暗和光明是隱藏的，在大災難來時可歌可泣的事件才顯現，而用語文表達的僅為百分之一，照亮的只是一小光芒。

如1949年，因戰火僥倖來臺的軍人有一百萬，是作家及詩人的或許只十萬分之一，他們逃出來時值年少，所寫出來的事只是抽樣的是百萬分之一，所以有血有淚感人的作品就如鑽石，多少事皆被吞滅。這些前行代作家被「照亮」了，倖存的就有發言權，他們是不能取代的唯一代言人，但也「吞滅」了別人。

臺灣社會步入一甲子，是歷史、政治問題造成現在社會問題。此詩意涵結構彰顯的是和整個社會牽連在一起，社會問題背後是歷史問題。此幢大樓，只是以小喻大，如臺灣命運的縮影，臺灣的命運（1949年，二百萬人來臺被照亮，更多人被吞滅）、金門人的命運、臺灣島的命運亦復如斯，而社會問題非短時間能解決，從以前到現在皆需靠長時間。

所以「火」詩是人一生瞬間的彰顯，它既顯現不同人面對死亡的現身情態，也探究了死亡對一切的穿透性。「火」詩也是社會、時代、環境的縮影，彰顯後即吞滅臺灣各個問題，這些痼疾短時間皆難以解決，故再度隱藏、掩蓋這些問題。

---

[20] 消防隊員的穿梭是想當然耳的，其寫實成分居多，小偷角色則引人三分。

參考書目

一、專書

曾霄容《時空論》，（青文出版社，60年3月）。

簡政珍《紙上風雲》，（臺北：書林出版有限公司，77年）。

海德格著，陳嘉映譯：《存在與時間》，（臺北：唐山出版社，78.6）。

瑪麗・伊凡絲原著，廖仁義譯《郭德曼的文學社會學》（臺北：桂冠圖書有限公司，78.8）。

何金蘭《文學社會學》（臺北：桂冠圖書有限公司，79.3）。

簡政珍：《詩的瞬間的狂喜》，（臺北：時報文化，80年）。

關永中：《神話與時間》，（臺北：臺灣書店，86年）。

簡政珍：《詩心與詩學》，（臺北：書林出版有限公司，87年）。

朱剛：〈俄蘇形式主義〉，《二十世紀西方文學文化批評理論》，（臺北：揚智文化〈股份〉公司，91年7月）。

趙衛民《新詩啟蒙》，（臺北：業強出版社，92年2月）。

羅伯・索科羅斯基（Robert.Sokolowski）：《現象學十四講》，（臺北：心靈工坊文化公司，93年）。

簡政珍：《臺灣現代詩美學》，（臺北：揚智出版社，93年）。

簡政珍：《當鬧鐘與夢約會》，（北京：作家出版社，95年）。

夏婉雲《童詩的時空設計》，（臺北：富春出版社，96年5月）。

二、期刊論文

何金蘭〈洛夫（清明）詩析訪論一高德曼「發生論結構主義」方法

之應用〉，《臺灣詩學季刊》第五期，（臺北：臺灣詩學季刊雜誌社，82.12月），P104-112。

尹玲〈論詩歌的社會性〉《臺灣詩學季刊》第十八期，（臺北：臺灣詩學季刊雜誌社，86.3月）。

白靈〈介入與抽離——從簡政珍的詩看中生代詩人的說與不說〉，（中生代詩歌與簡政珍作品研究會，北京師範大學珠海分校、當代詩壇學會主辦，94年3月）。

白靈：〈蛇與狐之變——論陳義芝詩中的厭倦與奮起〉，《第十四屆臺灣現代詩中生代詩家論學術研討會》論文集，（彰化：彰化師大國文系，94.5月）。

夏婉雲〈時間的擾動〉，《臺灣詩學學刊》第七號，《臺北：臺灣詩學季刊雜誌社，95.5月》。

夏婉雲〈當下、空間情境化與童詩寫作〉，《臺灣詩學學刊》第八號，《臺北：臺灣詩學季刊雜誌社，95.11月》。

夏婉雲〈身體、纏繞與互動一從向明的童詩看文學時空的指向〉，《儒家美學的躬行者一向明詩作學術研討會論文集》，《臺北：萬卷樓，96.12月》。

何金蘭〈「家鄉／異地」之「內／外糾葛一剖析向明（樓外樓）〉，《儒家美學的躬行者一向明詩作學術研討會論文集》，《臺北：萬卷樓，96.12月》。

古佳峻〈動聲／同身／通神—白居易〈琵琶行〉析論〉，（97.10月，臺北大學。）

古佳峻〈戰火夢魘裡的「安居／流離」一試探尹玲《就請不要回首》其人／文結構性意義〉，《紀念施銘燦教授學術研討會後論文集，高雄師範大學，97.12月》。

（本文見2009年10月刊於東吳大學《有鳳初鳴年刊》，（臺北，東吳大學出版社，頁165-182》。第五屆東吳「漢學多元化領域之探索」學術研討會）

「內／外」、「遠／近」的關係
——試論泰華詩人曾心、楊玲兩首詩

摘要

　　楊玲的〈朱熹書院〉、曾心的〈羽毛筆〉兩詩的時空是交感的，都是「記憶的時間」，在詩中是隱喻的書寫，兩位作者分別用遊走於「書院」與「蟋蟀」、「天鵝」與「羽毛」的大小強烈對比，瞬間拉出事件的空間；又使朱熹與當下、現實飛鳥與莎士比亞形成古今對照，如此時間和空間糅合交綜、時空互為表裡，此種混融的手法，往往能造成情思綿邈、錯綜幻化的意趣。

　　本文用高德曼結構主義的解析詩，可發現只有找出意涵結構再細緻分析詩，透過一行行一字字詮解的「細微結構」的閱讀方式，正可產生「延緩」的效果，也是使人走向「過程」、自字詞中重生的方式。而走向「進行的」、「過程的」關係，找出結構、重新解構，而不必一定能產生什麼「結果」，一如重新創造的過程，正足以顯現出詩之美。

關鍵詞：呂西安·高德曼、關係、過程、曾心、楊玲

一、引言

在什麼時間，什麼地點，會發生什麼事情，常只是偶然，沒有人可以預期，但只因投入、參與，就構成了生命的趣味，值得以詩文去謳歌。如果沒有詩人林煥彰極可能沒有泰華小詩磨坊，如果沒有詩人嶺南人、曾心楊玲等人，極可能沒有泰華小詩磨坊。

小詩在兩岸詩史中起起落落，一直未能形成華文詩人創作的主軸和詩壇普遍的創作風氣，在臺灣小詩的提倡起源於80年代，但要到了2014年，因深受泰國「小詩磨坊」的「刺激」，才隱然形成一股不可忽視的氣勢。[1]但是，更早在2003年元月，泰國、印尼《世界日報》副刊主編林煥彰即奮力推動六行以內的小詩形式；2006年7月在他催生輔導下，和泰華詩友在曼谷設立「小詩磨坊」，探討小詩寫作。而在曼谷當地，又有資深詩人嶺南人、曾心領軍，大夥切磋琢磨，每年都有一部《小詩磨坊》詩選出版，十年磨劍，十年堅持，林煥彰、嶺南人、曾心居功厥偉，現在（2016年）終於凝聚了十一位詩人的智慧和心血編成這部：十年，才開始：泰華《小詩磨坊》十年詩選，曾心說「十年磨出一條詩的纖繩」，確屬不易。

本文擬採用「發生學結構主義」（Genetic Structuralism）試探泰國六行小詩。此理論是法國社會學學者呂西安‧高德曼（Lucien Goldmann 1913-1970）所創，原始研究的文本大部分是小說，臺灣學者尹玲（何金蘭）至法國留學後，將此理論大力應用於新詩研

---

[1]　白靈：〈走向小詩天下〉，《十年，才開始：泰華《小詩磨坊》十年詩選》，（臺北：秀威資訊科技公司），2016年6月。

究，[2]其後，臺灣的一些學者拜於其門下，也應用此理論於研究新詩，筆者亦為其一員。

　　二十世紀中，呂西安・高德曼理論是以馬克思主義建立理論來研究文學社會學的人。高德曼創立此文學理論，這是指文學作品跟社會、經濟、背景之間的關係。他的調查研究是一系列相關的全體性以漸進和辯證方式進行的融合歸併。他說：「通常讓人了解一部作品的行為並不來自作者，而是來自一個社會團體。」[3]除了這個融入全體性的概念之外，高德曼也要求一部文學作品概念體系的內部連貫性（coherence），從整體去互相了解各個部分（何金蘭，P99-101）。

　　他創發「發生學結構主義」，原來是要從社會結構整體面來觀察，從社會、現實、集體意識等大的結構來呈現文學，其理論指出凡文本均有它緊密的意涵結構，只有在分析作品微小構思的細緻中，才能看到作者內在的細緻，是故，走向過程、找出結構、重新解構，即研究者在解析過程之中讀出作者朝著什麼方向進行，就是高德曼結構主義的核心處。筆者以下即試舉泰華詩人楊玲〈朱熹書院〉、曾心〈羽毛筆〉兩首小詩為例，試圖找出詩中的思想、感情和行為，以細微的分析過程、延緩（postpone）呈現具意義又緊密一致的意涵結構。[4]

---

[2]　何金蘭以此法分析過十一首小詩，如「家鄉／異地」之「內／外糾葛＿＿剖析向明（樓外樓）、淡瑩〈髮上歲月〉、林泠〈不繫之舟〉、敻虹〈我已經走向你了〉、蓉子〈我的粧鏡是一隻弓背的貓〉、羇魂〈一切看來是那麼實在〉……等。

[3]　何金蘭：《文學社會學》（臺北：桂冠圖書有限公司，78.8），頁152。

[4]　何金蘭：《文學社會學》，頁95。

二、楊玲六行詩〈朱熹書院〉試析

書院裡古香古色
肅穆寂靜課室中
夫子滔滔不絕

我坐下乖乖聽講
蟋蟀在院外叫我
出來　　出來[5]

〈詩外〉書院大門前的竹叢太美了，溜出來留影做個紀念。
（楊玲）

武夷精舍又名朱熹書院，位於福建省武夷山隱屏峰九曲溪畔，是朱熹（1130-1200）五十四歲歸隱時營建，此精舍距今已二百多年，是其著書、講學之所。楊玲等人至此朝聖，而非江西的白鹿洞書院。朱子中年想重新樹立中華民族傳統的主體意識──儒家思想的正宗地位。他所創立的學派史稱朱子學（閩學），集其當時主要儒學學派（濂學、洛學、關學），始創「四書學」，集註《大學》、《中庸》、《論語》、《孟子》，匯成一個系列。

我們將〈朱熹書院〉詩放在歷史脈絡、女性心理來作結構分析。先找出二元對立總意涵結構是「內／外」的關係。這個「內」

5　出自《十年，才開始：泰華《小詩磨坊》十年詩選》，（臺北：秀威資訊科技公司），2016年6月。

和「外」的二元意涵結構或顯或隱，不但貫穿全詩而且也依次出現在詩的許多元素中，分析於下：

（一）總意涵結構：「內／外」之間

　　朱熹書院歷史恆在那兒，只有在書寫自己感受時，「逼顯」事物當下才會現形，「隱藏」的世界完全浮現，如利劍之出鞘，如針尖般不得不現出原形。本詩結構緊密性也是呈現在時空的精神結構上，這些簡潔的語言精煉後顯發了詩作，因為詩，只有詩才易從日常語言的束縛中「流動」出去。楊玲這首詩總意涵結構是指「門內／門外」，進而引申到「身心靈的內／外」之間。遊客進院時多半心浮氣躁，不免想要尋求安寧；先在內心找尋到動機，想要「進入門內」（不見得是真的聽講，可能是導遊介紹朱熹）找哲學之理，但朱子之理學博大艱深，參觀的心，還是浮動燥熱，安靜不下來聽那麼高深的學理。不得不找外在的動機，反而是「書院大門前的竹叢太美」，聽到外面的蟋蟀叫聲讓她靜下來。這個是「內躁外靜」的對比，作者一直在「內／外」之間跨與互動尋求平靜。女性本來就很喜歡追求安寧，而中國式的靜，很符合女性的追求，楊玲寫〈朱熹書院〉這首詩，正顯現其追求內心寧靜的渴望。

（二）始終在「內／外」之間「跨」與「互動」

　　詩人和藝術家也是常人，卻比常人敏感，心靈不安，身和心靈總要逃逸，逃離自己身體與不安的羈絆。總是隨時準備從一端離去，向另一端出發，總是在兩者之間不停擺動。「跨」與「互動」即是要在兩狀態間獲得暫時的穩定，必須是「跨」在兩狀態之間，必須使兩狀態處在不斷轉換或「互動」間。因此「跨」兩領域、兩

狀態，透過「互動」使物質改變其原狀態至另一狀態，比如楊玲詩中的「門內／門外」及心靈的，此即說明「門內／門外」或「內／外」均無法「久安」，所有的安寧均是短暫的，人永遠在「內／外」的「關係」之間來來回回，透過「互動的過程」尋求一時的心安。

詩就「跨」在這「內心」與「外物」的界面間，透過「互動」而生發，既可意向於此，也可意向於彼。詩跨在物與心間，在「虛」和「實」間轉換、交錯，產生能動性。因此重要的是過程，是跨與互動，而非結果（比如永遠的安定）。而保持動態性的「跨」與「互動」即是維持「不確定」狀態，同時執住兩端，而不執著某一單極，即是令自身時時處在一種「曖昧的」、「未定」狀況，卻是更全方位的、「整體性張望」的視野，也是詩能成詩的成因。

（三）詩的微小結構探析

詩的眾多微小結構的細膩密集可加強總意涵結構的深度和廣度，茲分析之：

(1) 第一行：「書院裡古香古色」。朱熹書院確實是古香古色。白鹿洞書院其實是一座山間精舍，這裡隨處可見石碑，百來年儒家均視之為文化勝地。雖經歷代翻修，歷史恆在那兒。

(2) 第二行：「肅穆寂靜課室中」。第一行、二行俱寫空間，從書院到課室，從大寫至小。「肅穆」、「寂靜」有三意：一是指指課室的氛圍，無人言語。二是指夫子講哲學思想課的肅穆、理學家朱熹的「格物窮理」，一

邊上課，一邊需「肅穆」、「寂靜」的思考。朱熹認為，一草一木都涵有「至理」，必須一件件地「格」盡天下之物，才能豁然貫通，體會到完美的「天理」，以為聖賢。三是指學生對老師、夫子的肅穆垂聽訓誡貌。

（3）第三行：「夫子滔滔不絕」。承接上句，在這個肅穆寂靜的課室空間中，又怎樣呢？原來有一夫子，正在滔滔不絕的講課，此「肅穆」、「寂靜」有二意：一是實寫，現場有一師，正在滔滔不絕言朱子思想。二指虛寫，一千年前的朱熹自然不見了，但宋明理學影響力千來年滔滔不絕。所見者為朱子音容聲咳，實為作者想像世界。

（4）第四行：「我坐下乖乖聽講」。第二段啟始句，「聽講」：講他的學說五教之目，即是「父子有親、君臣有義、夫婦有別、長幼有序、朋友有信」。為學的順序即是「博學之、審問之、慎思之、明辨之、篤行之」。「乖乖」：乖乖如孺子如學子聽講。「坐下」：從「書院」到「課室」依序到「夫子滔滔不絕」，皆須「坐下」吸收。

（5）第五行：「蟋蟀在院外叫我」。有二意：一為我想要去找古典之物，以為浮動能馬上靜下來，雖坐下聽講，參觀的心還是心猿意馬，聽不進理學的博大艱深，反而是蟋蟀讓他靜下來。二是因為心靜不下來，就聽到「蟋蟀在院外叫我」，叫我出來　出來。「蟋蟀」：即「螽斯」，從春秋戰國以來，常被文人引用的「螽斯」。「在院外」：「院內」／「院外」更可見出「內」／

「外」的總意涵結構。「叫我」而非「叫他人」，則呼
應儒家內省、篤行功夫、也呼應白鹿洞書院學規：先言
古先聖賢在教人為學之時，皆欲使之「講明義理，以修
其身，然後推以及人」。

（6）第六行：「出來　出來」。在院外「蟋蟀」聲聲催喚之
聲，非常口語，深饒趣味性，作者故意以短而急促聲表
示之。同樣對我而非「對他人」。

　　此詩用「院內／院外」進而對比「身心靈之內／外」呈現具意
義又緊密一致的意涵結構。從微小結構，可看出第一層意義是對遊
客作者言，她心中也想快速靜下來聽訓誨，但反而是動態的蟋蟀讓
他安靜下來，蟋蟀即是拉康所言的「小他物」，短暫能代表所欲追
尋的替代物，此「小他物」吵人，又使之靜心，正是人只能在「內
／外」的「跨」與「互動」間尋得短暫平衡點的人性展現。女性本
來就很喜歡追求平靜而中國式的安靜，內在的追求很符合女性的心
境，也因當下的「蟋蟀」離古代的「朱熹」不遠，此「內／外」的
「跨」與「互動」才有可能，楊玲〈朱熹書院〉這首詩才有詩味和
趣味，尤其是「出來　出來」四字。

　　研究作品微小構思的細緻，亦如同朱熹的「格物窮理」，只
有分析作品微小構思的細緻中，才能看到作者內在的細緻，才能顯
現詩之美。亦如朱熹認為一草一木都涵有「至理」，一詞一句亦含
「至理」，必須一件件地「格」出來，才能豁然貫通，體會到完美
的「天理」，此詩也是一樣，必須一行行地「格」，才能「窮其肌
理」，方能看出作者詩之細緻所在。

三、曾心六行詩〈羽毛筆〉試析

一群天鵝飛過
飄落一根羽毛

那是莎士比亞的筆

在方格上書寫
鏘鏘作響
飄溢著16世紀的墨香[6]

〈詩外〉2012年10月旅美著名學者、文藝理論家、作家劉再復應邀來泰演講，贈送我一根羽毛製作的筆，酷像16世紀莎士比亞書寫的筆。（曾心）

以詩題言：中世紀之前西方人大多用蘆葦筆書寫，但之後漸漸為鵝毛筆所取代，鵝毛筆在大約西元700年時普及，在還沒有發明金屬筆尖的沾水筆之前，鵝毛筆為主要的書寫工具。書寫的材質為羊皮紙、莎草紙（或紙）。手工切割的鵝毛筆在書寫時能因毛細作用而有持續供水的效果。鵝毛筆用大型鳥類的羽毛製成，天鵝羽毛製成的鵝毛筆更是稀有且昂貴；1810年發明鋼筆以後，羽毛筆逐漸沒落。[7]

---

[6]　出自《泰華小詩十年詩選》
[7]　https://zh.wikipedia.org/wiki/%E9%B5%9D%E6%AF%9B%E7%AD%86，2016.7.21查閱。

此首詩用高德曼發生學結構主義來分析，其二元對立總意涵結構是「天上／地下」引申出的「遠／近」之間，平日被隱藏、難以窺探的心態，藉助「飄落一根羽毛」、「那是莎士比亞（William Shakespeare，1564-1616）的筆」被照亮，先有一根羽毛製作的筆，再想成是天鵝嘎嘎飛過，飄落下來的一根羽毛，羽毛製成羽毛筆，又想成這是莎士比亞的筆，有沾水筆就有墨香，他正在方格上書寫，且還聽見鏘鏘作響的滑紙聲。

　　作者藉之彰顯對自我文學的期許。這個「遠」、「近」的二元意涵結構，或顯或隱，貫穿全詩。

（一）總意涵結構：「遠／近」之間

　　鵝毛筆是十九世紀以前的產物，當時沒發明鋼筆，鵝毛筆以羽毛尖端蓄水、沾水為筆。而莎翁的鵝毛筆、莎翁的歷史恆在那兒，只有在書寫自己感受時，「逼顯」事物當下才會現形，「隱藏」的世界完全浮現，如梗在喉，不得不現出原形。

　　人活在世上就理應始終處在一種「行進過程」的「關係」之中，而不為當下處境的小天地所「囚」。若是能「意向性地」在不同處境（也包括身分／地域／心情）之間適恰地「跨」與「互動」，乃至是「跨」在現在與過去回憶之間，均能有所收穫。

　　發生論結構主義最重要的是「關係」與「過程」，「身體－角色」既是「主體」也是「客體」，人的身體與世界事物「互動」的「過程」之間有相容相摻的情境關係，於是渺小的我這主體和落下來的羽毛客體相融，「客體」也是「主體」，天鵝羽毛製成羽毛筆，成了此詩主角，有沾水筆就有墨香，又聯想到這是莎士比亞的筆，更虛幻地彷彿還飄著16世紀的墨香，還看見他正在方格上書

寫，且幻想到聽見鏘鏘作響的滑紙聲。這皆是我的身體與世界之間有相容並存的情境關係，乃使我彷彿也具有莎氏「如椽之筆」的能量，一時有了「莎氏何人也，予何人也」的衝勁，乃能「跨」在「似遠實近」的空間（天上（天鵝）／地下（羽毛筆）、與時間（古（莎翁）／今（墨香）的想像與現實互動之間，自然就會有不可思議的信心。

詩就是要「上天下地」，「遠／近」之間的跨與互動，在十六世紀與二十一世紀間不斷「意向性地」互動，而能創造出不同於其他詩人的詩，詩人浸淫在其中，而能找到救贖自我安定的力量。

（二）主觀的時空交融

詩人常由與現實歷程相關的「消極式的時空」進入借託臆想之「積極式的時空」。[8]而由「消極式」到「積極式」可說即由所處的「外現的時空」，意向為一「內化的時空」，亦即詩人透過其擬物的描寫，打破時序、物理視野、對照古今場景、借鑑歷史和記憶突顯現世之感，對存在處境發出不平。[9]如此寄意託興於其所構成的時空場域中，透過時空存在之「過程化」手法，以達成感受上的時空移動或交融。

曾心的小詩〈羽毛筆〉即是如此，雖僅六行，「時」跨古今，「空」動天上地下，具有時空主客交感的效果。此詩是主觀空間加上主觀時間的詩，是詩人借由所處之「時空」產生的「事、物」及引發的主觀「情、理」，經轉化粘合而成的。作者故意用異於常態

---

[8]　見張曉風：〈中國詩中時間與空間並峙的現象—乾坤萬裡眼，時序百年心〉一文，參見《古典文學第十一集》，（臺北：學生書局.1990年），頁68。

[9]　楊慶豐：〈詩歌藝術中「時空意識」之思考——以《離騷》為例〉，《文學前瞻第二期，2001年1月》，南華大學文學所研究生學刊。

的說法，製造有趣的聯想。這一切皆出於作者主觀的意識表現，即是：「在借託臆想中，以時空為過程，（先有一根羽毛製作的筆，再想成是天鵝嘎嘎飛過，飄落下來的一根羽毛）感受到時空移動（又想成這是莎翁筆，有沾水筆就有墨香）和交融（飄著以前的墨香）。詩中不外情、景，時空可視為情與景交融的一個仲介。（莎翁正在方格上書寫，且還聽見鏘鏘作響的滑紙聲）」。

　　作者想的順序和寫的順序是不一樣的，此詩先想第三行——鵝毛筆一隻，再直接「肯定」說是莎士比亞的筆，先有一根羽毛製作的筆，再想到第二行——羽毛，第一行說成是天鵝飛落的一根羽毛，羽毛製成羽毛筆，又想成這是莎士比亞的筆，有沾水筆就有墨香，飄著16世紀的墨香，他正在方格上書寫，且還聽見鏘鏘作響的滑紙聲。比較於下：

　　1.「想」的順序是由「近」而「遠」：
　　　第三行（筆、羽毛筆／近）→第二行（羽毛）→第一行（天鵝飛落的／遠）→第四行（書寫）

　　2.「寫」的順序是是由「遠」而「近」：
　　　第一行（天鵝飛落的／遠）→第二行（羽毛）→第三行（筆、羽毛筆／近）

（三）詩的微小結構探析

　　詩的眾多微小結構的細膩密集可加強總意涵結構的深度和廣度，茲分析於下：

　　（1）第一行：「一群天鵝飛過」。「天鵝」：鵝中最美者，

作羽毛筆者俱為白色。

「一群天鵝」的「一群」有數大之美，數目極多，形容白天鵝美則美矣，畢竟終要「飛過」，有出現「飛」的壯觀，但終會「過」去，此動詞為下一句預備的「詩眼」。

（2）第二行：「飄落一根羽毛」。上句「一群」，此句「一根」，形容其稀有。在鵝毛筆中，天鵝羽毛製成的筆稀有且昂貴，在白天鵝群飛中，想像有一根羽毛飄飄然落下，美則美矣。實際上，一群天鵝飛過，是高高而飛，一根羽毛飄落是不易看到，也不易拾獲的。

（3）第三行：「那是莎士比亞的筆」。本行是單獨一行。此詩理應先有本行——一隻鵝毛筆，再直接「肯定」說那是莎士比亞的筆，有得之不易之意，間接也提升了寫作的信心。莎士比亞（1564-1616），劇作家、詩人、演員，是英國文學史上最傑出的戲劇家，也是西方文藝史上最傑出的作家之一，全世界最卓越的文學家之一。16世紀末到17世紀初的20多年期間，莎士比亞在倫敦開始了成功的職業生涯，他流傳下來的作品包括38部戲劇、155首十四行詩、兩首長敘事詩和其他詩歌。他的戲劇有各種主要語言的譯本，且表演次數遠遠超過其他戲劇家的作品。[10]所以莎士比亞好像是英國的代表，一想到鵝毛筆就想到莎士比亞。

（4）第四行：「在方格上書寫」。此是借託臆想莎翁的動作，在羊皮紙、莎草紙的方格上書寫。

---

[10] https://zh.wikipedia.org/wiki/%E5%A8%81%E5%BB%89%C2%B7%E8%8E%8E%E5%A3%AB%E6%AF%94%E4%BA%9A，2016.7.20查閱。

（5）第五行：「鏘鏘作響」。「鏘鏘」是狀聲詞，「作響」，響是聽覺，在羊皮紙、莎草紙上書寫的誇張聲音。

（6）第六行：「飄溢著十六世紀的墨香」。從「視覺」的筆到「聽覺」的「作響」，又轉為「嗅覺」墨的香味，而且有「溢出」之態「墨香」。

　　曾心此六行小詩既寄意託興於天空不易見的「一群天鵝」，又託古於時間遙隔不易得的莎翁的「一支羽毛筆」，其所構成的時空場域是虛構現實難以存在的「過程化」手法，以達到心境上的可感可想的時空交融。此詩時間跨了古今，空間使天上（天鵝）與地下（羽毛筆書寫）產生互動，呈現了主（我）客（筆）交感的效果。

四、楊玲〈朱熹書院〉和曾心〈羽毛筆〉二詩的比較

1.以年代／時間來比較：

　　朱熹是西元一千一百多年的中國人，感覺很近，莎士比亞是1600年，看起來近，感覺反而很遠。這是中國與西方因空間遠近所生出的時間古今難以還原其真實性的幻覺。故楊玲的「院內／院外」與曾心的「天上／地下」即反應了華人對中國的親切感，和對西方的陌生感。

2.以空間／距離來比較：

　　楊玲這首詩是講「門內／門外」之間，「距離」很近。而莎士比亞這首詩是講「天上地下」、「遠／近」之間，「距離」很遠。空間的距離也顯現男女身心靈追尋狀態的不同。

3.所寫生物的比較：

楊玲的「蟋蟀」小但近，就在院子的門外，曾心的「天鵝」大但遠，遠到在天上都搆不到。

4.認知的比較：

朱熹，乃眾儒之一，朱熹之前的大思想家眾多，朱熹之後，宋、明、清朝大儒亦眾多，且是眾人皆知。但是曾心的莎士比亞好像是英國的唯一，之前的是誰、之後是誰，都遮蔽住變得不重要，即使不認識好像亦無妨。

5.感官的比較：

楊玲的「蟋蟀」的聲音是聽覺，蟋蟀活潑會講話，女性喜歡聽美言，是聽覺的動物。而曾心的「鵝毛筆」是墨香，「天鵝」產生毛筆墨香，天鵝飛是視覺的、墨香是嗅覺的，男性喜歡看美物，一般言，男性是視覺的動物。

6.形式的比較：

楊玲這首〈朱熹書院〉詩是三三對稱式，這對稱式是中國式的，而曾心的這首〈鵝毛筆〉是二一三式，是西方現代詩的自由式。

7.男女有別的比較：

男性求外在事業，如對立功、立言的追索，女性求內心的平靜；男性如西方的游牧文化，勇於衝撞，女性如東方的河谷文化，安土重遷、但求內心溫暖。所以曾心有〈鵝毛筆〉之作，盼望自己也有莎士比亞之筆，寫出傳世之作，不要江郎才盡。楊玲有〈朱熹書院〉之作，盼望有一淨土、尋得自己內心的平靜。

五、結語

　　本文用高德曼發生論結構主義的解析詩，可發現只有找出意涵結構再細緻分析詩，透過一行行一字字詮解的「細微結構」的閱讀方式，常可產生「延緩閱讀」的效果，也是使人走向事物的「關係」和「過程」之中，而有自字詞中重生的感受。而發生論結構主義最重要的即是「關係」與「過程」，只有走向「進行的」、「過程的」關係，讀者才有如作者，有進入重新創造過程的愉悅和美感。

　　楊玲的〈朱熹書院〉、曾心的〈羽毛筆〉兩首六行詩均是隱喻的書寫，兩位作者分別用「院內」的3800平方米「書院」與「院外」竹叢中微小的「蟋蟀」聲、及「遠的天上」的「一群天鵝」與「近的地下」的「一管羽毛筆」形成大小強烈對比，瞬間拉出事件的空間；又使朱熹與當下、現實飛鳥與莎士比亞形成古今對照，如此時間和空間糅合交綜、時空互為表裡。而時空混融交感的手法，往往可以造成情思綿邈、錯綜幻化的意趣。楊玲與曾心的兩首六行詩正是極佳印證。

參考書目：

一、圖書

何金蘭：《文學社會學》，（臺北：桂冠圖書有限公司，1989.8）。

梅洛龐蒂（MauriceMerleau-Ponty），《知覺現象學》（姜志輝譯，
　　北京：商務印書館，2001）。

拉康，《拉康選集》（上海：上海三聯書店，2001）。

黃漢平，《拉康與後現代文學批評》（北京：中國社會科學出版社，2006）。

夏婉雲《童詩的時空設計》，（臺北：富春出版社，2007）。

夏婉雲：《臺灣詩人的囚與逃：以商禽、蘇紹連、唐捐為例》，（臺北：爾雅出版社2015）。

二、期刊論文

張曉風：〈中國詩中時間與空間並峙的現象——乾坤萬裡眼，時序百年心〉一文，參見《古典文學第十一集》，（臺北：學生書局.1990年）。

楊慶豐：〈詩歌藝術中「時空意識」之思考——以《離騷》為例〉，《文學前瞻第二期，2001年1月》，南華大學文學所研究生學刊。

夏婉雲：〈照亮與吞滅—試論簡政珍〈火〉之意涵結構〉，刊於東吳《漢學多元化領域之探索》，（東吳大學出版社，2009年10月）。

古佳峻：〈戰火夢魘裡的「安居／流離」一試探尹玲《就請不要回首》其人／文結構性意義〉，《紀念施銘燦教授學術研討會後論文集》，（高雄師範大學，2008年12月）。

古佳峻：〈動聲／同身／通神—白居易〈琵琶行〉析論〉，（臺北大學，2008年10月）。

（本文發表於2016年7月，應邀出席泰國小詩磨坊十週年慶，發表之論文，2016年年底在創世紀詩刊，曾登曾心、楊玲兩詩的分析簡文。2018年12月將登於《華人文化研究》第六卷第二期（南洋文化學會編印）。

輯二

意向性與形神分裂

鸞生／變身、巫語／詩語
——論唐捐身體詩生發的時

「逃亡，否則提筆。書寫，否則就要老去。」——唐捐《暗中》詩語

摘要

　　一九九〇年代是新詩世紀末華麗的年代，各種身體詩、器官詩斑斕橫陳，唐捐是頗具特色的其中一位；唐捐詩怪誕魔幻，或謂其標新立異，或謂其做白日夢，或謂其想要超越詩輩前賢。但這些皆不是詩的生發。人不自覺、不刻意、直覺的、直觀的、不經理性思考的意義，才是思想的生發，找出此意義，就是找出詩人的世界觀，才是詩的生發。

　　梅洛龐蒂說人童年、早年身體的觸覺和運動感覺，是人具有的「第一時刻」，後來一而再、再而三地被「裝入」往後的每一時刻中。所以身體的知覺是創造的關鍵，它是理性介入前的「前理解」區域。研究詩人詩的生發頗適宜以此知覺現象學來研究，即詩人身體知覺過的成長環境、個人體驗和地理因緣，影響了他的世界觀。唐捐身體知覺過的「童年大埔、父親經驗」必然在他的詩中扮演最關鍵的角色。

本文由「身體圖式」探討唐捐「為什麼會這樣地」寫詩，原來他詩的每個現在都隱含一個無以離棄的過去，這些和他形成了生命共構，形成了「處境的時空性」，唐捐詩的生命結構主要媒介為父親、民間信仰、鄉土環境。他的詩從孿生到變身，從巫語到詩語，把身體感官提升到鬼、神、形、氣上，以致諧仿萬端、戲耍無限。

關鍵詞：身體圖示、知覺現象學、孿生、唐捐

一、前言

　　唐捐，本名劉正忠，1968年生於嘉義縣。臺大中文系博士，臺大副教授。曾任清大副教授。著有詩集《無血的大戮》等四種、散文集《大規模的沉默》、論述《現代漢詩的魔怪書寫》。曾獲五四獎、年度詩獎、時報文學獎、聯合報文學獎、梁實秋文學獎等。

　　唐捐獲獎無數，曾獲9次全國學生文學獎，1994年，唐捐以〈暗中〉和〈暗中三首〉同時奪魁聯合報散文獎和新詩獎。[1]

　　唐捐詩，故意淫穢邪法，筆者有興趣的是溯向他意識的原因，他「為什麼會這樣地魔怪書寫」？他「拒絕的是什麼」[2]？如果我們能「找」到這樣的線端、或貼近詩人意向性的源頭，或較易理解他詩作整體的底蘊。唐捐前期詩作是前意識在游走，後期詩作是魔化、變身。從詩中不易找出源頭，筆者從其散文中可嗅出端倪。

　　黃文鉅在：〈魔鬼化或逆崇高──唐捐身體詩再探〉[3]謂唐捐「影響的焦慮」是強者的詩篇，魔化詩作是在自我期許，在魯迅、楊牧等詩前輩陰影下，再殺出一條血路。如說他詩的生發是要超越前賢，此影響的焦慮是所有文人的焦慮。此非詩的生發，

　　鄭慧如在《身體詩論》中謂唐捐詩作形神出入的兩個媒介，一為父親，一為白日夢，[4]白日夢的詩大多為想像、回憶組成，讓唐

---

[1]　張維中：《聯合報30周年特載・靜靜的生活 訪唐捐》訪問稿，當年唐捐二十五歲 1008.11.18
[2]　同上註。
[3]　黃文鉅：〈魔鬼化或逆崇高──唐捐身體詩再探〉，《臺灣詩學學刊》，（臺北：臺灣詩學季刊社，2007.11），p20。
[4]　鄭慧如《身體詩論》（1970-1999.臺灣），（臺北：五南圖書公司，2004年7月），P264。

捐的意識在前理解中遊走、**翻滾**；另一則為父親的巨靈，他自己一輩子和父交纏。[5]如說他詩生發的媒介只歸因於父親和白日夢，有失簡化之嫌，其根本原因在詩產生的意義世界在生長、環境，詩的生發頗適宜以知覺現象學、身體圖式角度觀之。

唐捐身體知覺過的「童年大埔、父親經驗」必然在他的詩中扮演最關鍵的角色，由於鄉野環境、父親是通靈鸞生，他度過一個特殊的童年，他諸多詩中約略可嗅出他生命的悲觀，「童年情境、民間信仰、父親」是否在他的詩中成了眾多意象的符碼？這樣的符碼特色是否使得他的詩與其他新生代詩人有別？這是本文擬探討的方向。

二、唐捐詩的生發

筆者研究其詩生發有民間信仰、父親的擾動、空間的情境、意識的遊走等數個因素，民間信仰屬歷史、延續性、時間性面向，父親的擾動屬個體面向，空間的情境屬空間的面向，而意識夢境的遊走是個人詩性的特質，茲分述之：

（一）民間信仰

民間佛、道信仰是歷史的集體潛意識，有歷史性的延展性，從古一直流洩至今。唐捐成長的時空是在曾文水庫湖畔的山窪村落成長，在四面環山的僻壤窮鄉度過童年，（青年期即在嘉義高中附近賃居）道教信仰一直是民間鄉里安定的力量，唐捐從小和鄉間的出

---

[5] 　唐捐：《大規模的沉默》，（散文集），臺北：聯合文學出版社，1999年08月，P8。

生、病痛、出殯、寺廟勾連在一處，成了他的集體潛意識；神話、民俗、祭典、巫術一輩子和他如影隨形。

幼童見民間信仰連載地獄十殿圖，地獄全是刀兵殺傷、大火大熱、大寒大凍、大坑大谷等的刑罰。他認為身體是介面，時空、意識、精、氣皆在此碰觸，人在陰曹地府仍有知覺，痛感更尖銳，地獄痛苦畫面多年來皆揮之不去。幼童所見民間佛、道信仰是意識、也是歷史的集體潛意識，這些鄉里信仰是他創作的礦床、也是能量。[6]

（二）父親的擾動

從作者的敘寫，讀者瞭解到其父從事道教乩童的神職工作，透過乩童起乩的儀式，通靈鸞生[7]在人、鬼處遊返，通靈人的人生是蒼白色，遊走地獄、見油鍋、削刮酷刑，通靈人是導體，他自己一輩子和父交纏，童、幼年是懵懂，少年的他有糾葛，充滿矛盾的「情意叢」，成長後父是陰影，成了他必須在意象中重組的風景，也成了他後來盡寫魔鬼毀滅者、一生不斷回味的養份。梅洛龐蒂說：「我在將來可能認不出我目前經歷的現在」，那是因唐捐可能早把自然時空、社會時空、巫術的時空和他／父親的時空交融互攝、交融會通。

父親在水庫對面深山種竹筍，一輩子是筍農，深山中可捕捉野生動物，為營生又是山產店老闆。特殊的是有廟會時，父親又是神

---

[6]　唐捐：《無血的大戰・後記》，臺北：寶瓶文化公司，2002年12月，p171。

[7]　祖師對鸞生當時的心緒瞭如指掌，也提醒了這便是踏進為成鸞生作準備的初階。這種親身經歷的體驗，感覺是玄妙至極。由於堂活動受秤意的指導，透過扶扎示現，鸞生必須根據信徒的……作為合乎文化傳統的代神開言的鸞生的任務是相當艱巨的。鸞生並不都是青年人，作者：《飛鸞—中國民間教派面面觀》David K Jordan，Daniel L. Overmyer，周育民，宋光宇譯，出版者Chinese University Press，2005。

壇鸞生[8]、乩童，他父親在廟會和神明、神鬼溝通這特殊的背景，使他一輩子和父交纏；乩童社會角色頗特殊，唐捐成長過程對通靈是困惑的，[9]，《大規模的沉默》散文集，對於父親書寫，佔約十篇的文本，不斷重複咀嚼喪父之痛並持續挖掘沉澱的點滴記憶，以再現父親影像、動作，想法與抱病所受的折磨，與其他題材的篇章相參照，可以發現既有後現代風格的覆蓋疊合，也摻染著實質而獨特的抒情。他的生命和父親的生命結合在一起。

人和社會時空、自然時空、文化時空糾纏在一處，成了人的集體潛意識，而不自覺。其父是神明、廟會、神鬼溝通起乩的主角。鸞生是民間社會制度的產物，屬社會中下層人物，唐捐童、少年是懵懂，成長懂事後父成了陰影，他一輩子和父交纏。

（三）生長的處境

唐捐父和筍子的糾纏，父一輩子在深山種竹筍，竹林的筍子空間往下，筍子深深扎根於土地，見筍尖又向下挖，此挖掘如靈魂的下探。他有夜宿筍寮處境，而能觸覺、聽覺神經全開；他父親開山產店，獵穿山甲、殺山羌、山豬等野生動物，他又看到開腸破肚、捕殺動物的哀號，獵物的靈魂在空間飄忽。神、鬼亦屬自然。如此特殊的成長背景，所以唐捐在《暗中》詩集後記說：「逃亡，否則

---

[8] 鸞生與道士的身分不同，各有其天職，鸞生當中的正鸞生、宣講生等，必須代天宣化，讓更多人了解上蒼的恩澤，進而改過勸善，正己化人，使凡世漸成世間的大羅玉京。（屬於勸世方面的天職）道士（此所指之道士不是指靠「賣道」而生活的「道工」、「神棍」，而是指經過奏職授籙，有心宏揚道教、振興道教的有道之士），高功接天地之真炁，由學道、修道而行道、弘道，為信眾消災解厄，並求赦罪賜福。（屬於濟世之天職）但是鸞生與道士，此兩者可以並行不悖，以未道而言，就兼具鸞生與道士的身分，而且教中不少前輩師長，兼具此兩身分者，並不在少數。http://www.boco.com.tw/DesignElementData.aspx ID=978

[9] 「用巨大的陰影，包裹自己的感傷」唐捐詩〈上元節出門所見〉第七行。

提筆。書寫，否則就要老去。」

　　早年身體的觸覺和運動感覺，被認為是人一生其他較高層次的意識活動的基礎。[10]身體不只具有所謂「位置的空間性」，更具有「處境的空間性」[11]。空間不是建立思想活動的客觀與表象的空間，而是預示在我的身體結構裡，和其不可分地相連，這表示詩人早年的空間經驗預示了他後來詩作的情境的相關性，尤其是曾以身體澈底蹭磨過的體驗：

> 在一個運動的每一時刻，以前的時刻並非不被關注，而是被裝入現在，……運動的每一時刻包含了運動時刻的整個長度，尤其是第一時刻，運動的開展開始了一個這裡和一個那裡、一個現在和一個將來的聯繫，而其他的時刻僅限於展開這個聯繫。[12]

　　文中的「運動」是指身體在時空中運作的「知覺」，在梅洛龐蒂的敘述中最可注意的是字眼是尤其是「第一時刻」──，初生嬰兒和出母親的接觸，而其他時刻，僅是這聯繫的展開。它將被一而再、再而三地被「裝入」詩人後來的每一時刻中。雖然我在現在看到的過去有「可能已經改變了原先的過去，同樣，我在將來可能認不出我目前經歷的現在」[13]。

　　他把空間情境化，視「空間性」是空間本身與身體主體所共構，可說是時間內在意識的延伸，是當下身體與知覺客體對象的

---

[10]　汪文聖：《現象學與科學哲學》（臺北：五南出版社，2001），頁90
[11]　同註6，頁135。
[12]　同上註，頁186。
[13]　同上註，頁102。

「共存」（co-existence）[14]而形成的空間。因此他才會說：

> 每一個物體都是所有其他物體的鏡子，當我注視我的桌子上
> 的檯燈時，我不僅把在我的位置上可以看到的性質，而且也
> 把壁爐、牆壁、桌子能「看到」的性質給予檯燈，檯燈的背
> 面只不過是向壁爐「顯現」的正面。[15]

因此身體與知覺對象間的共存所招致的所有感知的空間性除了
可見的實質空間性外，亦包含著感覺、體驗、或所引發的想像的虛
擬空間性。現象學家梅洛龐蒂此種對身體知覺的重視，對詩藝術的
感知具重要意涵。

童少年期對「時空」的認知必然從「自己的身體」與「其他的
身體」（尤其是母親）的互動開始。茲舉《空間詩學》的言論來證
明之，加斯東・巴舍拉認為：[16]

> 我們誕生的家屋，並不只是讓一個居所有了身體（活了），
> 它也是讓種種的夢有了身體，它的每一個角落都是做日夢的
> 棲息處使這棟家屋消失後，這些價值仍留存下來。無聊的、
> 孤寂的、日夢的集中地，匯流為一，形構出夢的家屋。

童年的家屋是他們夢的寄託，而詩的偉大功能，就是能幫助我
們回到夢境，正因為知覺和肉體的重要性，梅洛龐蒂進一步強調了

14　梅洛龐蒂：《知覺現象學》，頁103。
15　同上註，頁101。
16　加斯東.巴舍拉：《空間詩學》，（臺北：張老師月刊社，2002年9月），頁137-139。

藝術作品具有的語義性質。

（四）身體圖示

　　以上三種面向，可全部包在身體圖示來解釋之。「身體圖示[17]」（body schema），和胡塞爾《觀念一》靜態現象學的「能識－所識（noesis-noema）」、有相似的結構。胡塞爾《觀念一》，意識活動到指涉對象間的間接化（以能識－所識結構、作為意向活動的中介）；梅洛龐蒂則是身體現象的間接化或雙重化：身體圖式或「能觸－所觸」結構，造成的：

　　（1）主動／被動

　　（2）內／外的辯證動態感

　　在此可以看到，由胡塞爾「意識結構」到梅洛龐蒂「身體圖示」的轉移的延宕，也可扣連於「主體性」的回答：若胡塞爾膠著於（藉由epoche到達先驗域的）意識結構、即主體性主要作為意識活動而言，那麼，梅洛龐蒂則關注於身體圖示或以能觸－所觸結構為側重面向。兩人的相似性是：

　　（1）由能識－所識到能觸－所觸結構，以及超驗主體的絕對性。

　　（2）梅洛龐蒂於論述中，極力反對機械生理學或傳統心理學，與之劃清界線，或不斷藉由與之的區分，顯出現象學觀法的差異與意涵。

　　（3）對源初的迷戀。

　　不同的是：

---

[17] 身體圖示Schema一詞知名的學術使用，另外是在同時代的心理學認知發展論、皮亞傑那邊。Schema一詞用指「個體運用與生俱來的基本行為模式，瞭解周圍世界的認知結構（引自wiki）」。若有認知科學史能力的話，研究梅洛龐蒂與同時代心理學科學發展之關係，是很有趣的。有些相抗又相生相迎的關係。

（1）梅洛龐蒂筆中的「世界的意義」，多了似於海德格的存有論性質，即大寫存有（Being）。

（2）梅洛龐蒂的還原與胡塞爾的擱置（epoche）不同，而是在世界中與現象當中發生；藉由描述法，表現出來。或著說，重返體驗。梅洛龐蒂關切的是世界之源初意義的彰顯與於現象中的不斷顯露。

此是指運動的第一時刻，梅洛龐蒂言初始：「身體的各部分，以一種獨特的方式相互聯繫在一起……一些部分包含在另一些部分之中（enveloped in each other）。」、「同樣，在我看來，我的整個身體，不是在空間並列的各個器官的組合。我在一種共有中、擁有我的整個身體。我通過身體圖式、得知我的每一條肢體位置，因為我的全部肢體、都包含在身體圖式之中。」[18]

對「身體圖式」一詞的討論，是逐步推延出的。梅洛龐蒂先從最粗淺的一般論說法出發，逐步「先挑選前一說法中、具有洞見的；再藉由與之對反、指出與補正他的缺失，達到進一步的詞語意義昇華」。這個進程大概進行了三～四次）。逐步推開：一方面，釐清掉所不是的部分，另一方面，補充增加的部分（新的方面）。藉此，來達到概念上的提升。概念在使用中、才不斷地精確化。因此，我認為，不盡然是一種定義化（definition），列出第一點是什麼第二點特徵是什麼……。我主張，以這樣的進程方式、來解或說明梅洛龐蒂於《知覺》一書中的身體圖式一詞。

---

[18]　Merleau-Ponty，Maurice，《知覺現象學》（Phenomenology of Perception），姜志輝譯，北京：商務，2005。英譯對照於translationed by Colin Smith，Routledge，2002，P135。

「人們最初把「身體圖式」理解為我們的身體體驗的概括，能把一種解釋和另一種意義、給當前的內感受性和本體感受性。身體圖式應該能向我提供我的身體的某一部分在做一個運動時、其各部分的（1）位置變化，（2）每一個局部刺激在整個身體中的位置，（3）一個複雜動作在每一個時刻所完成的運動總合，以及最後，（4）當前運動覺和關覺印象在視覺語言中的連續表達。（《知覺現象學》，p136）」梅洛龐蒂把以表象概念去理解的理解方式排除，「……身體的空間性還應從整體退到部分，左手及其位置、還應該包含在和起源於身體的整體計畫中，……（《知覺現象學》，p136）」。

目的傾向：梅洛龐蒂在極多處、都討論到先驗現象身體的特徵之一在於，動作除了生理載體與機械運作之外，更包含了動作的完成，即目的（意向性中的朝往），而這目的的性質，包含在動作的整體與連續當中。比如：「我依靠我的身體移動外部物體，我的身體把物體放在一個地方，以便把它們挪到另一個空間。」這是傳統空間、物解或外在空間的理解方式。但，「但我直接移動我的身體，我覺得我的身體不處在客觀空間的某個點、以便把它挪到另一個地方，我不需要尋找身體，身體與我同在——我不需要把身體、引向運動的結束，而是身體一開始就到達運動的結束，是身體參與了運動」（《知覺現象學》，p131）」，他以婦女能感覺到帽飾、車上路不需要比較路寬和車寬及通過房門不用測量房門寬來比喻身體參與了運動（《知覺現象學》，p189）」。

以早期《意氣草》1993.1所寫〈子夜經驗〉為例：

〈子夜經驗〉

彷彿萬瓦的聚光燈
潛入眼球，深深深

子夜的經驗如水銀
在神智的銅缽裡搖滾
所以面色如土
微微蠕動是透明的蚯蚓

不是蚯蚓。是記憶的
鋼筋逐漸形成，是想像
的水泥凝定。不能更改

除非很大很大的地震
　　　　　　《意氣草》P125

　　子夜的經驗如水銀，是指他從小和父兄在深山竹筍寮裡守夜
的經驗，深深深的往內在挖掘，在神智的銅缽裡搖滾，一直蕩氣
迴腸。

　　唐捐的作品即是通過知覺塑造出全新的、有血有肉的、活生
生的自己的生命，五官在子夜全張開，在子夜聽聲音、聞味道、
觸物件；其中，藝術通過書寫而表達了超越物體本身的東西，知
覺轉換為精神（詩中呈現的），精神又轉化為新的知覺（讀者對
子夜和自己身體的重新體認），而這就是藝術的雙重奧妙之所

在。[19]

三、意識遊走虛實之間

　　唐捐詩的特色之一是做白日夢，讓意識在虛實之間遊走，其詩帶有意向性，有清楚的意向性掌握，「帶引讀者不斷在進展中」[20]，他能感覺現實、超現實的情境，他能逸離時空，他的意識在衝浪、冒險。難怪陳慧樺會說他「大部分好詩都是意識活動的鋪陳」如《暗中》的〈形影神〉、〈蛇喻〉、〈暗暝七發之七〉，今以〈暗暝七發之七〉末段為例：

　　　〈暗暝七發之七〉

　　　……

　　夕陽頹廢如賽後的足球
　　汗水撥弄著皺紋，手指彈打著
　　肌肉。我在演奏自己的身體
　　感觸沿肋骨攀升，在頭蓋骨
　　附近與冷氣邂逅，纏綿
　　遂生出夜色。挾呻吟歎息
　　以俱西。衝倒三棵樹

---

[19] 同上註，頁107。
[20] 陳慧樺〈唐捐詩中的意識網〉，唐捐：《暗中》（詩集）附錄，臺北：文史哲出版社，1997年05月，P.277。

這是〈暗暝七發〉詩作的最後一段，詩中似乎可讀到作者對身體的愛戀。

像是一個電影畫面，取景於黃昏蒼茫的情境中，首先是夕陽「如賽後的足球」的特寫鏡頭，呈現了一天的忙碌競逐後的「頹廢」狀態。

然後鏡頭折回主角身體的動態特寫，如「汗水撥弄著皺紋」、「手指彈打著肌肉」，我們似乎感受到這是運用慢動作的拍攝手法，汗水滴滴如珠，皺紋如波盪漾，肌肉彈跳如彈簧。唐捐在此寫盡了身體的影像美。

底下這句：「我在演奏自己的身體」，更讓我們感受到這是一個偉大的指揮家，在指揮自己的大型樂團場面，那麼的氣勢磅礡！除了「感觸沿肋骨攀升，在頭蓋骨／附近與冷氣邂逅，纏綿」這些詩句外，真的再也找不出可以描述或形容聆聽演奏的感覺了。

最後「遂生出夜色」，應和第一行「夕陽」，以合理的時間過程，作為「演奏自己的身體」的結束。

而「挾呻吟歎息以俱西」是餘韻，「衝倒三棵樹」則是意外，你可能無法理解的意外。

唐捐的〈暗暝七發〉共分七節，每節七行，合計四十九行，形式經過精心設計，以身體為意象，馳騁想像，技巧繁複，足可為身體詩的典範。

（一）生活世界

海德格言：「人是在世存有」（being in-the world），唐捐個人的心理是既主觀又抽離的態度對每一件事，在生活世界中且遊走於虛實之間。

海德格把Desein不是指活動中的自然人，而是指人活動本身的特性是存在的能量，此power有潛在性（potentiality），唐捐將此潛在性做了上天下地的發揮。就以《大規模的沉默》裡第一篇〈魚語搜異誌〉來說，看起來是虛構的，但卻都是真實的。他自認是一個具有幽暗意識的作者，不迴避注視宇宙、社會、人性中的陰暗面，「因為唯有正視悲哀，我們才能在世上找到真正的愛與生存的力量。」

謹以《無血的大戮》詩集中〈我的詩和父親的痰〉為例：

〈我的詩和父親的痰〉

我的詩和父親的痰　濃稠　冷澀　無藥可救
很容易傳染　顯然　是同一種病的兩種症狀
在許多許多星月故障的夜晚　我在臺北　父親在臺南
他伸出沾滿筍味的指掌　在牌桌上堆砌墳塚般的白泥紅磚
一張張筍干製成的大鈔　在灼熱的眼眶裡燃燒
一根根冥紙捲成的香菸　在鐵灰色的氣管支氣管中
衍生烏雲一樣的咳嗽與濃痰　而我　兩百公里外的我
左手端起咖啡（裡面泡著女友的臉龐）右手套弄著一支亢奮的筆桿
遍地傾吐　關於薔薇關於銀河系關於如何測量水溝的詩句
它們會在某一天的副刊裡萌發　撲翅飛到每一座城鄉　也許
就降落在父親的手上　但他的眼睛急於吸吮一支支靈籤
不會知道兒子的心事印在紙的背面
他用報紙接住口裡爆出的雷電　一口痰便在我的詩裡　渲染

擴散

我的詩和父親的痰　都發源於曾文溪上游的莎米奇山
山上的竹叢與筍灶　在許多許多鬼火流蕩的夜晚
我們一同躺在竹林竹寮的竹床上　啜飲破爛的啦嘰窩流出的
充滿腐味的歌謠　雨夜花　鑼聲若響　目眶紅紅的補破網
中間每每穿插著山澗飛擲　狂風摑樹　獼猴與野豬的叫喊
脆弱的煤油燈如同觸網的烏賊　在漆黑的海浪間　徒勞地
掙扎
四肢五官逐一融解　如鹽　只有筋骨間明快的疼痛　耿耿
不滅
記錄著今天的勞動昨天的雨量明天的缺憾

P28

八十七年時報文學獎「新詩評審獎」，
刊於87.11.11「人間」副刊。

筆者找出〈我的詩和父親的痰〉二元對立的結構是「清明、污
穢」。「詩和痰」是唐捐「精神的病」的產出，是他自覺不清明
的、令自身難受的景象和心境，鬱結糾纏於精神之中，必得不吐不
快。「父親的痰」是父親「身體的病」的產出，是父親生病的、
不清明的、令他自身污穢、難受的身體狀況，鬱結糾纏於喉中，
必得不吐不快。前者是心境，後者是身體。而詩「吐」後，精神
獲得短暫的清明，父親的痰「吐」後，身體也獲得短暫的舒適、
清明。

　　畢竟痰是污穢、低下不堪、人們避而不見的，常因有病而起；

而詩無人會視為污穢之物，反而讀後常讓人有清明之感，但父親因為不識字，卻可能以他登載詩作的報紙承裝他污穢的痰。詩的產生與父親一生所為糾纏不清，是自我尤其中拔出的象徵，卻不是父親所能理解的。反之，「我」想逃避的父親的一切，恐也非「我」所能真正地認知和理解。因此污穢的痰與清明的詩相互包裹的同時，結果是「我」與「父親」是至近、又極遠，卻又糾葛不清，表現了世世代代親情的實境和真理。因此當此詩的總意涵結構是二元對立的「清明與污穢」時，它們同時也隱含了「聖與俗」、「美與醜」、「秩序與混亂」的辯證。

「我的詩和父親的痰」都發源於同處、種在同一座屋簷下。「我」與「父親」是至近又極遠，表現了世世代代親情的實境和真理，寫父親即在剖露自我，詩人寫出了成熟的自信，極其深刻。而此詩不只是寫父子親情，溫婉的關愛，也寫父子間的代溝、糾葛；更對人與土地著墨甚多，讀此詩好像看到臺灣這塊土地一甲子歷史脈絡的切面，讓我們有深刻的整理和反省。

「我的詩」和「父親的痰」這兩個不同時空的景象變成互為關係，亦既是高德曼所言世界觀不是一種立即的事實，而是作者在表達觀念時，不可或缺的概念性運作的假設，唐捐心中自有要表達的概念。

臺灣社會步入一甲子，是歷史、政治問題造成現在社會問題。此詩意涵結構彰顯的是和整個社會牽連在一起，社會問題背後是歷史問題。而社會問題非短時間能解決，從以前到現在皆需靠長時間。

此詩本身涉及特殊歷史性，此詩為什麼有特殊歷史性呢？因寫出臺灣社會城鄉的隔閡；寫父親即在剖露自我，詩人寫出了成熟

的自信，極其深刻。而此詩不只是寫父子親情，溫婉的關愛，也寫父子間的代溝、糾葛；更對人與土地著墨甚多；臺灣社會城鄉的隔閡，臺灣歷史由農業走到工業、由以前常見的求神問卜、民間拜拜走到現代年輕、多元的信仰，臺灣社會由鄉村到都市、由髒亂到乾淨、由粗野到文明、由沒文化到已開發，由醜陋的「紮實」到美感的「虛無」之間，臺灣社會的生活形態有太多改變，不知究竟何者更像人生的一種無解的辯證。

唐捐愛用「脆弱的」、「徒勞地」、「掙扎」都表示人子的無奈、從筍農的辛苦到人與土地的著墨；「煤油燈如觸網的烏賊，在漆黑掙扎」更多隱喻是臺灣鄉人的辛苦，臺灣的農業的實在面，相較於文學美感的「虛無」，這些反而是「紮實」的醜陋，這真是人生無解的辯證。

又：《無血的大戮》詩集〈有人被家門吐出〉一文形容目睹父親棺木入土後的心情，以看似輕鬆簡潔的口吻卻反襯出無限哀傷下的疲憊：「這樣很好。再沒有斷斷續續的咳嗽切入熟爛的眠夢，沒有濃稠的痰從牆壁上滲透過來。能夠發現作者用心於轉化平常的語言，普遍的意象加以陌生化。

而《無血的大戮》詩集〈黑色素〉中形容主角少年Q因為眼角一顆痣象徵剋父，是故Q遂拿起刀試圖刮除那痣，文本這樣寫道：

> 他並不覺得痛楚，反而有如搔癢一般舒爽。受傷的是痣，不是他的皮肉。就像一株被火折騰的蠟燭忽然止熄，熄滅的是火，不是蠟燭。（1998，56）

從「痛」的感覺開始，由心痛到不痛。極力刮除那顆痣源自剋

父的象徵，然而，當動手執行時，因為有了心理上的自我安慰也移除了痛，取而代之為一種快感，作者以蠟燭熄滅的意象作了本體與外顯符號關係的比喻，也以逆向手法襯出情感。

（二）互為主體性

主體間性（Intersubjectivity）或稱「互為主體」、「主體際性」，由共同單子（具有血肉、能行感知行動的主體，層層還原確立後得知的）組合成的世界。在時間人類歷史中，統一建構如何可能？唯有透過人類互為主體性，在時間中統合出意義來。傳統哲學的空間經驗，僅止於客觀的對象問題，忽略主體建構空間的能力，而現象學最重要的是「關係」，「身體－主體」既是「主體」也是「客體」，主客體互為主體，客體亦可為主體，變成我（主體）向客體開放，我（主體）向客體站出去。[21]

同時，身體與世界之間相容相參的情境關係，使得空間離不開身體主體的知覺與經驗世界，又離不開人的主觀心境。唐捐許多詩寫主體我的釋出進入客體（如蛇、蜘蛛等動物），把「我」隱藏，以客體的動感來鋪陳，僅以〈宇宙論〉來析論之：

〈宇宙論〉

乾稱父，坤稱母；予茲藐焉，乃混然中處。

——張載

---

[21] 羅伯.索科羅斯基：（Robert.Sokolowski）《現象學十四講》，（臺北：心靈工坊文化公司，2004年），頁200。

1

天空挺著鼓鼓的肚皮
懷孕我們

還沒出生，還沒活過
我們只是渾沌的受精卵
不知誰弄大母親的肚皮？
祂可在外頭等我們出去？

風雨雕刻我們的軀殼
烈日打造了心情——
我們被完成。靈魂
被排泄到天地之外
身軀被母親開除

茫茫星海，找不到父親
成為流浪的宇宙塵

2

群星如釘，狠狠打進
天空的深處

從未出世，早已入土

世界是一座堂皇的塋墓
保養著死屍。不讓腐味
泄漏，侵擾高枕上的神

從未作人，早已成鬼
愛與恨只是蛆蟲的運動
哭與笑則是它的排泄物
所有的行為都叫　腐爛
所有的事物都叫　棺木

神說過：有一天
祂要來開棺驗屍

　　這首詩強烈指出了人在世界上、以及世界在宇宙時空中的位置、和既真實又虛幻的時空感——世界的任何一點一滴無不與「宇宙」緊密互動、纏繞，我們的身體亦然。

　　詩人借其身體敏銳的感知，在宇宙中闡釋了人很渺小。唐捐把時空內化到景物中，可說做到了情景交融（時空、自己身體、和任何萬物的一體感）。他認為宇宙是無限存在的，把宇宙寄意託興於其所構成的時空場境中，它在蛆蟲的運動、排泄物、腐爛棺木裡，它無所不在、無所不包，詩境中的意涵透過「時空存在之同質」而達成了「思索整體」的渴想。但上述道理唐捐體認到了，因而「狂喜」。

　　唐捐的知覺是創造性的，他將「意向性」、「身體」、與人類整體「時空」的思索交融一塊，因而達成了詩境的崇高感。梅洛龐

蒂說身體的知覺是藝術創造的關鍵，它是理性介入前的所謂「前理解」區域，因為它可直觀地將「可見的」轉換為「不可見的」，同時又把「不可見的」轉換為「可見的」，它實現了兩個世界的「雙重轉換」，正如唐捐對「宇宙」（不可見）和「自己身體」（可見）的相互轉換，他也以身體的「知覺過程」（泄物、腐爛、棺木裡）體現了時空的存在感，而非獲得一種「結論」，而這正是上述人之「意向性」所具有的生命能力，「身體空間是思想居住的空間」、「肉體穿透我們，囊括我們，使我們在藝術維度中去思考」。[22]

而想起父親，想及鬼神之說，想到信仰真實虛幻等面向，作者也多少後現代筆調地切入信仰和民間活動之間的互動，諸如託夢傳聞，報名牌的神蹟等等。略帶玩笑卻流露一絲渴盼的口氣下，文本寫道：「說不定父親偶爾賭氣，不能忍受跟一大堆祖宗擠在那塊老舊的公媽牌仔中，就會到我的血脈裡蹓躂一下哩。」（〈感應〉1996，145）雖交揉一點趣味腔調，然而，這也形成作者另類用以抒情的方式。

（三）唐捐個體的分裂／變身

唐捐的主體會分裂，一分為二或三，如下面〈上元節出門所見〉

〈上元節出門所見〉

人來

人往

---

[22]　同上註，頁106。

的廢墟。爆竹聲裡

飛出彩色的蝙蝠

在塗滿腦漿的燈籠之間

來回穿梭。華麗的閣樓

用巨大的陰影

包裹自己的感傷。我在路邊攤

點了一盤炒麵

看鍋鏟挑動快要焦灼的油湯

如鬧市

人們　走來　人們　走去

好熱鬧的廢墟

我看到不存在的蜘蛛

拚命地吐出鐵絲

網住燈火、網住貨物

──啊，我看到了

有人　飄來又飄去

　　「人來人去的熱鬧街道成了廢墟」，主體會分裂，「我見到爆竹聲裡，飛出彩色的蝙蝠、吐鐵絲的蜘蛛」，我看到了「有人　飄來又飄去」，飄來又飄去的是鬼影是人一分為二，此皆是不存在的人、物是分身、變身，此是早期《意氣草》、《暗中》詩集的特色。

　　唐捐也會做荒誕的變身。唐捐的文字風格濃稠、寄詭，常被歸為「世紀末」、「後現代」一類。他說自己的作品是從「生命底

層」出發的，題材並不新。例如親情、土地、自我的追尋，然而出發後尋找的是新的表現形式，「所以雖然看來是超現實，可是我的心情卻是以現實為主體的。」他愛做荒誕的變身，如《暗中》〈忘形篇〉

〈忘形篇〉

1.搭車

　　從公車裡出來，你變瘦變矮。妤像一份半生不熟的食物，差點破胃腸消化。你的表情也有些扭曲，原來是在剛才的推擠磨擦中，改變了身心耳目的結構。難怪你感覺越來越不像自己。

　　於是你又跑上公車，想要找回原來的自己。司機問你忘了什麼東西。你只是默默地往裡面擠擠擠，擠擠，擠。直到每一個人都變成你：十天沒刮鬍子的你、懷孕的你、衰老的你、騷擾人的你，啊，還有破騷擾的你、你你、你你你。

2.飲酒

　　拿起酒瓶，往嘴裡我。那香醇的液體進入血脈，輕飄飄的感覺就充實了全身；但似乎也有些東西從體內輸入瓶中。

　　呃，我飲牠，牠也飲我。酒入我口，精淚血汗卻進入瓶口。酒瓶愈來愈□，我愈來愈瘦。我終於變成酒瓶，牠終於變成我。

牠將我輕輕提起，放到冰箱裡。並且貼上標籤。

P132

傳統的哲學與心理學在探討空間經驗時，僅止於客觀的對象問題，忽略主體建構空間的能力，但梅洛龐蒂重視客體與身體的結合，我的身體既非單純的主體，也非單純的客體，它不再是傳統哲學中與心靈相對的另一極，而是兩者的統一。梅氏的「身體主體」既是「主體」也是「客體」，身體與世界之間相容相滲透的情境關係，使得空間離不開身體主體的知覺與經驗世界，離不開人的主觀心境，那是人原初保留的「內在的聯繫」、「無名的集體性」的自動延伸。「物體和世界是和我的身體的各部分一起，不是通過一種『自然幾何學』，而是一種類似於與存在我的身體的各部分之間的聯繫，更確切地說，與之相同的一種活生生的聯繫中，呈現給我的」。[23]他說的「空間性」是空間本身與身體主體所共構。是身體與知覺客體對象的「共存」（co-existence）而形成空間。因此身體與知覺對象間的共存所招致的所有感知的空間性除了可見的實質空間性外，亦包含著感覺、體驗、或所引發的想像的虛擬空間性。「在空間本身中，如果沒有一個心理物理主體在場，就沒有方位，就沒有裡面，就沒有外面」。[24]「空間感覺」（spatial sensations）之空間性，並不是位置上的空間性，而是「情境的空間性」。「每一個物體都是所有其他物體的鏡子」、「每一個物體就是其他物體『看到』的關於它的東西」。[25]

---

[23] 梅洛龐蒂：（Maurice Merleau-Ponty）：《知覺現象學》，姜志輝譯，（北京：商務印書館，2001），頁263。
[24] 同上註，頁263。
[25] 同上註，頁101。

「你變成公車上每一個人，公車上每一個人都變成你」、「我似乎也有些東西從體內輸入酒瓶中，我飲牠，牠也飲我。牠將我輕輕提起，放到冰箱裡」。這些即是「每一個物體都是所有其他物體的鏡子」；這即是梅洛龐蒂說的「空間性」是空間本身與身體主體所共構。是身體與知覺客體對象的「共存」（co-existence）而形成空間。

四、人・神・魔共構

　　海德格的存有學，生存的事實性向死存在，在常人沈淪的世界中，死是視而不見的，其實死亡是存有的方式，遲早皆會發生，海德格言向死存在，天、地、神、人，四重奏思想[26]，唐捐詩的特色也是向死存在，尤其其詩在2002年《無血的大戮》時，向死存在更為慘烈，此時已人、神、魔、鬼不分，虛實真假難分、殘酷與撫慰不分，孿生玩遊戲娛神，在神明前戲耍，唐捐也在玩遊戲，在讀者前揮兵如雨。他寫作的主題關注身體、土地、鬼神，在暴露醜惡反而華麗的寫作美感中遊走；唐捐寫地獄、陰暗、寫陰晦、黑暗、醜惡美，有時逼你噁心反胃，唐捐的詩多是一個黑色的沼澤，處處充滿黏滑、腥膩、污濁、死亡、腐敗的景象，其中豐富的感官描述、身體細讀，而落筆又冷奇魔化，敢於逼視內心幽微的情境。

（一）顯現中見不顯現

　　現象學的意向性指向的事物不是只有一面，是多面相、立體

---

[26]　〈海德格爾晚期天地神人四重奏思想探究〉論文包括技術總體性實踐等。

的，像梅洛龐蒂看塞尚的「農婦的鞋」畫，是把不同角度的畫材放在同一張畫上，如是多角度、多視角的呈現，卻又永遠有未顯現的部分，等待進一步澄清或綻放。

文學（詩）亦如此，通過意向性，才能把未顯現的顯現出來，如「鳳去樓空江自流」，有了「江自流」未顯現的部分才意無窮、一直流了出來。

梅洛龐蒂（Maurice Merleau-Ponty，1908-1961）常用的觀點是「身體－主體」：傳統的哲學與心理學在探討空間經驗時，僅止於客觀的對象問題，忽略主體建構空間的能力，但梅洛龐蒂的「身體－主體」既是「主體」也是「客體」，身體與世界之間相容相參的情境關係，使得空間離不開身體主體的知覺與經驗世界，離不開人的主觀心境。[27]

梅洛龐蒂所指出：知覺客體之時間的連續性，促使身體視域中的視覺對象是過去、現在與未來所共同交織的意義世界。[28]

而他把空間情境化，視「空間性」是空間本身與身體主體所共構，可說是時間內在意識的延伸，是當下身體與知覺客體對象的「共存」（co-existence）而形成的空間。[29]

因此身體與知覺對象間的共存所招致的所有感知的空間性除了可見的實質空間性外，亦包含著感覺、體驗、或所引發的想像的虛擬空間性。[30]

梅洛龐蒂重身體和心靈的合一。他是以知覺為對象，透過知覺

---

[27] 參見本論文第二章，第三小節〈現象學的時空觀〉，梅洛龐蒂部分。
[28] 羅伯.索科羅斯基：（Robert.Sokolowski）《現象學十四講》，（臺北：心靈工坊文化公司，2004年），頁200。
[29] 梅洛龐蒂（Maurice Merleau-Ponty）著，姜志輝譯：《知覺現象學》，（北京：商務印書館，2001），頁103。
[30] 關永中：《神話與時間》第二章，（臺北：臺灣書店，1997），頁175-176。

去發現本能、自我與他人的聯繫，而軀體動力亦是筆者常用到的論點，個人軀體會領會自身、構成自身並把自身改造為思想的形式，和外在事物產生交纏、互動。[31]

筆者以為詩的境域是建立在「顯現」和「不顯現」上，有何事全是緊閉不顯現的，而發生的時間點「逼顯」事物當下現形，「可見」與「不可見」的世界完全浮現，如利劍之出鞘、如法庭極端尖刻之辯論，如針尖般不得不現出原形，「照亮」平時不顯現的事物。

（二）眼和心

每一個生老病死始終處在「進行」中，而非「結果」，乃有移動的空間感產生。而且在時間上是「現在式」的，甚至包含過去與未來，始終綿延不絕行進中，透過「當下」而又同時掌握「持存」與「突向」。[32]

再則，詩中的時空是交感的，詩中時間和空間，有時是糅合交綜，有時是互為表裡，在時空處理上極靈活，這種時空混融的手法，往往能造成情思綿邈、錯綜幻化的意趣。[33]

而現象學最重要的是「關係」，「身體－角色」既是「主體」也是「客體」，

互為主體的關係[34]，客體亦為主體，變成讀者也隨之起舞糾纏，我（主體）向客體開放，我（主體）向客體站出去。身體與世界之間相容相參的情境關係，使得空間離不開身體的知覺，又離不

---

[31] 同註37。
[32] 夏婉雲《童詩的時空設計》，（臺北：富春出版社，96年5月），p49。
[33] 同上註，P17。
[34] 互為主體的關係，即「互為主體際」、主體際性。

開人的主觀心境。[35]

　　唐捐詩常和傳統典籍產生互文性，改編傳統的典籍，諧仿古典意象，對古典類型進行「脫胎換骨」，如〈遊仙〉、〈召魂〉，對詩作亦作諧仿，如辛笛的〈流浪人語〉，他摘引詩作變成〈鸞鳥自歌〉的卷首語。戴望舒曾作〈我用殘損的手掌〉，唐捐亦作〈我用殘損的手掌〉，現引用之：

> 〈我用殘損的手掌〉　唐捐
>
> 午夜趴在草席般的地圖，我用殘損的手掌
> 撫摸淪陷的祖國，啊，微微跳跳動的不正正
> 正是土地臨終的脈搏……。我想像：
> 巨大而虛假的油燈以烏賊的姿勢
> 散發黑色的汁液，湖泊裡搖出畸形的魂魄
> 像小蟲鑽研著長滿屍斑的水波，星辰如皰疹
> 布滿油漆未幹的天空……。突然間我聽到：
> 「和平…奮鬥…救救救救我……」這些遺言
> 的力量如咒，拉扯著我，使身體一寸寸陷落
> ……
>
> ──我終於知道：淪陷多年的，是我，不是祖國

唐捐的〈我用殘損的手掌〉僅借用戴望舒的詩題，完全改寫過。

---

[35] 梅洛龐蒂著，姜志輝譯：《知覺現象學》（北京：商務印書館，2001年），頁18。

五、結語

　　人類競相追逐科技的結果，在20世紀末，已悉科技並非萬能，詩人回到神祕玄思之境，從古代神話、神祇找符碼。原型、神話具是人類的集體潛意識。唐捐這位學院詩人，從生活所感對生命提出大哉問；其以濃稠語言進行，節奏既暴烈又衝突，其中意像的繁複又震撼。詩從陰暗的逼視中，透視出生命的本質。

　　梅洛龐蒂最可注意的是字眼是「運動的每一時刻」，尤其是初生嬰兒和出母親的第一接觸，而其他時刻，僅是這聯繫的展開。人類童年、早年身體的觸覺和運動感覺，被認為是人具有「處境的空間性」，由唐捐先天氣質之使然可得明證，從童年到青少年他身體知覺過的「大埔鄉、父親經驗」必無以離棄，必是詩的生發。

　　他一反抒情傳統，詩瑰麗而濃稠，其後期詩也是以此生發，具有從陰暗黑沈的逼視中，透視出生命本質的力量。後期諸多脫離形體，怪誕、魔化、變身的自我演出，更像是具體而微的巫符號哲思的體現，這構成了唐捐詩語言的一特色。

　　而最大的特色應屬運用後現代風格修辭，大量強烈的感官色彩，不迴避血腥殘酷的影像，層層包裹圍繞最原初樸實的情感；並介入情慾與反向思維，融入宗教觀點，既強化也模糊了某些純粹感受。

　　唐捐身體知覺過的「童年大埔、父親經驗」必然在他的詩中扮演最關鍵的角色，由於鄉野環境、父親是通靈孿生，他度過一個特殊的童年，他諸多詩中約略可嗅出他生命的悲觀，「童年情境、民間信仰、父親」在他的詩中成了眾多意象的符碼，這樣的符碼特色

使得他的詩與其他新生代詩人有別，也是他上天下地的求索，是
對自我意義的追求，有了源頭，所以他可不斷發問、不斷地發之
為詩。

參考書目

一、唐捐詩、書集

唐捐：《意氣草》（詩集），臺北：詩之華出版社，1993年05月。

——：《暗中》（詩集），臺北：文史哲出版社，1997年05月。

——：《大規模的沉默》，（散文集），臺北：聯合文學出版社，
　　1999年08月

劉正忠（筆名唐捐）：《軍旅詩人的異端性格——以五、六十年代
　　的洛夫、商禽、瘂弦為主》，國立臺灣大學／中國文學研究所
　　／2000年／博士論文。

——：《無血的大戮》，（詩集），臺北：寶瓶文化公司，2002年
　　12月。

白靈，向陽，唐捐（合編）：《中華現代文學大系續編：詩卷》，
　　臺北：九歌出版社，2003年3月。

唐捐，陳大為（合編）：《時空斷層下的詩與詩人》「2003臺北國
　　際詩歌節學術研討會論文集」，臺北：臺北市文化局，2004年
　　02月。

唐捐：《現代漢詩的魔怪書寫》（論文集），臺北：臺灣學生書
　　局，2010年02月。

——：《金臂勾》（詩集），臺北：蜃樓出版社，2011年12月。

二、研究專書

曾霄容《時空論》，（青文出版社，1971年3月）。

王建元《現象詮釋學與中西雄渾觀》，（臺北：東大圖書出版社，1988年）。

海德格（Martin Heidegger）：《存在與時間》（Being and Time），陳嘉映、王慶節譯，臺北：唐山出版社，1989年）。

馮友蘭：《中國哲學史新編》，（臺北：藍燈出版社，1991年初版）。

馬丁・海德格（Darlin Heideggerl）：《走向語言之途》，孫周興譯，（臺北：時報文化出版企業有公司，1993年8月）。

海德格：《人，詩意地安居》，（上海：遠東出版社1995年3月初版）。

關永中：《神話與時間》，（臺北：臺灣書店，1997年）。

李清筠：《時空情境中的自我影像：以阮籍、陸機、陶淵明為例》，（臺北：文津出版社，2000年）

余德慧：《詮釋心理現象學》，（臺北：心靈工坊文化公司，2001年）。

梅洛龐蒂（Maurice Merleau-Ponty）：《知覺現象學》，姜志輝譯，（北京：商務印書館，2001年）。

加斯東・巴舍拉：《空間詩學》，（臺北：張老師月刊社，2002年9月）

楊大春：《梅洛龐蒂》，（臺北：生智文化〈股份〉公司，2003年6月）。

詹姆斯・施密特（James schmidt）《梅洛龐蒂——現象學與結構主

義之間》，尚新建等譯，（臺北：桂冠出版社，2003年1月初版二刷）。

羅伯・索科羅斯基（Robert.Sokolowski）：《現象學十四講》，（臺北：心靈工坊文化公司，2004年）。

鄭慧如《身體詩論》（1970-1999臺灣），（臺北：五南圖書公司，2004年7月）。

德穆・莫倫（Dermont moran）：《現象學導論》（Introduction to Phenomenology），蔡錚雲譯，（臺北：桂冠圖書，2005年）。

夏婉雲《童詩的時空設計》，（臺北：富春出版社，2007年5月）。

三、論文

陳慧樺：〈唐捐詩中的【意識網】〉，（幼獅文藝，1992年6月號）。

黃文鉅：〈魔化、變身、支離、痙攣美感：論唐捐詩中的身體思維〉，《臺灣詩學學刊》，（臺北：臺灣詩學季刊社，2005.4）。

黃文鉅：〈魔鬼化或逆崇高──唐捐身體詩再探〉，《臺灣詩學學刊》，（臺北：臺灣詩學季刊社，2007.11），論文並發表於2006年10月1日臺大中文所《中國文學研究》第十六屆論文發表會。

夏婉雲：〈時間的擾動〉，《臺灣詩學學刊》第七號，《臺北：臺灣詩學季刊雜誌社，2006.5月》。

夏婉雲：〈當下、空間情境化與童詩寫作〉，《臺灣詩學學刊》第八號，《臺北：臺灣詩學季刊雜誌社，2006.11月》。

劉正忠：〈暴力與音樂與身體：瘂弦受難記〉，《當代詩學年刊》，2期，頁100-115。

劉正忠：〈臺灣當代詩的屎尿書寫〉，《臺大文史哲學報》，69
　　期，頁149-183。

夏婉雲〈身體、纏繞與互動一從向明的童詩看文學時空的指向〉，
　　《儒家美學的躬行者一向明詩作學術研討會論文集》，《臺
　　北：萬卷樓，2007.12月》。

劉正忠：〈墳墓，屍體，毒藥：新月詩人的魔怪意象〉，《清華中
　　文學報》，2期，頁119-160，第2期（2008年）。

夏婉雲：〈照亮與吞滅一試論簡政珍〈火〉詩的意涵結構〉，第
　　四屆「有鳳初鳴——漢學多元化領域之探索」學術研討會
　　（2009.5.26）

（本文刊於2012年10月湖北武漢《江漢大學學報》（人文科學版）
第5期。）

李清照詩詞中孤獨意涵的詮釋觀點

A hermeneutical viewpoint of solitude in Lee Qingzhao's poetry

摘要

　　我們不是千年前李清照的時代處境，難以得知其作品的原意；閱讀李清照，也不是在窺探個人瑣碎的心靈，而是為了獲得作品中宇宙、人生的普遍真理，這提出一種詮釋方法，不再侷限在作品心靈的解讀，而是對「人」表現出來的各種意義作深入的瞭解。

　　本文焦點在探討李清照的存有，她作品真實的說出自己的無奈和宇宙一切存有者的自我矛盾；它觸動了我們自己的存有，這永世的孤獨感，宛如生存的一種「魔性」，靠內在自我力量去提昇、自創。從作品印證出清照晚年尋求孤獨，發掘靈性，為達高層目標的尋求，她向內感通，尋求「理想的自我」。

　　李清照作品召喚出結構，存有的孤獨感真實的感動我們，清照向我們開顯了她自己，和我們的存有孤獨感作今昔之相應，只有用現在的處境來重建作品，和作品做視域交融，才能填構出新的意義。

　　本文不在窺探李清照的心靈，而是用詮釋學理論，籍作品層層往上推演出她詩詞中的「存有」感、她如何構建內心的孤獨；並用伊瑟爾（Wolfgang Iser，1926-）的「空白」理論讓我們讀者來填

補，從而產出文本的新視野。

關鍵詞：詮釋，孤獨，存有意義，李清照。

Abstract

The original meaning of the works cannot be known, since we are not at Lee Qingzhao's time. Reading Lee is not to spy one's mind, but to obtain a universal truth of human lives from the work. This proposed that one hermeneutical method, no longer limits in explanation on the works, but deeper understanding "the human" and the meaning they make.

This article focuses on discussing Lee's being by her work, which tells her helpless and self-contradictory and touch the readers' existence. We meet our own existence and solitude by reading her work, comparing the situation in different time, and then rebuilding the work and making new meanings. The solitude in her work just likes the "the fairyhood" of survival. We see her questing of solitude, spirituality, and seeking the ideal self from her later work.

This article discusses Lee's work in a viewpoint of Hermeneutics to understand her feeling of existence, her presence of solitude. Iser's theory "blank" (or gap) is used in the article.

Keywords: Solitude, Hermeneutics, the blank, existence significance, Lee Qingzhao

一、前言

上千年來的文學批評和作品分析，大都是在瞭解作者創作時的心靈狀態。我們通常認為，一個藝術品是作者心靈的反映，是作者心靈的客觀化，這也就是作品是將作者創造時心中的想法或感受表達出來的具體成果。

但李清照是一千年前的詞人，我們縱使知道李清照的想法，那對真理的世界或知識的領域有何貢獻呢？其詞中的意義，和當今世界並不相涉，我們又何必詮釋它，這個一千年前的真理，照理說是要以回歸到以前的方式才能適當理解，以當時的方式去理解它的，那我們根本無法理解一個客觀的真理了。

如果，我們閱讀李清照，不是要窺探別人的心靈，一些瑣碎的個人心靈，是為了獲得一些重要的知識，是為了獲得一些關於人生或宇宙的普遍真理呢？[1]這提出一種方法，不再侷限在個人及個人的心靈中，而是對「人」，且對「人」表現出來的各種意義有深入的瞭解。

二、如何詮釋作品的真理？

先從李商隱〈無題詩〉說起：我們要瞭解李商隱「春蠶到死絲方盡，蠟炬成灰淚始乾，曉鏡但愁雲鬢改，夜吟應覺月光寒。」[2]

---

[1] 帕瑪（R.E Palmer），嚴平譯：《詮釋學》（臺北：桂冠圖書公司，1992年），頁111-120。

[2] 高步瀛著：《唐宋詩舉要》（臺北：里仁書局，2004年），頁110。

這首詩表現了生命的那個意義，它與其他生命意義的關係是什麼？它在生命中的地位與價值是何？如它表現出對生命的一種消極態度，面對生命的苦難和悲哀，無法突破它，「蓬萊此去無多路，青鳥殷勤為探看」，似乎只是等待生命的死亡，不再繼續為生命找尋一個更妥當的出路。而李白的「人生在世不稱意，明朝散髮弄扁舟」卻指出生命的一個可行的路，不稱意可駕扁舟而去。

　　如是，求得普遍的生命哲學那就對了嗎？這真理本身要怎麼做才能看出來呢？如何才是理解？

　　「春蠶到死」這句詩為何能深深觸動我們呢？這是由於它說出了一個宇宙人生的真理，是真理感動我們。如果說「春蠶直到死的時候才不再吐絲」這不是詩，而是一個自然科學的真理，是為一個描述事實的述句（factual statement）。詩中的春蠶和蠟炬不是指當時的那只春蠶和蠟炬，而是代表一切存有者或東西。在一切存有者中，春天的蠶和燃燒中的火炬，都是充滿活力、散發著生命的光輝。然而，這種強盛的生命力，根底上卻正在損耗它自己，它是生命之光，但也是生命的自我摧殘。對於一切存有者而言，這是它們無可奈何的命運。這是存有者的根本限制，也是一切存有者的真理；人的活著就是生命力的發揮，也是生命力的損耗——損耗以致死亡。但人不能不發揮它、不能不損耗它，直至他的死亡。這是多麼冷酷、無奈和真實的道理。所以詩震撼我們，觸動我們的內在。

　　不過，我們也可說這是一首情詩，則此詩的意義又不同。「相見時難別亦難」兩個「難」字，第一個指相會困難，第二個是痛苦難堪的意思，「絲方盡」意思是除非逝世，思念才會結束。或許永不能和愛人相聚，但會永遠保存它。又可說這兩句詩句展現了無私奉獻的偉大精神……等，這麼多詮釋，難道只有一個詮釋是對的？

在這些不同的詮釋中，又難道全部都對，沒有錯的？但它們似乎都能把握到它的真理意義，如果只有一個是對的，或全對和全錯的詮釋，對我們而言，都是難以接受的。

（一）真理在藝術作品裡顯示它自己

海德格（Martin Heidegger，1889-1976）認為，藝術作品之所以是藝術的，不是由於作者的心靈、情感、天才或個性，而是由於真理在其中運作。[3]這是說，真理在藝術作品或文學作品那裡顯示它自己。文學創作就是作者當時瞭解真理，在真理的指導下，將真理說出來或創造出來，讓它繼續在作品中運作。詮釋是讓真理光輝地降臨，讓我們瞭解它，瞭解那在運作中的真理，且在真理的指導下，以自己的語言將真理說出來。無論創作者或詮釋者，都是為真理服務，讓真理在我們詮釋的語言中，繼續它的運作。基本上，無論作者或詮釋者，都是在各自的方式下做著詮釋的工作——讓真理光輝地在運作它自己。作者不是創造真理，因為人不能創造真理，人只能根據真理，說出真理。天下間若沒有真理，則人也不能說出真理，也沒有藝術品或文本。

且先秦幾千年前的真理，它與當今世界毫不相關，我們又何必詮釋它呢？這個幾千年前的真理，照理說是要以幾千年前的方式才能適當理解它，則活在當今的我們，是無法回到幾千年前，以當時的方式去理解它的，那我們根本無法理解一個客觀的真理的。

問題是；每個時代的人，對孔、孟都有不同的詮釋，確確實實形成了宋之理學、民國之新儒家。這就是視域融合的問題，詮釋者

---

[3]　同1註，出自高達美之藝術哲學章節，頁100-111。

的處境與彼時作品的交融。

（二）視域融合

　　我們從海德格、高達美詮釋學的主張得到了答案。高達美（Gadamer）認為這些意義是基於詮釋者當時的處境而得到的，是詮釋者的處境與詩、文的合一，是視域的融合。是作品與詮釋者兩方面互相融合的意義。離開詮釋者當時的處境，詩的意義是不可理解的。[4]

　　李清照有首〈點絳唇〉詞「蹴罷秋千，……薄汗輕衣透。見客入來，……和羞走，倚門回首，卻把青梅嗅。」[5]嫵媚輕情，詞中頑皮地回頭聞聞青梅，現代人視為少女活潑，姿態百出，卻被宋人王灼《碧雞漫志》卷二也巧妙評其：「閭巷荒淫之語，肆意落筆」[6]，因為裡面有句『眼波才動被人猜』不莊重，太過輕浮。「詞意淺薄」，清人趙萬里校輯《宋金元人詞》本《漱玉詞》列入附錄「存疑」，懷疑不是她作品，云：「詞意淺薄，不似他作」。他也懷疑〈浣溪沙〉『……眼波才動被人猜……月移花影約重來』，不是她的作品，是「詞意儇薄」。雖是宋王灼、清趙萬里個人之見，亦可見宋、明《古今詞統》、清對女性時代的思潮，認為「嬌癡不怕人猜，便太縱矣」[7]。詮釋者的處境與詩詞的合一，離開詮釋者當時的處境，詩的意義是不可理解的。

　　我們不是原初的作者，無從看作者的原意，但透過視域的融

---

[4]　同上註。

[5]　〈點絳唇〉詞「「蹴罷秋千，起來慵整纖纖手。露濃花瘦，薄汗輕衣透。見客入來，襪剗金釵溜。和羞走，倚門回首，卻把青梅嗅。」，李清照著、徐培均箋注：《李清照集箋注》，（上海：古籍出版社，2003年二刷），頁10。

[6]　同上註，頁11。

[7]　同上註，此明《古今詞統》評語，P12。

合，各時代重建作品，把正本變得更豐富，所以複本的詮釋會比文本更多元，更具時代性。

　　海德格和高達美的詮釋學認為，根據人的理解結構，客觀的理解是不可能的，因為詮釋是解釋，而解釋是脈絡性的，而脈絡是指，人早已理解或明白一些脈絡，亦即人早已被他的歷史影響，這是永遠無法擺脫的，於是，事物意義不是客觀在其自己的意義。這個發現摧毀了方法論的詮釋學，因為它預設，文本是一個客觀的實有，詮釋學可以提出各種原則，指導人去獲得文本中客觀的、固定不變的真理。但如今卻變成文本中根本沒有固定不變的意義。這對方法論詮釋學而言，是非常沈重的一擊，但當人的理解是沒有方法的，則似乎是一切理解都是可能的。

（三）空白

　　到二十世紀，現象學發展成了文學的接受美學。羅曼‧英伽登（Roman Ingarden，1893-1970）[8]，依據現象學的觀點提出「文學作品完全是一種純粹意義上的客體，它既無決定權也無自治力，而是要依靠一種『認識的行為』，才能有意義」。所謂認識的行為，在接受美學（Reception Theory）的觀點上就是讀者的力量，也就是說一部文學作品的誕生，除了作者的苦心經營之外，讀者的理解也必須承擔起責任，藉由讀者的閱讀活動，文本中的「未定」和文意上的「斷裂」才得以補足，文本的價值才得以顯現。羅曼‧英伽登同時指出文本中的句子結構的有限性，令它的「意向性關聯物」變成了圖式化的東西，並造成「否定性」，目的是有意地引起讀者的

---

[8]　　羅曼‧英伽登（Roman Ingarden，1893-1970），波蘭傑出的哲學家、美學家、文藝理論家。

興趣以填補、連接和更新文中的空白或視域，這便是「文本的召喚結構」[9]沃爾夫岡‧伊瑟爾（Wolfgang Iser，1926- ），為接受美學代表人物之一。[10]他偏重對閱讀行為的微觀研究，認為「空白」令文本召喚讀者閱讀；他提出「空位」（vacancy）的概念。即保持開放狀態的文本視野，「空位」的存在亦如國畫中的留白，能激發讀者填補空白的位置，從而組合新的文本視野和建立文本的意義。[11]

（四）對藝術的理解包含著歷史的中介

　　縱觀李清照所處時代，考察環境對其詩詞的影響。歷史留下各種事物，是為個人自身尋求意義。黑格爾（Hegel）的歷史哲學是古典主義，講的是絕對精神，相信有一普遍本質，黑格爾認為：「『以一種更高方式』絕對精神最高形式，在自身中把握了藝術的真理，歷史精神的本質並不在於過去事物的修復，而是在於與當下生命的思維性溝通，」[12]他重視生命的當下，認為點點滴滴的掌握當下如根之吸收，根紮到哪兒，就吸收到哪兒，精神的歷史之自我滲透性，實現了詮釋學的任務。到了存有現象學這邊，是歷史主義的歷史觀，雖然不相信有普遍的本質，重視的是個殊與流變，但同樣的認為藝術是當下的活動。如高達美對藝術的解釋就是：「藝術從不只是逝去的東西，它能通過它自身的現時意義去克服時間的距離。藝術雖不是歷史意識的單純對象，但對藝術的理解卻總是包含

[9]　朱立元（1945- ），《當代西方文藝理論》（上海：華東師範大學出版社，2001年），頁295。

[10]　沃爾夫岡‧伊瑟爾（Wolfgang Iser，1926- ），德國康士坦次大學教授，美國加州大學客座教授，受現象學美學家羅曼‧英伽登影響極大，為接受美學與閱讀理論提供豐富內涵。

[11]　司有侖：《當代西方美學新範疇辭典》（北京：中國人民大學出版社，1996）207。

[12]　漢斯-格奧爾格加達默爾（Hans-Georg Gadamer）著，洪漢鼎譯：《真理與方法》（上海：譯文出版社，2004年），頁237。

著歷史的中介。」[13]可見高達美更重視擁抱自我、活在當下。這當下自身的現時意義，即內在的聲音、良心、理性、歷史性存有……等，所以美學不是外在活動，而內在活動，是讓我們安定下來、打動我們心靈，提昇更高層次和人生意義。

每個人生活在世都為自己的存有尋找意義，歷史留下那麼多事事物物，歷史是追求存有的最大意義，歷史學家除了還原歷史真象，隱約還有判斷、創新之意。身為現代詮釋者，面對藝術作品（如詩詞），除了還原歷史真象，還要找出當下、現代生命的思維才更具新意。

（五）孤獨是自我設計出的生活形態

赫塞說：「孤獨，才能退回到自我深處，這是一種痛苦的經驗，但唯有如此我們才能克服孤獨感，才不再感到寂寞。」這是因為孤獨是存有學的，每個人生活在世，都在為自己的存有尋找意義；他又說：「因為我們發現最深沉的自我乃是與天地一體，與萬物不分。突然之間，我們發現自己處於世界的中心，卻不為其萬象所擾，因為我們已經與萬物合而為一了。」[14]每人既然都為自己的存有尋找意義，只有「向內感通」，尤其是作家絕對需要內索的孤獨。

孤獨是自我設計出的生活形態，孤獨不是寂寞，比寂寞層次要高孤獨可分高孤獨和低孤獨。在時間中就能消解掉的孤獨被稱為「低孤獨」。經由自覺所形成且會繼續不斷發展的孤獨，被稱為

---

[13]　同上註，頁233。
[14]　赫曼・赫塞著，顧燕翎譯：《赫塞語粹》（臺北：金楓出版有限公司，1987年），頁24。

「高孤獨」。「低孤獨」的依賴性是根深蒂固的。它必須糾纏住另外一個人，才能夠把自己從孤獨中解脫出來，久而久之，便會失去獨立性、偏離自我和自由。「高孤獨」則是一種不易為他人所困惑，能掌握自我方向，此種孤獨，也正是追求生活意境之所需。[15]

從事藝術創作的人則來往於低孤獨與高孤獨之間，而且充滿了矛盾和掙扎，他要抵禦依賴，確立自己的高孤獨所冒的風險才是「自己可能擁有的自由」，是創意人的「理想的自我」。[16]

一個人的內在自我能力越大或是童年的孤獨中有母親暗中的陪伴，則低孤獨值相對降低（分母大），依愛的需求也降低。[17]反之此值大，則依愛的需求則相對提高。高孤獨必須在自創的內在時空中方易建立起來，李清照的詞在在都彰顯了她內在時空中的高孤獨。

孤獨的內涵是精神能量之轉移、取代、和昇華。所以，是主動的、積極的面對面的，由自己意想所形成，自我設計出的生活形態和生存狀態。

孤獨是追求生活意境之所需，是存有學的，是個體的「向內感通」，但又不和事物隔絕，永遠是我一己之志願，向外向上的感通，感而通之，而非「感而同之」，要同化人而後快。

高孤獨者尋求孤獨，尋求「理想的自我」、向內感通，為發掘靈性、達成較高層目標，不易困惑的純由自我判斷。

---

[15] 箱崎總一（HAKOZAKI Soichi），何逸塵譯：《孤獨心態的超越》（臺北：巨流圖書公司，1981），頁133。

[16] 白靈：〈遊與俠──鄭愁予詩中的遊俠精神與時空轉折〉參見其書《桂冠與荊棘》（北京：作家出版社，2009年），頁45。

[17] 一個能獨處的成人常是因有個夠關懷他的母親，因此「童年有伴的孤獨經驗」可使低孤獨值降低，而不致在成年後需要糾纏他人，參見亞當.菲立普（Adam Philips,1954-）：《吻、搔癢與煩悶》，（臺北：聯經出版社，1998年）頁64。

三、李清照詩詞的孤獨表現

清照留存詞僅53首左右，其餘為存疑辨證或佚句，詩亦復如是，自宋朝以降，研究李清照者，多側重於事蹟的考證以及其作品的真偽輯佚。這是後世研究李清照者困難所在。清照寫出了像「醉花陰」、「一剪梅」、「鳳凰臺上憶吹簫」……這一類悽豔纏綿的作品，風格極近秦觀，卻又罩上婉約一派的色彩。四十七歲後經國破、夫亡歷史巨變。她的風格，又由清麗婉約一變而為悽愴沈痛，近於蘇辛豪放一派。[18]

基本上，一部藝術作品的可理解性（可被認識）我們用「再造和組合」兩個概念來描述，[19]第一層意義是李清照作品已產生一千年，它熠熠發光在哪兒等著每個時代的人來再造，組合成新意義，賦予他們時代的新生命，光耀他們的世代，造訪解決他們的問題，每個時代皆需要經典的再造和組合；第二層意義是自我理解，海德格言：「哲學不能再是外在理解，而要直接走向自我理解，走向實存性詮釋學，此即意味人類此在的實際狀態」故挖掘李清照內在的孤獨，即可深層再造現代人的孤獨。[20]

本文就是從這兩層意義和「再造和組合」兩個概念來重建經典的詩詞。

僅以清照詩詞展現「歷史的孤獨、歷史和個人處境融合的孤

---

[18] 許麗芳：彰化師範大學國文系，第五屆中國詩學會議：宋代詩學研討會〈書寫生命與文學性格之另一側面——試論李清照詩文之書寫特質與相關意義〉，2000年5月20日。

[19] 此概念出自原型和摹本的意義，見漢斯－格奧爾格 加達默爾（Hans-Georg Gadamer）著：洪漢鼎譯，《真理與方法》，（上海譯文出版社，2004年），頁183。

[20] 洪漢鼎著：《詮釋學——它的歷史和當代發展》（北京：人民出版社，2001年），頁13。

獨、詩詞中內省的高孤獨、詩詞中孤獨辭語的重整」四角度來找出現代美學的意義。

（一）詩詞展現歷史的孤獨

清照的孤獨自婚後夫婦之別（如〈醉花陰〉）始，迄至國破家亡人死始臻於工。

從宋欽宗即位到建炎三年，清照的詩詞許多皆是譏諷時局之作。宋室君臣自知不敵，偷安者居多。清照只有藉助文章詩詞，譏諷時局，表達心中焦忿。（《李清照集箋注》，卷二詩佚句十四則，頁256）「南渡衣冠少王導，北來消息欠劉琨」清照羨慕東晉的王導，安撫南渡的北方士族，團結江東當地人，保持了東晉安定的局面；清照羨慕西晉的劉琨孤軍奮戰，守住晉陽城達九年。而她的大宋朝代卻沒有，所以有此兩句詩已興託喻。清照登高望遠，看到的是曠古孤獨。

此詠史詩，相較於少女時期所作〈怨王孫〉《李清照集校注》P32：「湖上風來波浩渺，秋已暮，紅稀秀少。水光山色與人親，說不盡，無窮好。蓮子已成荷葉老，清露洗，蘋花汀草。眠沙鷗鷺不回頭，似也恨，人歸早。」甚覺不可同日而語。清照平日作風清麗婉約，卻能寫出剛毅的詠史詩，此乃孤獨轉成孤忿之躍起。

建炎三年西元1129年，清照45歲，明誠夫婦同往建康，將卜居贛水之上，行經烏江，作〈烏江〉詩（《李清照集箋注》，頁238）「生當為人傑，死亦為鬼雄；至今思項羽，不肯過江東！」清照崇拜項羽英雄氣概，詩爽快明朗，感情沈痛。僅一河之遙，卻是生死的界線。歷史長河，英雄無數，他無愧而死，這是項羽的抉擇，也是宋代清照的孤獨向內通感，亦是現代人的感受，清照痛斥

南宋苟且偷安、無心抗敵的軟弱行為。

　　宋高宗紹興二年十月，清照在臨安住了二年，金國又大事舉
兵南侵，她離開臨安，再次逃難，見百姓流離、兵馬踐踏。途經桐
廬富春江，清照通過這裡，向嚴子陵先生致敬。作七言絕句〈夜發
嚴灘〉，抒發她的感懷，詩如下：（《李清照集箋注》，頁240）
《夜發嚴灘》「巨艦只緣因利往，扁舟亦是為名來。往來有愧先生
德，特地通宵過釣臺」。[21]世上談名談利就是談人的本性，能超越
本性如嚴子陵先生的人，真是高風亮節。

　　又其詩〈浯溪中興頌詩和張文潛〉第二首云《李清照集校注》
P104，[22]：

> 君不見，驚人廢興傳天寶，中興碑上今生草。不知負國有姦
> 雄，但說成功尊國老。誰令妃子天上來，號秦韓國皆天才。
> 花桑羯鼓玉方響，春風不敢生塵埃。姓名誰復知安史，健而
> 猛將安眠死。去天尺五抱甕峰，峰頭鑿出開元字。時勢移去
> 真可哀，姦人心醜深如崖。西蜀萬里尚能反，南內一閉何時
> 開。可憐孝德如天大，反使將軍稱好在。嗚呼，奴輩乃不能
> 道，輔國用事張后尊，乃能念，春薺長安作斤賣。

所謂「時勢移去真可哀，姦人心醜深如崖。西蜀萬里尚能反，南內
一閉何時開」，雖名為詠史然則實為諷今，其間亦呈現面對世變人

---

[21]　嚴子陵，東漢時代人，少年時和光武帝一同遊學，光武做皇帝後，嚴子陵故意隱姓
　　埋名，隱居起來不見他，皇上知道他是有才能的人，費了好大的勁才在這兒找到
　　他。除了「嚴陵瀨」、「嚴子陵釣臺」，富春山，也因嚴子陵改為「嚴陵山」。
[22]　民國‧王仲聞撰《李清照集校注》四部刊要，（臺北：漢京文化事業有限公司，
　　1983，P104。

心之無奈與深切期望，而此類情致則顯然異於一般女性書寫者之書寫傾向與關注點，如周輝《清波雜志》卷八云：「浯溪〈中興頌碑〉，自唐至今，題詠實繁。零陵近雖刊行，止薈萃已入石者，未暇廣搜博訪也。趙明誠待制妻易安李氏嘗和張文潛二長句，以婦人作而廁眾作，非深有思致者能之乎？」[23]所謂「和」，實表達其書寫活動具有某種程度之刻意與反省，李氏之此作，乃因時局有感而發，為有意之書寫行為，書寫形式之依循與內容之發揮，實具個人之特有經驗與相關感懷，而此類反省與當世巨變及個人遭遇亦密切關聯，呈現出一宏觀關懷。

既為和詩，由歷史之鑑照中得以對當世時局之反省，「夏商有鑒當深戒，簡策汗青今具在」，對家國烈變之省思，實傳統女性之少有表現，她是主動、積極的。真所謂「子孫南渡今幾年，飄流遂與流人伍。欲將血淚寄山河，去灑東山一坏土。」[24]反映其人對於歷史內在價值之理解與關注，此類對於家國山河宏觀關懷之書寫特質，是由自己意想所形成，自我設計出的生活形態和生存狀態，亦是女詞人自我設計的高孤獨美學。

透過歷史的中介，我們考察環境對李清照詩詞的影響。歷史留下各種事物，是為個人自身尋求意義。她從東漢、東西晉、感通到宋代，李清照又從宋代感通到民國的我們。精神的歷史有點石成金的滲透性，這可透過藝術解釋證明上文高達美所說：「藝術從不只是逝去的東西，它能通過它自身的現時意義去克服時間的距離。藝術的理解總是包含著歷史的中介。」[25]其意從李清照對歷史的關注

---

[23] 周輝，《清波雜志》，《四庫全書‧小說類》子部冊三四五，臺灣商務書局。

[24] 李清照長篇詩歌〈上樞密韓肖胄詩〉，《李清照集校注》110頁，癸巳類稿作「青州」，繡水詩鈔作「山東」。

[25] 高達美著，洪漢鼎譯：《真理與方法》，（上海譯文出版社，，2004年）P108，

與時評論，可以得到證成。

（二）歷史和個人處境融合的孤獨

　　歷來中國以詩詞展現歷史的孤獨，故出現大量的詠史詩歌，詠歷史人物的孤獨，敏銳的李清照亦不例外；李清照七歲喪母，七歲已有記憶、意識，清照對病、亡必有所覺，早年身體的觸覺和運動感覺，被認為是人一生其他較高層次的意識活動的基礎。梅洛龐蒂是此理論的大將，他非常重視身體的知覺，因身體不只具有所謂「位置的空間性」[26]，更具有「處境的空間性」。空間不是建立思想活動的客觀與表象的空間，而是預示在我的身體結構裡，和其不可分地相連，這表示詩人早年的空間經驗預示了他後來詩作的情境的相關性，尤其是曾以身體澈底蹭磨過的體驗：

> 在一個運動的每一時刻，以前的時刻並非不被關注，而是被裝入現在，……運動的每一時刻包含了運動時刻的整個長度，尤其是第一時刻，運動的開展開始了一個這裡和一個那裡、一個現在和一個將來的聯繫，而其他的時刻僅限於展開這個聯繫。[27]

文中的「運動」是指身體在時空中運作的「知覺」，在梅洛龐蒂的敘述中最可注意的是字眼是尤其是「第一時刻」——，初生嬰兒和出母親的接觸，而其他時刻，僅是這聯繫的展開。它將被一而再、

---

[26]　汪文聖：《現象學與科學哲學》（臺北：五南出版社，2001），頁90。
[27]　梅洛龐蒂（Maurice Merleau-Ponty）：《知覺現象學》，姜志輝譯，（北京：商務印書館，2001年），頁103。

再而三地被「裝入」詩人後來的每一時刻中。雖然我在現在看到的過去有「可能已經改變了原先的過去，同樣，我在將來可能認不出我目前經歷的現在」[28]。她家國裂變「孤獨和命運」感，一直縈繞著她。

清照24歲喪父，46歲喪夫。她的身世、個性加上亡國之痛造就了她的詩、她的愁。國勢日危的憤慨比流離失所更為切膚之痛。

建炎三年冬天，金兵攻陷洪洲，她托李擢船運的二萬多冊書、二千卷金石刻全都煙消雲散。她體弱的依靠杭州堂弟李迒。三月春天作了《偶成》七絕悼念明誠。「十五年前花月底，相從曾賦賞花詩；今看花月渾相似，安得情懷似往時。」（《李清照集校注》P124）此詩回憶起十五年前在青州簡居，夫婦共同賞花賦詩的情景，「今看花月渾相似，安得情懷似往時。」此時怎能回到往昔？此為歷經亂離後之心境，「安得」一語可見其中之憾恨與傷感，藉今昔作品文字之比，詩句淺淺白白，亦見身處世變之無奈。

紹興五年時局較安定，主和得勢，秦檜作了宰相之後，主張和談的聲浪更大了。即使前方打了勝仗，岳飛收復多處失土，但還是被秦檜賜死。直到紹興九年，清照56歲，宋、金議合。局勢安定，始有歡慶元宵之舉，她寫了〈永遇樂・元宵〉詞《李清照集校注》P53：

> 落日熔金，暮雲合璧，人在何處。染柳煙濃，吹梅笛怨，春意知幾許，元宵佳節，融和天氣，次第豈無風雨？來相召，香車寶馬，謝他酒朋詩侶。

---

[28]　同上註，頁102。

中州盛日，閨門多暇，記得偏重三五。鋪翠冠兒，撚金雪柳，簇帶爭濟楚。如今憔悴風鬟霜鬢，怕見夜間出去。不如向簾兒低下，聽人笑語。

其針對衣冠南渡杭州後，依舊歌舞不輟，有所貶針。清照見三四個十六七歲的少女插著滿頭珠飾兒，戴著鋪翠小冠兒，紅妝豔裏，多所感傷；想三十年前，中州盛日，汴京街頭，她也曾去看上元的花燈。如今風鬟霜鬢，「怕見夜間出去。不如向簾兒底下，聽人笑語。」唯有孤獨心態的超越者，才能忍受元宵的孤獨，寫出孑然一身的孤獨感。她是切斷依愛，繼而對抗、逃避依愛，才能加以昇華，昇華成為修道之人。此詞然最終仍集中於個人遭際之情懷，不同於詩歌關注層面之開闊廣泛。

慶元宵是帝安定之儀式，是故意製造歡樂遊戲之作。後來的議和是稱臣割地，宋末詞人讀到這首詞，不禁淚流滿面。

清照處此情勢，自然作詠史詩以諷今：〈詠史〉「兩漢本能紹，新室的贅疣。所以嵇中散，至死薄殷周。」（《李清照集校注》P140）清照借古以諷今，斥責由金人扶持的偽齊政權，歌頌慷慨就義的嵇康所展現的孤獨。

另有一詩〈題八詠樓〉「千古風流八詠樓，江山留與後人愁。水通南國三千里，氣壓江城十四州。」（《李清照集校注》P120）亦為當時感懷與對歷史的關注，籍以慨艱宋一室不振，江山難守，內心的孤獨。

南宋大臣中主和的比主戰的勢力大，君臣均不想復國，因為敵強我弱、「反攻無望」，南宋經過一百五十年，也無能北伐、統一領土；歷朝歷代國步艱難時，讀此詞會撫慰人心；現代世局擾攘、

國事蜩螗，和古代視域融合，撫今追昔，乃不勝掩卷唏噓。

（三）詩詞中內省的高孤獨

　　前面已言在時間中就能消解掉的孤獨被稱為「低孤獨」，此之謂馬斯洛需求論所說下四層基本需求。經由自覺所形成且會繼續不斷發展的孤獨，被稱為「高孤獨」，此之謂馬斯洛所說的上三層成長需求。「低孤獨」的依賴性是根深蒂固的。它必須糾纏住另外一個人，才能夠把自己從孤獨中解脫出來，久而久之，便會失去獨立性、偏離自我和自由。「高孤獨」則是一種不易為他人所困惑，能掌握自我方向，此種孤獨，也正是追求生活意境之所需。[29]

　　馬斯洛的需求論成長需求和基本需求的同時不可偏廢，卻又是極難達成其和諧的並存。這就是海德格所說從「沈淪」、「不屬己」到「屬己」階段，從「人充滿勞積」，但卻必須學習「詩意地棲居」的過程。[30]

　　創作表面上是一人、個人之作，但要寫出「普遍性」，要讓更多人感受到，他的內容是要屈就於「低孤獨」的（除非是禪性、哲思、內省之作）。藝術家來往於低孤獨與高孤獨之間，李白、杜甫傳頌者皆寫兩個孤獨，寫個人也寫普遍性。兩者不排斥，才易得到共鳴，即以有限寫出無限、以小我寫出大我。

　　赫塞言；「我們不應尋覓，而該去發現，不應批判，而該沉思、了解，吸收消化我們已經擁有（赫塞語粹，頁24）」。美的形式是高孤獨的展現，是必須在自創的內在時空中方易建立起來；作

---

[29]　箱崎總一（HAKOZAKI S.ichi）著、何逸塵譯：《孤獨心態的超越》（臺北：巨流圖書公司，1981年），頁133。

[30]　夏婉雲《童詩的時空設計》，（臺北：富春出版社，2007年5月），頁29。

家要抵禦依賴，確立自己的高孤獨所冒的風險才是「自己可能擁有的自由」，是作家的「理想的自我」。[31]李清照來往於低孤獨與高孤獨之間，而且充滿了矛盾和掙扎。如以〈武陵春·春曉〉《李清照集校注》P61云：

> 風住塵香花已盡，日晚倦梳頭。
> 物是人非事事休，欲語淚先流。
> 聞說雙溪春尚好，也擬泛輕舟。
> 祇恐雙溪舴艋舟，載不動，許多愁。

　　紹興五年（西元1135），清照52歲，明誠死後六年，從臨安到金華避難，寄居在陳氏家，局勢稍定，作〈武陵春〉詞。

　　「載不動許多愁」，清照的愁太重，這「愁」是非個人之愁。再美的景緻也改變不了她的心境。看到山河破碎、百姓流亡失所，她歷盡滄桑、流離他鄉，真是「物是人非，欲語淚先流。」歷朝歷代人心震動時、離愁索居時，作品皆能引起讀者的興趣，用當下的視域來作填補、連接和更新文中的空白，賦予新的意義，這便是「文本召喚」的力量。這也是羅曼·英伽登指出的文本中的句子結構的有限性，令它的「意向性關聯物」變成了圖式化的東西，並造成「否定性」，目的是有意地引起讀者的興趣以填補、連接和更新文中的空白或視域，這便是「文本的召喚結構」[32]。

　　此詞首截取「風住塵香」的場面表現春盡，眼前的景色與詞人

---

[31]　白靈撰：〈遊與俠──鄭愁予詩中的遊俠精神與時空轉折〉，收入其著《桂冠與荊棘》，（北京：作家出版社，2009年），頁45。

[32]　朱立元（1945-），《當代西方文藝理論》（上海：華東師範大學出版社，2001年），頁295。

的厄運相似，美好的春色被惡風掃蕩無餘。次句含蓄地表現了詞人心緒。三四句則縱筆直抒胸臆，以極其精煉的語言概括孤獨因由。景物依舊，人事全非，以「事事休」來表現自己的心態。接著又以「欲語淚先流」這一外部形象來展現內心細緻的痛楚。

下片宕開，寫泛舟春遊的打算，然後又轉到「愁」。「祇恐雙溪舴艋舟，載不動，許多愁」，將無形的孤獨化為有分量的形象。全詞「欲」、「先」、「聞說」、「也擬」、「祇恐」幾個虛字將事物間的關係、感情的轉折，準確而傳神地表現出。將孤獨化為愁，愁亦是孤獨的表徵，且以舟船的重量來比擬，見出映襯的形象化。

高宗建炎三年後，清照後來的詞在在都彰顯了她內在時空中的高孤獨。世運和個人命遇相叩合，命運有必然性和無常性，兩者有矛盾的張力。清照自青州到萊州，曾作〈感懷〉一詩《李清照集校注》P131，其詩云：

> 寒窗敗几無書史，公路可憐合至此。青州從事孔方君，終日紛紛喜生事。作詩謝絕聊閉門，燕寢凝香有佳思。靜中我乃得至交，烏有先生子虛子。

「作詩謝絕聊閉門，燕寢凝香有佳思」，此心靈轉變愈內向、內收，心思愈趨細密，於沉靜中以求自我之存有，超越現實瑣碎之種種。「靜中我乃得至交，烏有先生、子虛子」靜中才會得至交，烏有先生實無其人。

至金華後，李清照亦曾作〈曉夢詩〉《李清照集校注P129》云：

夢曉隨疏鐘，飄然躋雲霞。因緣安期生，邂逅萼綠華。愁風
正無賴，吹盡玉井花。共看藕如船，同食棗如瓜。翩翩垂髮
女，貌妍語亦佳。嘲辭鬥詭辯，活火烹新茶。雖乏上元術，
遊樂亦莫涯。人生能如此，何必歸故家。起來斂衣坐，掩耳
厭喧嘩。心知不可見，念念猶咨嗟。

詩中文字對於自我遭際之內在覺知，於夢醒之際對於現實環境之
「掩耳厭喧嘩」，即為鮮明之沉靜心境。而就書寫言，此詩顯然不
同於其以往之詩或詞，其中已無具體之對話對象、情感歸向，而是
一自我反省，是寧靜中以求自我之存在，是真正的高孤獨，是內在
的聲音，美學不是外在，李清照所求是她在世存有的最大意義。
「人生能如此，何必歸故家。起來斂衣坐，掩耳厭喧嘩。心知不可
見，念念猶咨嗟。」是晚期的豁達大度。

清照避亂溫州時，寫下〈添字醜奴兒〉

窗前誰種芭蕉樹，陰滿中庭，陰滿中庭，葉葉心心、舒
展有餘清。
傷心枕上三更雨，點滴霖霪，點滴霖霪，愁損北，不慣
起來聽。[33]

這戰亂形成的孤獨變成內省，「傷心枕上三更雨，點滴霖霪」，點
滴到心頭，時代遮蔽了個人，個人就在創作中開顯自己。所有的開
顯皆一時，創作也是一時的領悟，一開顯完，掉回現實，即遮蔽，

---

[33]　《李清照集校注》頁129。

故要不斷創作、遊戲，進入那瞬時狀況。

海德格所言「林中路」即是此理，在黑森林中自己要開路、要開顯揭蔽，砍伐完樹幹開出路，又要視前面還有什麼？要不斷前進闢出一條道，因道無窮，它是探索無窮之物。[34]

我們不是原初的作者，無從看作者的原意，但透過視域的融合，各時代重建作品，把正本變得更豐富，所以複本的詮釋會比文本更多元，更具時代性。

海德格和高達美的詮釋學認為，根據人的理解結構，客觀的理解是不可能的，因為詮釋是解釋，而解釋是脈絡性的，而脈絡是指，人早已理解或明白一些脈絡，亦即人早已被他的歷史影響，這是永遠無法擺脫的，於是，事物意義不是客觀在其自己的意義。這個發現摧毀了方法論的詮釋學，因為它預設，文本是一個客觀的實有，詮釋學可以提出各種原則，指導人去獲得文本中客觀的、固定不變的真理。但如今卻變成文本中根本沒有固定不變的意義。這對方法論詮釋學而言，是非常沈重的一擊，但當人的理解是沒有方法的，則似乎是一切理解都是可能的。

實踐孤獨最圓融的詞想必是〈聲聲慢〉。建炎四年，清照追隨高宗輾轉浙東，又散失書畫。紹興元年清照在越州土民鍾氏宅，文物被盜五箱，故至晚年，流蕩無依，家徒四壁、冷冷清清，遂有此深愁慘痛，發之於〈聲聲慢〉詞。[35]經考證此詞作於紹興十七年（《李清照集箋注》，頁163）清照64歲，離趙明誠亡歿已18年：

　　尋尋覓覓，冷冷清清，悽悽慘慘戚戚。乍暖還寒時候，

---

[34] 海德格：《林中路》，（臺北：時報文化公司，1994年），頁11
[35] 《李清照集箋注》，頁163。

最難將息。

　　三盃兩盞淡酒，怎敵他，晚來風急？雁過也，正傷心，卻是舊時相識。

　　滿地黃花堆積，憔悴損，如今有誰堪摘？守著窗兒，獨自怎生得黑。

　　梧桐更兼細雨，到黃昏，點點滴滴。這次第，怎一個愁字了得。

歷代詞評家評此詞，真可謂多如牛毛，《李清照集箋注》，頁162-173）。首句「尋覓」寫不安，不安的尋人、尋魂（如尋其夫），實乃尋覓「鄉愁、國愁」，虛寫寫「失落」，一生逃不掉的失落感，不斷失落人、失落物。此詩表達李清照永世的孤獨感，這高孤獨是一種「魔性」，靠內在自我的力量去提昇。

　　這更高的方式，即內在的聲音，美學不是外在活動，李清照所求一向是她在世存有的最大意義。

　　此頗重身體感，以時空範圍、現象學角度簡析之。前三句「尋尋覓覓，冷冷清清，悽悽慘慘戚戚」由環境寫到心冷，從空氣的冷冷清清，到自身、家壁的冷清、悽悽慘慘，天空的冷清與過去的時間相似，十四字一層逼近一層，重在疊詞階梯式之深入，淺白真摯如曲文，自是藝術巔峰之作，此乃公孫大娘舞劍手，無人能及。（《李清照集箋注》，頁164。）

　　「滿地黃花堆積，憔悴損」：寫地上的「黃花」與自身的憔悴相比；「如今有誰堪摘？」：借身體尋找離去的「神」，盼「神」、「形」能重逢合一。

　　「梧桐更兼細雨，到黃昏，點點滴滴」：借空間寫出時間。

「怎一個愁字了得」：「愁」貫串全篇，但始終不言愁字，及至末尾按捺不住始湧現，愁字承擔不住，也正表愁緒不盡。

「這次第」：愁從過去汨汨而來，從過去到現在，當下清照頗想解脫，在這一瞬間跳出，但又跳不了。「卻是舊時相識」：海德格言：「即開顯即遮蔽」，「雁，舊時相識」句是開顯，也是從現在緬懷到過去。「黃花有誰堪摘」句也是開顯，從現在緬懷到往昔，以黃花自況，過去有人堪摘，現在則無人堪摘。

此詩詞寫出「遺世獨立」的高孤獨感，一般人不知道這個「人的活著就是死著」的真理，但詩人卻看到了，而且將它說出來。詩不是說出詩人的心靈狀態，也不是要表達他個人的情感，更不是為了引起讀者的情感，而是說出宇宙人生的道理。詮釋這首詩讓我們瞭解一切事物和自己的真理，我們得到真理，它真實的說出了我們自己的無奈和宇宙中一切存有者自身的自我矛盾，它觸動了我們自己的存有，讓我們看到自己的有就是無——我的有正在「無掉」它自己的有，因此我們感動了。詩將我們帶回去真正的自我或事物的真正存有裡，所以詩震撼我們，觸動我們的內在。

各時代處處有「有家歸不得」的離亂人，兩邊斷裂後，身體不能動，靠心靈的轉化，「雁」、「黃花」、「梧桐雨」皆是轉化替代語。清照經家國裂變、際遇的瘡傷。此詞用時空的範疇來談孤獨，由靜到動，由視覺到聽覺，由內心到外在，進出交錯、上天下地，移動範疇廣闊，像鏡子般把孤獨反射出來。整個季節皆有愁煞的感覺，寫出了普遍性。

（四）詩詞中孤獨辭語的重整

赫塞認為「寂寞使人發現自己」，孤獨使人內省，他並說：

「我們必須孤獨、全然孤獨，才能退回到自我深處。」（《赫塞語粹》，頁24。）。此是一自我反省，是寧靜中以求自我之存在。用詩詞中孤獨辭語的重整來看作者如何表現孤獨，所以筆者以辭語來舉隅，如此可見一斑。她的「孤獨」語又有層次之分，僅由低層次列表排至高層次，容舉隅之：

孤獨辭	辭語	出處	整闋詩、詞	備註
1.獨坐	「誰伴明窗獨坐」	〈如夢令〉	誰伴明窗獨坐　我共影兒倆個　燈盡欲眠時　也把人拋躲　無那無那　好個淒涼的我	乃簡單之「獨」
2.獨上	獨上蘭舟雲中誰寄錦書來	〈一剪梅〉	紅藕香殘玉簟秋　解羅裳　獨上蘭舟　雲中誰寄錦書來　雁字回時　月滿西樓　花自飄零水自流　一種相思　兩處閒愁　此情無計可消除　才下眉頭　卻上心頭	一人上小船，獨在江上漫遊，乃簡單之「獨上
3.獨自	獨自怎生得黑	〈聲聲慢〉	下片：滿地黃花堆積，憔悴損，如今有誰堪摘？守著窗兒，獨自怎生得黑。梧桐更兼細雨，到黃昏，點點滴滴。這次第，怎一個愁字了得。	「獨」自

孤獨辭	辭語	出處	整闋詩、詞	備註
5.不如向簾兒低下，聽人笑語。	如今憔悴風鬟霜鬢，怕見夜間出去。不如向簾兒低下，聽人笑語。	〈永遇樂·元宵〉詞	下片：中州盛日，閨門多暇，記得偏重三五。鋪翠冠兒，撚金雪柳，簇帶爭濟楚。如今憔悴風鬟霜鬢，怕見夜間出去。不如向簾兒低下，聽人笑語。	
6.掩耳厭喧嘩	掩耳厭喧嘩	〈曉夢〉詩	夢曉隨疏鐘，飄然躋雲霞。因緣安期生，邂逅萼綠華。愁風正無賴，吹盡玉井花。共看藕如船，同食棗如瓜。翩翩垂髮女，貌妍語亦佳。嘲辭鬥詭辯，活火烹新茶。雖乏上元術，遊樂亦莫涯。人生能如此，何必歸故家。起來斂衣坐，掩耳厭喧嘩。心知不可見，念念猶咨嗟。	要聽自己內在的聲音。
7.絕聊閉門	作詩謝絕聊閉門	〈感懷〉詩	寒窗敗幾無書史，公路可憐合至此。青州從事孔方君，終日紛紛喜生事。作詩謝絕聊閉門，燕寢凝香有佳思。	藉書寫，求自我之存有。
8.烏有先生子虛子	「靜中我乃得至交，烏有先生子虛子」	〈感懷〉詩	靜中我乃得至交，烏有先生子虛子。	烏有先生實無其人。

孤獨辭	辭語	出處	整闋詩、詞	備註
9.沒箇人堪寄	吹簫人去玉樓空，腸斷與誰同倚。一枝折得，人間天上，沒箇人堪寄。	〈御街行·悼夫〉	藤床紙帳朝眠起，說不盡無佳思。沉香斷續玉爐寒，伴我清懷如水。笛裡三弄，梅心驚破，多少春情意。小風疏雨瀟瀟地，又催下千行淚。吹簫人去玉樓空，腸斷與誰同倚。一枝折得，人間天上，沒箇人堪寄。	有「物是人非」之情
10.載不動，許多愁。	祇恐雙溪舴艋舟，載不動，許多愁。	〈武陵春·春曉〉	風住塵香花已盡，日晚倦梳頭。物是人非事事休，欲語淚先流。 聞說雙溪春尚好，也擬泛輕舟。祇恐雙溪舴艋舟，載不動，許多愁。	將孤獨化為愁，以舟的重量來比擬。
11.如今有誰堪摘？	滿地黃花堆積，憔悴損，如今有誰堪摘？	〈聲聲慢〉	下片：滿地黃花堆積，憔悴損，如今有誰堪摘？守著窗兒，獨自怎生得黑。梧桐更兼細雨，到黃昏、點點滴滴。這次第，怎一個愁字了得。	以「黃花」相比；「如今有誰堪摘？」：借身體尋找孤獨的「神」

　　李清照是一代詞宗、詞后，書寫高妙者不致於明寫「孤獨」「孤立」等語，用「如沒箇人堪寄」、「載不動，許多愁。」、「絕聊閉門」、「不如向簾兒低下，聽人笑語」、「掩耳厭喧嘩」才可能表之，此代稱必發自內心深處。內在的聲音，順筆自來，靠內在自我的力量去提昇。故美學不是外在活動，清照所求一向是她

在世存有的最大意義。

四、結語

中國古典詩詞批評自有其傳統理論，本文以現代詮釋學理論來爬梳詩詞呈現個人生命情調之轉折及反省。依「紅學」觀言，情加才就是愁，易安亦當如是。

靖恥前期李清照作品是形神合一，少女及婚姻初期，是歡樂、遊戲的，有忘我之心境，其心境是主客體之融合；靖恥之後、離亂中年、喪夫喪國期是形神分離，神魄離形，形一直在尋尋覓覓找神，推開愁，愁又降臨，一生孤子以終。

清照的「孤獨」是一種不易為他人所困惑，能掌握自我方向，此種孤獨，也正是追求生活意境之所需。她說出宇宙人生的道理。詮釋詩詞讓我們瞭解一切事物和自己的真理，我們得到真理，它真實的說出了我們自己的無奈和宇宙中一切存有者自身的自我矛盾，它觸動了我們自己的存有。

作品中的真理要怎麼才能看出來呢？藝術作品的可理解性可用「再造和組合」兩個概念來描述，本文就是從這兩個概念來細讀文本。

時代遮蔽了個人，個人就在創作中開顯自己，故要不斷創作，進入那瞬時狀況，探索那無窮之物。

參考書目

一、李清照專書

宋・周輝撰《清波雜志》。見《文淵閣四庫全書・子部・小說家類・雜事之屬》。

宋・王灼撰《碧雞漫志》。見唐圭璋編《詞話叢編》，北京：中華書局，1993.12三刷。

宋・李清照著、徐培均箋注《李清照集箋注》，上海：上海古籍出版社，2002。

宋・李清照《漱玉詞》。見《文淵閣四庫全書・集部・詞曲類・詞集之屬》。

宋・李清照《李清照集》，臺北：國家書局，1983。

南宋・沈義父撰《樂府指迷》。見唐圭璋編《詞話叢編》，北京：中華書局，1993.12三刷。

民國・王仲聞撰《李清照集校注》四部刊要，（臺北：漢京文化事業有限公司，1983。

余莒芳、舒靜：《婉約詞人李清照》（河北：河北人民出版社，2003年）。

孫乃修：《李清照詞選》（臺北：名田文化有限公司，2006年）。

夏婉雲《婉約詞人：李清照》（臺北：三民書局，2007年）。

傅錫壬：《李清照》（臺北：國家出版社，1994年4月）。

劉瑜：《李清照全詞》（山東：山東友誼出版社，1998年）。

二、研究專書

箱崎總一（HAKOZAKI S.ichi）：《孤獨心態的超越》（何逸塵譯，臺北：巨流圖書公司，1981）。

梅洛龐蒂（Maurice Merleau-Ponty）：《知覺現象學》，姜志輝譯，（北京：商務印書館，2001年）。

汪文聖：《現象學與科學哲學》（臺北：五南出版社，2001）。

洪漢鼎著：《詮釋學——它的歷史和當代發展》（北京：人民出版社，2001年。

加斯東·巴舍拉：《空間詩學》，（臺北：張老師月刊社，2002年9月）

高達美著，洪漢鼎譯，《真理與方法》，2004年。

上海譯文出版社，2004年）。

楊大春：《梅洛龐蒂》，（臺北：生智文化〈股份〉公司，2003年6月）。

詹姆斯·施密特（James schmidt）《梅洛龐蒂——現象學與結構主義之間》，尚新建等譯，（臺北：桂冠出版社，2003年1月初版二刷）。

羅伯·索科羅斯基（Robert.Sokolowski）：《現象學十四講》，（臺北：心靈工坊文化公司，2004年）。

鄭慧如《身體詩論》（1970-1999臺灣），（臺北：五南圖書公司，2004年7月）。

德穆·莫倫（Dermont moran）：《現象學導論》（Introduction to Phenomenology），蔡錚雲譯，（臺北：桂冠圖書，2005年）。

張健：《文學概論》。臺北：五南圖書出版有限公司。2006年3月

一版十九刷。

夏婉雲《童詩的時空設計》，（臺北：富春出版社，2007年5月）。

三、期刊論文

夏婉雲〈時間的擾動〉，《臺灣詩學學刊》第七號，《臺北：臺灣
　　詩學季刊雜誌社，2006.5月》。

夏婉雲〈當下、空間情境化與童詩寫作〉，《臺灣詩學學刊》第八
　　號，《臺北：臺灣詩學季刊雜誌社，2006.11月》。

孟樊〈葉笛的傳記詩評〉（國立臺北教大，語文集刊），第12
　　期.2007年7月。

夏婉雲〈身體、纏繞與互動—從向明的童詩看文學時空的指向〉，
　　《儒家美學的躬行者—向明詩作學術研討會論文集》，《臺
　　北：萬卷樓，2007.12月》。

白靈：〈遊與俠──鄭愁予詩中的遊俠精神與時空轉折〉文見其
　　《桂冠與荊棘》書，（北京：作家出版社）（2009年）。

（本文發表於世新大學《世新中文研究集刊》（第八期101.7.1）

童詩中的時間

身體、纏繞、與互動
——從向明的童詩看文學時空的指向

摘要

　　向明的詩是他的身體與這世界糾纏、互動過程中的記錄和回應。他是他同時代詩人中以童詩形式書寫童年經驗和人生感受最多的一位。他的身體曾深刻地磨擦過他年少時的土地，那成了他終身「要跳脫」但又無以澈底掙脫、如影子般「隨身的糾纏」。也因此他個別的命運才能在他諸多童詩的「文學時空」中展現了那一代人的時空困境，卻同時又能使兒童更普遍地對天地人三者之互動有更深切的體認、對自然事物更貼近地觀察。他早期的四行詩後來轉移為童詩，那其中隱含了在那當下的時代悲哀感和對政治檢驗的規避，這與很多成人的童詩往往是借回憶童年、或觀察其他兒童而創作、且與特殊歷史時空經常脫離，二者之間有很大的區別。他創作於九〇年代的一系列童玩詩，多數尤其所經驗過的時空中取材，再經由臆想而變形、拉長、縮小、或擴大，藉著童玩建構上天下地的能量，使得兒童對童玩的認知既能從身體與事物的互動開始，又可進而由身體的知覺與時空中其他事物的綜合接觸，逐漸擴展他們對世界的認識，突破各種時空的侷限，這是向明漫長的生命在這些小童玩詩上的特殊體現方式。

關鍵詞：身體、時空、互動、向明、童詩

一、引言

　　詩是向明（1928-）生命的道場，寫詩、評詩、講詩是他修行的方式，這其中有他老師覃子豪的影子，但向明做得更含蓄、更低調、更謙虛、也更澈底。覃子豪以壯年過世時，向明人在馬祖，[1]那是他生命中極大的遺憾，但他這一生所作的並不比覃子豪少，年到八十，他仍奮進不懈，甚至成為網路世界中「最老的年輕人」，上網下網，[2]為諸多愛詩人撥疑解惑、影響力擴及兩岸三地，從不知疲倦為何物。

　　當然，與向明同時代的詩人太多了，一九四九年兩百萬人跨海大遷徙時，那種特殊的、很難再有的「歷史時空」，使得諸多軍人和流亡學生因「物理時空」的巨變和隔絕，扭曲了、形變了他們的「心理時空」，進而催化形成了只有在那一代才有的特出的「文學時空」、「藝術時空」，作家、詩人、藝術家輩出成了那詭異時空下，方能誕生的奇蹟。而那時向明自十幾歲離家已多年，征戰陝西、內蒙、舟山群島地區，多次與死神擦肩而過，他的土地經驗、戰爭體認是大陸來臺同輩詩人中除了沙牧（本名呂松林，1928-1986）、文曉村（1928-）之外最早的、磨難也最深的一位，何況在貧瘠的時代他早已與無線電、通訊結了不解之緣，[3]那幾乎預告了「詩」在後來會成為他向殘酷的命運發射的一通通「人生的

1　張默：〈好空的一方方陷阱〉一文，參見張氏所著《夢從樺樹上跌下來》，（臺北：爾雅出版社，1998年），頁47。

2　向明對網路的觀點可參見其〈詩人的新天地──網路〉一文，見向明所著《詩來詩往》，（臺北：三民書局2003年），頁234。

3　關於這段「輝煌豐富的歲月」的簡述可參見向明〈詩的奮鬥〉一文，見其所著《我為詩狂》，（臺北：三民書局，2005年），頁213。

無線電通訊」。由於他離家極早，又經戰事多年的折磨，他企圖保有的童年形象、母親的影子、家的感受也最迫切，他是他同時代詩人中除了楊喚外，以童詩形式書寫童年的經驗和感受最多的一位。收在他一九九七年出版的童詩集《螢火蟲》中第一首〈家〉[4]及其他四首，均曾發表於1956年《藍星詩週刊》上，後來收於成人詩集《雨天書》[5]中，另外此集中尚有多首寫童玩的詩作早已收在一九九四年出版的成人詩集《隨身的糾纏》中，[6]因此那些詩並不是為兒童寫的，就像他著名的朗誦詩〈仁愛路〉不是專門為兒童寫的卻仍適合兒童朗誦一樣，[7]尤其他的那些童玩詩對兒童仍有重大的啟示性，甚至可以說是老少咸宜的。

　　向明以他的身體，深刻地磨擦過他年少時的土地，那成了他終身「要跳脫」但又難以真正擺脫的「隨身的糾纏」，[8]後來那些土地、親人、和老家糾纏的影像分散、化身、轉移為諸多他身邊的老鄉和文學夥伴，他們由青年、中年、老年，始終相隨他左右，成了他的朋友和敵人──事實上也可看作他的「影子」或分身──使得他一生都得與之相互纏繞、分享、互動、和對抗，那恐怕也是他會從激烈的現代主義走向溫和的現代主義的理由、以及一生固守在詩的道場上奮戰不懈的原因。[9]而這種特殊「歷史時空」所營構出的

4　向明：《螢火蟲》，（臺北：三民書局，1995年），頁8。
5　向明：《雨天書》，（臺北市：藍星詩社，1959年），另參見《向明‧世紀詩選》卷一，（臺北：爾雅出版社2000年），頁3至9。
6　見本文第四節的討論，這些詩均參見向明：《隨身的糾纏》，（臺北市：爾雅出版社1994年）。
7　此詩多次在舞臺上由小學生演出，效果極佳，參見白靈「詩的聲光」網站的影片（http://www.ntut.edu.tw/~thchuang/s/index.htm），詩另見向明：《青春的臉》，（臺北市：九歌出版社，1982年），頁156。
8　向明：〈跳繩〉一詩中的句子，參見《隨身的糾纏》，頁37。

「物理時空」、「心理時空」，必然有別於其他時代不同「指向」的「文學時空」，本文即擬單純以向明的童詩為例，說明詩如何會成為他再不可更替的生命道場，並試圖由時空角度、及與身體知覺纏繞互動的關係去理解童詩，以有別於過去採用虛實、意象、情景的分析方式。

二、向明童詩中的時空困境

（一）從物理時空、心理時空、到文學時空

詩是文學的一種文體，文學又是藝術的一類，但藝術或文學的「時空」究竟比生活或歷史的「時空」更接近真實或更脫離現實，自古以來即是一個不斷向兩頭擺盪的問題。有時社會潮流因「時空」轉變而向現實主義（包括寫實主義／自然主義／古典主義）靠攏，下一個不同的「時空」可能又向浪漫主義（包括象徵主義／現代主義）盪過去。前者注重再現、客觀、或寫實，或甚至強調「為人生而藝術」、要對社會發生教化作用；後者注重表現、主觀、或虛幻，主張「為藝術而藝術」的美學表現形式。兩頭擺盪的原因其實皆與「政治時空一再變化」有關。

而在詩中，「時空」一詞其實正可融合過去詩理論中常論及的虛實、情景、意象等詞彙，即使「世界上最難使之『屈服』的東西，莫過於時空」（方勵之）[10]。在過去，中西方的天文學、哲學、玄學、文學、宗教因研究「時空」而偉大，在現代，近代的物理學、天文學、數學、光電學、奈米科學、心理學更因研究或

---

[10] 方勵之：《宇宙的創生》，（臺北：亞東書局，1988年初版），頁191-192。

至大或至小的「時空」而進步。諾貝爾物理學獎得主理察‧費曼（RichardP.Feynman）博士在四十七年前（1959年）即預言可濃縮四十冊大英百科全書於一根針頭，這豈不是早已預言至大時空微縮於至小的可能？[11]也因此，現代的繪畫、視覺藝術、電影、建築，都間接直接要在時間和空間上加以探索，而文學（包括童詩）的研究，也將終因加入時空學而豐盛龐大。

　　由於我們永不能越過自身的認知條件而妄言能對「客觀時空」、或「客觀世界」、「客觀宇宙」（亦即「時空自身」、「世界自身」、「宇宙自身」）有任何真正的掌握，亦即永不可能排除其他觀察條件或主觀的介入。因此，談論中的「時空」、「世界」、「宇宙」，只能代表某一種觀點。「時空」「世界」、「宇宙」本來就不是一可清楚地標明的對象，而是人於認識當前的對象事物時必須設定的界域。然而我們的感官祇能認知具體事物以及事物間的空間關係，但卻不能認知空間本身。空間自體是無形無狀的空虛的存在，感官絕不能認知如此空虛空間。物理學考察的空間應限定於具體的物理相對空間，心理空間又是有賴身體置身生物空間乃至物理空間。至於時間知覺，我們也不具有能認知時間的特有感官，只得依據具體事象的變化過程來認知時間的繼起關係。時間知覺祇是限定於如此事象間的時間關係，並無法認知時間本身。因此時間自體相較於空間自體更為空虛，心理時間自當依賴於這種相對時間。因此我們談論所謂「時空」時不外是一種「時空觀」，而非

---

[11]　楊龍傑〈微小世界與微機械〉，（《科學月刊》，1999年3月，第351期），頁190-197。本文以理察‧費曼的演講切入微小世界與微機械的課題，並依序闡述為何變小的理由、如何變小的工藝技術（room at the bottom），其中以大英百科全書全給寫在一根針頭上之例為開始，陸續揭示了超微電子顯微鏡、微小計算機、微小工廠、原子重組等縮小化微小世界的理念。以及何物變小的研發實例，最後以「小至何境？」作為文章的總結。

時空自身。雖然如此抽象，但從人的眼中卻又必需要「看」出一個「世界」、「宇宙」、和「時空」，即因「如此生活內容才有『定向』，生命才具有『意義』」。[12]且由於心理因素的主觀性的介入，其相對性的多樣相就更加複雜。因此，物理事物或心理事象介在於其間的空間關係與時間關係就均成為相對性的。其間的關係或可如表一所示：

表一　客觀時空與主觀時空的相對性[13]

客觀時空 （主要是空間）	物質 （含能量）	物理 時空	為天文時空 的基礎	自然界	相對地為 實有時空
主觀時空 （主要是時間）	精神 （含意識）	心理 時空	為人文時空 的基礎	人文界	相對地為 虛無時空

　　然而畢竟藝術或文學涉及的時空不等於現實生活的時空，現實與物理世界或物理時空有關，藝術文學則是由客觀的物理時空（事、物／多與自然和社會活動有關）獲得印象後進入內在主觀的情感或理性思維中，先形成心理時空的一些累積。而一旦企圖將上述由感覺活動到心理活動，以詩文表現時，才有所謂的表現活動可言。[14]此時即會將物理時空與心理時空的各種體認、知覺等予以整理，透過想像、和藝術手法表現成詩文，此詩文的時空顯然已不同於原來未經轉換或處理的心理時空內涵、或原初在物理時空所獲得的經驗，它們之間的進程或許可以如下表二予以說明：

12　關子尹：〈宇宙、世界和世界觀〉一文，見陳天機、許倬雲、關子尹主編：《系統視野與宇宙人生》，（香港：商務印書館，1999年），頁46-47。
13　參考曾霄容：《時空論》，（青文出版社1971年3月），頁436-437。另行整理。
14　參考白靈：《一首詩的玩法》，（臺北：九歌出版社，2004年9月），頁24。

表二　創作的感覺、心理、表現活動的過程表[15]

創作過程：感覺活動→心理活動→表現活動

（物理時空）（心理時空）（文學時空）

詩			
象（景、實）		意（情、虛）	
事	物	情	理
感覺活動		心理活動	
客觀		主觀	
偏向物理世界（物理時空）		偏向心理世界（心理時空）	
以此為主時偏向再現說		以此為主時偏向表現說	
強調為人生而藝術		強調為藝術而藝術	
偏向現實主義（社會）／自然主義（自然）		偏向浪漫主義／象徵主義／現代主義（個人）	
表現活動			
文學時空			
出入於「物理時空」與「心理時空」之間			

　　每個人都會在自身所處的物理時空（自然／社會）中生活，且也都會慢慢建構出自身的心理時空（個人），有時因所受教育、文化薰陶不同、經歷、年紀、與天資也人人有異，因此其心理世界（時空）也都難以相互揣測，這也可看出藝術文學存在的必要性。正是因個人其他諸如想像力、創造力、藝術手法的差異，所以歷經幾千年，我們仍可透過文學作品建構的時空一窺他人在物理時空的閱歷和經驗、他內在心理時空的差異、和轉換成文學時空時手腕的

15　本表參考白靈：〈宇宙大腦的一點燐火──瘂弦詩中的神性與魔性〉，（瘂弦與二十世紀華文文學研討會），（香港大學中文系、武漢大學文學院合辦），2005年7月4日於湖南武漢。頁14，並加入時空說法，另行重製。

優勝之處。

（二）向明的成人詩也可以是童詩的原因

比如以向明童詩集《螢火蟲》的第一首詩〈家〉為例——那也是他寫得極早的一首童詩[16]——即可看出他一生的、也是他那一代人最大的「時空困境」：

〈家〉

星星的眼精永遠不會疲倦，
因為它有白畫的溫床。

流水唱著甜甜的歌，
它正趕赴大海母親的召喚。

風這流浪漢最悲哀，
爬山涉水的亂跑
家卻丟在相反的方向。

引言中已說明向明此詩一起初並非為兒童寫的，且早已發表於1956年，其原貌為四句：

---

[16] 向明：《螢火蟲》，（臺北：三民書局，1995年），頁8。

〈家〉

星星的眼精永遠不會疲憊，因為它有白晝的溫床
流水的歌最甜，她正趕赴大海母親的召喚

風這流浪漢最悲哀了
爬山越水的亂跑，故居卻丟在相反的方向。[17]

兩者意思全同，只將文詞改得更適應兒童的口語，但童詩的「家」
的形象似乎更突顯。而向明在四十年後所以將之歸為他1997年出版
的童詩集的第一首，顯然有感於「家」對於兒童成長的重要意涵，
並提醒兒童有「家」是多麼幸福的事，尤其離開「母親」就會如同
離開「愛之本源」那樣的痛楚，而那正是他一生最深刻、再也無可
取代的感受。當然兒童不見得能體會這許多，尤其更難明白向明當
年寫此詩的時空背景和避免落入政治指摘而必須採取的象徵隱喻，
但詩中多層次的時空因數卻讓向明此詩即使事隔五十年仍可熠熠
發光。

　　詩中的關鍵句是「家卻丟在相反的方向」，渴望的是「趕赴
母親的召喚」，對向明而言是事實的陳述，是親身宛如流浪漢般的
浪跡海角天涯；對兒童而言此處卻可能成了一個疑問句和勾起他們
的好奇心：「哪裡是風的家？」由於隱喻遂產生了歧義，作者真正
關心的是有所假託的喻依（流浪漢／我；是特殊歷史時空下必須隱
藏的假託），兒童關心卻是自然事物來源的喻旨（風），於是二者

對「家」的理解乃有了差異：一是流浪漢的來處，一是自然事物的來處；然而兒童對「家」的觀念顯然會因間接地對流浪漢的進一步體會而鞏固，於是此詩成為童詩的疑惑（風的家在何方？）和可能（凡事皆有起源，風的形成亦然，尤其大型的颱風或颶風），或可因得到兒童的好奇心之被勾起（包括前四句）而獲得化解。

此詩分三段，第一段寫天，第二段寫地（海），它們均有所倚靠，星星白天睡溫暖的床，因此夜晚醒來睜眼不會疲倦，流水奔向大海歸處，因此敢唱甜甜的歌；第三段寫天地之間無所倚靠的風＝流浪漢＝隱藏的作者（「＝」代表二者有內在聯繫而非相等），因無所歸依而備感悲哀，爬山涉水，離家越來越遠。「家」在此詩中成了「可靠性」「可依賴」的事物，這其中，家＝母親＝溫暖的床＝甜甜的歌＝不會疲倦，它是物理時空（眼睛、床、歌、流水、海）與心理時空（「永不」疲倦、唱、召喚、悲哀）相互聯繫之處。因為「家」是最能夠讓人信賴之空間，也是我們「用」得最頻繁之處所，「在家」的感覺會讓人感覺舒適，即因其可依可賴的「可靠性」，反之若是感覺不舒適，即因其不可靠；而能令人信賴之事物，才能使我們與事物打交道時自由地活動。

海德格（Martin Heidegger，1889-1976）認為此種「可靠性」[18]的基礎是因其存在於一廣大「界域」的「世界」之中，也可說是聯結了各種事物的「時空感」，乃至即後來梅洛–龐蒂（Maurice Merleau-Ponty，1908-1961）所說的「空間的情境化」（包含了時間的內在意識延伸）[19]。海德格其意是說，任何世上之事物或用具皆

---

[18] 海德格：《林中路》（Holzwege）（孫周興譯），（上海：譯文出版社2004年），頁19。

[19] 參見夏婉雲：〈當下、空間情境化與童詩寫作〉一文中的討論，見《臺灣詩學學刊》第8期，2006年11月，頁156-157。

非單獨孤立的存在於物理時空中，而是「互有因緣」的，「相互指引」的，亦即彼此之間存在一種內部的聯繫。比如釘子與鐵錘、鐵錘與錘打、錘打又與修繕互有因緣，修繕又與屋子、屋子與家互有因緣，一如此詩中的「家」是與上述諸多其他「互有因緣」的存在（如床、眼睛、母親、流浪漢）而存在的。這種「家」與看不見之感受（此詩中之「永不」疲倦、溫暖、甜甜）的彼此「內在聯繫」（存在於直觀式的心理時空中，是身體所知覺出的，尤其是觸覺和運動覺），實際上就構成我們生活的「界域」。因此，我們對「家」（此處是抽象的用具）的「信賴」之依據並不在家屋本身，而在作為可「內在聯繫」之「界域」的世界中。亦即事物的自在存在（具體如一般器物，抽象的如家）必須於「世界」中發生運動（梅洛龐蒂稱為身體與之共存、或纏繞與互動）中獲得其意義的。而此運動或互動的顯現又都必須在「天／地」兩大世界區域中進行的，一如此詩中之星星／白晝／夜（天）與流水／大海（地）。這兩大區域是始終處於既顯又隱、既對抗又共屬的交互運動中，此詩中即表現在夜／日、流水／海、風／山水的相互運動關係中，而這就是事物（包含家）能自在自持地存在的依據。「物」（包含家、故居、風、流浪漢）既然存在於「天地之爭（互動、纏繞、運動）」中，就只有藉助於藝術或「作品」將此「運動的過程」宛如當下發生似地固定下來，才能夠認識其存在；[20]且不僅用具（包括屋、家）的存在要通過藝術作品方易得到體驗，一般物之存在（如此詩中的星、河、海、風）也須藉助於作品方能為我們所體驗。

---

[20]　參見海德格：《林中路》，頁37-45。

向明諸多的童詩也都是他成人詩的移轉或化妝，其中充滿了自少離家後對家和原鄉深切的渴望，那宛如人子渴望回到母親懷抱的心境，成了他創作最大的源泉和動力，加上身體打滾過的大地景象事物人影糾纏他一生，那種欲反哺而不可得的感受使其赤子情懷自動延伸至自身都難以明白的層次，他在五十歲時寫了一首他媽媽才聽得懂的詩作〈懷念媽媽〉，極為童言童語：「什麼事／都想告訴媽媽——／昨夜著涼了／鞋子有點打腳／老闆誇我好／頭髮一梳就掉一大把／／什麼事／都是媽媽教的——／吃飯要端碗／走路不哈腰／常想別人好／切莫說大話／／從五歲活到了五十歲／什麼事都想告訴媽媽／記得媽媽說的每一句話／永遠也少不了媽媽／還沒有發現／誰可以代替媽媽」，[21]此詩清晰明朗，卻是痛澈心扉的感受，寫的是十五、六歲之後離鄉背井、此後再也沒見過母親的中年人心境，是向明個人的、卻也是那整個世代數百萬人的心境，而此種一生的隱痛是後幾代人很難明白的、永遠也難以明白的。

（三）向明童詩中展現的時空困境

　　向明及那一代人，即因被迫背離他們「可靠的」家，此事物的喪失，代表的是人與其兒童至年少「內在聯繫」的世界界域的完全背離，亦即身體與其最倚賴、與之纏繞、互動的世界的全然抽離，此體驗在五、六〇年代那政治檢查無所不在的白色恐怖時代，若非借境天與地之間相互運動的關係又如何得以抒發？而〈家〉一詩中的時空變化正應和著向明少小離家老大仍回不了的心境：

---

[21]　向明：《詩來詩往》，頁215。

静態時空（時間慢）→動態、融洽的時空（時間加快）→時空變化難捉摸（時間更快）

　　（星夜／白晝；在家／和諧）（流水／大海；想家／意欲和諧）（風／山水；有家難回／和諧的翻轉）

前兩段和諧的物理和心理時空（空間情境上身體可與之纏繞互動）進入第三段後，即翻轉為難料難捉摸的物理和心理時空（進入內在時間意識的纏繞互動、和想脫離糾纏的矛盾中），此種和諧的翻轉所產生的「時空困境」，對作者向明及那一整代人而言，結果只有像封存於甕中的米開始發酵，痛苦地發酵，此後在作者自我建構的「文學時空」中成功地轉化成酒，要不就是任其在時空中慢慢凋零、老去、腐壞。

　　而這首詩能成功地成為老少咸宜的一首成人詩和童詩的原因，即是從不同方向——對兒童是自然物理時空現象造成的趣味性、對成人而言是心理時空保有安全的困難——均可觸及對「家」之「可靠性」的感受，最終是對「家」營構的世界界域或時空感有了嶄新的體驗，向明個別的命運在此詩的「文學時空」中成功地展現了那一代人的時空困境，卻也同時獲得兒童更普遍地對天地風（風代表人）三者互動的體認、使其對自然事物更貼近地觀察，比如星夜與白晝的關係、流水與大海的關係、風與山水的關係及形成的原因等等，接著才是主旨家、及與之相聯繫的床、母親、流浪漢、溫暖、甜甜、悲哀等的進一步體認，但那並非向明創作此詩的原有路徑，向明在1957年寫此詩時是寫他在那當下的悲哀感和對政治檢驗的規避，這與很多成人的童詩則是借回憶童年、或觀察其他兒童而創作有很大差異，因此向明此作不能不說是童詩寫作的一項奇蹟。而底下將持續討論

的他的其他童詩多少都帶有這種特殊時空困境下才會產生的特質，
這與其他成人的童詩與特殊歷史時空經常脫離，有很大的區隔。

三、向明童詩時空中的影子哲學

（一）公共時空與人為時空的交光互攝

　　文學建構的時空是與生活的物理時空、和感應的心理時空相互
糾纏不清的，但表現為作品時不見得會將其所處的歷史時空含括於
內。龔鵬程認為若將文學與歷史相比，則它們「最主要的差別，在於
它們的時空觀念並不相同」[22]。他說歷史形象必須建立在時間空間的
座標上，而歷史時空「是一個公共的、自然的時空，而且，也是唯一
的，不可改變亦不可替代」[23]，他說的是歷史時空的不可逆性。而文
學作品中的事實，則被安排在「一個特殊的人造時空──作品──
中，在這個時空裡，時間與空間是獨立自存的……它其中的事件，可
以自為因果，自為起始與結束」[24]，他說的「文學時空」被具體呈現
在作品中，卻是「人造的」──可與歷史現實時空不同、勇於不同、
獨立自存，「自為因果」、即不怕誰畏懼誰地呈露於世。他又說：
「如果作者又有意識地將它在實際公共時空中的感受和經驗，放入其
中時，它就變成了公共時空與人為時空的交光互攝，既成就了文學創
作，也顯示了歷史中人的活動，所以，反而彰顯了歷史的意義。」[25]
他強調的「交光互攝」，顯然不是單指個人心理時空的勇於表現，更
彰揚了「文學時空」中也可以、更應該一部分再現「歷史（社會）時

---

[22]　龔鵬程：《文學散步》，（臺北：漢光出版社印行，1985年），頁168。
[23]　同上註。
[24]　同上註。
[25]　龔鵬程：《文學散步》，頁168-169。

空」中被遮掩、欺瞞、矯飾、乃致人人懼怕的真相。否則在「物理時空」中的現實世界中仍有「非本真的」事實無法以真相存在，真相被控制在某些人手上，無法還原，遂形成人的侷限、無力、和麵對生命的「萬古愁」和渺茫感。這意義就在於「文學時空」不只是「美」，也應不忘卻「真」和「善」。亦即如本文第二節表二所顯示的，表現活動時，「文學時空」除了應自由出入於「物理時空」與「心理時空」之間，曼妙的結合二者，而若能同時達到「公共時空與人為時空的交光互攝」自是更具時代意義了。

　　但亞里斯多德似乎沒有龔鵬程那樣樂觀認為有「交光互攝」的可能，他只是平實地認為：「藝術並不是像歷史學家那樣敘述已經發生的事情，而是敘述可能發生的事情」。[26]此即他在《詩學》所說的「已經發生的事情」多半只是「個別的、偶然的」，「可能（或然）發生」或「必然發生」的事情，才更具普遍性。所以亞裡斯多德相信「詩偏重於敘述一般，歷史則偏重於敘述個別」，[27]個別則不易再發生，不可逆性，故無參考價值；一般，則可能再發生，則具可逆性、循環性、具參考價值；他又說，即使詩人選用歷史題材，也會從中挖掘「符合或然律（可能性）或必然律的事情」──只有這樣，才成其為詩人或者「創造者」。因此他才會說：

　　　　為了詩的效果，一件雖然不可能，但卻令人相信的事優於一
　　　　件雖然可能，但卻不讓人相信的事。……因為典型應當高於
　　　　現實。[28]

[26] 亞里斯多德：《論詩》（即《詩學》一書），（臺北：臺北：慧明文化事業有限公司，2001年12月），頁30。
[27] 同上註。
[28] 同上註，頁59。

亞里斯多德得出了不同於柏拉圖摹仿說的結論，亦即：藝術不僅可以表現真理，而且詩比歷史更為真實。這個「文學時空」所展現的真實，一方面呼應了「物理世界」中未來的可能性、也呼應了「心理世界」普遍人性的真實本質。已然之事不必可再得，未然和將然之事只要是人性之渴望、想像之所及，符合或然律和必然率，無不可入於「文學時空」之中，則亞里斯多德顯然已使文學具有了各種可能的超越性了。然而龔鵬程上述「公共時空與人為時空的交光互攝」——亦即莫忽視歷史籠罩在個人身上的陰影——未嘗不可視為詩人表現共相與殊相均能無所不能的一大考驗。

（二）向明童詩中歷史時空的影子

向明除了前節所引童詩〈家〉隱含有特殊歷史時空驅迫其流浪的影子，在很多詩中亦隱藏了這樣的陰影。由於1949年翻轉了幾百萬人的物理和心理時空，使其前後的時空斷裂、而無法聯繫（「把家丟在相反的方向」），心境痛苦不堪，亟欲一抒胸悶為快，但詩人寫這樣的感覺時卻迫於政治陰逼搜查，必須改以象徵暗示的方式呈現，比如與〈家〉同一時間（1956年2月）發表的成人詩〈車〉、〈燈〉說的都是那特殊時空下的困境與自救，他是藉著歷史時空的影子來指責歷史的。比如〈車〉：「通往花穀物欄柵被看守者的頑固落鎖了／幸福的窄門卻又與我的體積成反比／／於是這車便有著誤落盆底的甲蟲的困惑了／有著兜不完的圈子，有著爬不過的陡峭」，[29]或比如〈燈〉：「窗外悄來的夜色把我的憤怒逼燃了／擁一木屋我有透視宇宙的目力／／你渺小的燭光不要哭泣呀／在另個星系裡我們是視為同

---

[29]　向明：《向明‧世紀詩選》，頁5。

體的」，[30]兩詩中的「看守者」、「夜色」皆與那當下的歷史時空的翻轉和壓抑有關，於是車成了蟲、透視宇宙目力的只是渺小的燭光；前一詩寫困境如在盆底，後一者寫內在的目力仍可抵擋漆黑夜色對燭火的圍剿。而底下表三所列的幾首童詩也皆是1956年同一時期成人詩的小幅度改動（為了適應兒童的語言程度），其原作也都隱含著藉著歷史時空的影子來指責歷史的元素，但在童詩中此歷史時空的影子顯然淡了許多，但畢竟仍躺在那裡，不能視而不見，它們是「公共時空與人為時空的交光互攝」下故意「打淡」或「使之轉彎」後的產物：

表三　向明童詩與成人詩比較舉例

成人詩原作 （均四行； 皆發表於1956年）	童詩形式 （皆出版於1997年）	時空關係
〈窗〉[31] 孤立於土牆上的窗是懷念者呆意的嘴 不喚住雍容華貴的雲，不招呼披著誘惑長髮的雨 煩躁時，它把鄰家解意的笛音迎過來 高興時，它把心靈的口哨吹出去。	〈窗〉[32] 高踞在土牆上的窗，像小哥哥那張呆呆的嘴， 招不來雍容華貴的雲， 喚不住披著誘惑長髮的雨。 煩躁時， 它把鄰家美妙的笛聲迎過來 高興時， 它把心靈的口哨吹出去。	成人詩原作的「窗」是移動ㄟ的時空困境，末兩句是自我解脫的方式。此處窗＝嘴＝懷念者＝孤立＝呆意，較接近懷鄉情境，「不喚住」「不招呼」是主動的對翻口後時空環境誘惑的推拒。童詩則較接近兒童對兄長戀愛心境的描述，「招不來」「喚不住」是被動的失意。甚具趣味性。

---

[30] 同上註，頁4。
[31] 同上註，頁6。
[32] 向明：《螢火蟲》，頁10。

成人詩原作 （均四行； 皆發表於1956年）	童詩形式 （皆出版於1997年）	時空關係
〈門〉[33] 讓可憐的盆景驕傲室內的優遇吧 種子的兩頁綠扉是要開向風雨的 關不住的呀！當歌鳥輕啄銅環的時候 關不住的呀！當春雷吆喝起程的時候	〈種子〉[34] 讓嬌貴的盆景， 享受室內的舒適吧！ 種子的兩扇綠扉， 是要迎向風雨的 關不住的呀！ 當歌鳥喚醒黎明的時候。 關不住的呀！ 當春雷吆喝起程的時候	成人詩是對「門」的渴望，以及被「關住」的反抗，表面批判「可憐的盆景」，像是別人的時空困境，卻也是自身亟欲避免的寫照，可看作自我救贖的自勉語。童詩則鼓舞性很強，尤其第二、六行的童語反不如原作有創意，且原作的「門」比後來的「種子」更具時空隱喻性。
〈筆〉[35] 不是牧鞭，揮不來牧羊女銀鈴的淺笑 不是蘆笛，和不上秋天悲哀的交響 冰泠的木屋裡筆是一支銀亮的燭光 把自大的夜趕出去，把角落裡小蟲的意志點亮	〈我的筆〉[36] 不是長長的牧鞭， 揮不來牧羊女銀鈴般的笑聲。 不是短短的蘆笛， 和不上秋蟲們悲哀的交響。 小小的書房裡， 筆是一支銀亮的燭光。 把自大的夜趕出去。 把角落裡渺小的我， 意志點亮。	成人詩「冰泠的木屋」、「小蟲的意志」才是原意，是被如「自大的夜」之時空壓制下的心境。前兩句的牧鞭、牧羊女、蘆笛之體驗也是其身體所親臨，但對臺灣的兒童可能有隔閡，對大陸兒童則或不會。

33　向明：《向明‧世紀詩選》，頁3。
34　向明：《螢火蟲》，頁13。
35　向明：《向明‧世紀詩選》，頁8。
36　向明：《螢火蟲》，頁14。

成人詩原作 （均四行； 皆發表於1956年）	童詩形式 （皆出版於1997年）	時空關係
〈釋〉[37] 貼金的讚美不要，風 可將它腐蝕 摻色的頌歌不要，時 間會將它遺忘 帶繭的粗手沒有夢過 <u>女王</u>的親吻 偉大的建造裡，我是 一名默默的工匠	〈工匠〉[38] 貼金的讚美不要， 風可將它腐蝕 假意的頌歌不要， 時間會將它遺忘 帶繭的粗手， 沒有夢過<u>天使</u>的親吻 偉大的建造裡， 我是一名默默的工匠	成人詩是在時空困 境下對自我身分卑 微但能有風骨的自 勉。「沒有夢過」表 示連潛意識都能自我 肯定。題旨「釋」有 「釋懷」、「自我詮 釋而不假手他人的讚 美」、乃至「自我釋 放」之意。童詩則有 勉勵兒童甘於平凡但 需建構自我特色的鼓 舞特質。

　　上四首成人詩中都有困境中欲自求出口之意，而且能動力都沒有很大，幾乎是靜態的，均是以小抗大的，比如以「窗」對「土牆」、以「種子兩頁綠扉」對「風雨」、以「筆」對「冰冷的木屋」、以「工匠」對「風」、「時間」、「女王」、「偉大的建造」，是時空困局中的自我拯救形式，無力而無奈的自我拯救形式，此特質在後來的不同時空中當然也可轉而視為自我審視人生行徑方式的詩作品。但如果明白此特質有其歷史時空意義時，對讀者閱讀的感受應該是多添上一層次的，即使在童詩中亦然。

（三）身體與影子的糾纏互動

　　筆者在〈當下、空間情境化與童詩寫作〉一文中，曾提及現

---

[37] 向明：《向明‧世紀詩選》，頁9。
[38] 向明：《螢火蟲》，頁16。

身體、纏繞、與互動——從向明的童詩看文學時空的指向　197

象學家梅洛龐蒂特別注意到兒童的自我與他人互相「存在著一種內部的聯繫」，且也只有兒童保留了最多的「無名的集體性」、或混同特質，而脫離此特質即是試圖去「區分自我與他人」，但此種區分卻「永不可能充分完成」，此特質的逐步喪失即是天真的喪失、創造力的失落、和社會化的開始。[39]而由於多數與向明同一批來臺的詩人多在年少時期，面對的是相近的歷史時空、相同的物理時空的隔絕與斷裂、相像地皆沉浸在有家回不得的廣大鄉愁營構出的心理時空中，他們彼此之間遂有了一種命運同悲同哀的「內在的聯繫」、「無名的集體性」、和始終處於無以脫離、拉開此岸與彼岸的夢境之中，那是「永不可能完成」區分的糾纏與矛盾。整片大陸的土地遂成了他們「無名的集體性」的共同根源、似真似幻的夢境，而老家，他們誕生的家屋，此後在時間的內在意識中延伸，成為他們創作的最大動力。

加斯東・巴舍拉（Gaston Bachelard，1884-1962）認為：

> 我們誕生的家屋，並不只是讓一個居所有了身體（活了），它也是讓種種的夢有了身體，它的每一個角落都是做日夢的棲息處──，即使這棟家屋消失後，這些價值仍留存下來。無聊的、孤寂的、日夢的集中地，匯流為一，形構出夢的家屋。[40]

沒錯，1949年後整片大陸形構出他們龐大「夢的家屋」，舉凡他們兒童至年少身體知覺觸及過的，均影子似跟隨他們，相互糾葛。童

---

[39] 同註19。
[40] 加斯東.巴舍拉：《空間詩學》》（The Poetics of Space），（臺北：張老師月刊社，2002年9月），頁137-139。

年家屋的一點一滴即是他們夢的寄託，梅洛龐蒂即說身體的知覺是藝術創造的關鍵，它是理性介入前的所謂「前理解」區域，因為它可直觀地將向明等人在兒童至年少那一大堆「可見的」知覺轉換為「不可見的」的存在而存入身體中，藝術創造時又把此「不可見的」轉換為「可見的」作品。[41]而具有那種感受的每一具身體（同時期來臺的親朋好友）也都化為那夢境的影子，踩踏在臺灣這座島上，在時空中綿延流動，彼此面對面時，就宛如看見彼此的分身和影子，那種身體與影子的糾纏互動、相抗、既相斥又相吸的矛盾心理，持續他們一生。向明在不少童詩中表現了這些影子的威脅，尤其是在相同歷史時空背景下一起成長、一起寫詩的詩人，對向明而言，那些人亦敵亦友、是他亟欲擺脫的又擺脫不了過去的影子。比如在成人詩〈影子〉一詩中他寫：「永遠跟著別人／一步／一趨的／絕非磊落的好漢／／有種的／就站出來／曝光」[42]，這其中「隨身糾纏」的不只是影子而已，而似是意有所指，其中「一步一趨」四字是關鍵，此詞也可寫成「亦步亦趨」，用以形容事事仿傚或追隨別人的人，此小詩有不願他人緊纏不休，其實亦隱含脫身而去、能從此輕鬆自在自如之意。而到了童詩同名〈影子〉一詩時，則成了：

〈影子〉

我走一步，

他也走一步

---

[41] 王岳川：《現象學與解釋學文論》，（山東：山東教育出版社，1999年），頁106。

[42] 向明：《陽光顆粒》，（臺北：爾雅出版社，2004年），頁204。

我跳一下，
他也跳一下。

我站在那裡唱歌，
他也站在那裡，
咿咿啞啞。

好討厭呵！
他總是有樣學樣。

好沒個性！
總是躲躲藏藏。
好奇怪呵！
他總是不敢站出來，
給大家看看。[43]

此詩改以一至三段的戲劇化動作呈現，反而童趣橫生，有回到真正地面影子的效果，而四、五兩段則保留了原成人詩的諷刺意味，也有自我警戒、希望能拉開彼此距離，從此輕盈而去的味道。這種想自身體與影子的糾纏互動脫離的心境，還可以另一首寫「比高」的成人詩看出：「翻過峰頂的一朵雲／一眨眼就無聊的飄走了／／他大概不想跟誰／更無聊的比高」，這「一朵雲」有自況意味，詩中的「誰」是來糾纏要與他較勁的人，雲已夠高，不必再與誰互

---

[43]　向明：《螢火蟲》，頁28。

比，於是甚覺無聊地飄走了。此四句後來再度轉化為童詩時反而更
有深意：

〈比高〉

一株小草想，
拚命往上長吧，
長到超過一叢野菊的高度。

一叢野菊想，
拚命抽枝開花吧，
開到超過一根藤蔓的高度。

一根藤蔓想，
拚命往上攀爬吧，
爬到超過一棵松樹的高度。

一棵松樹想，
拚命伸長枝幹吧，
伸到超過一座山丘的高度。

一座山丘想，
拚命弓起背脊吧，
弓起超過天上星星的高度。

而天上的星星眨著眼睛說：

高高在上好冷呵！

如果我只有，

一株小草的

高度。[44]

此詩在空間的拓展上以高度為主，由小草而菊而藤而松而山而星，視野和涵蓋面也隨著期望而擴大，所需的時間顯然也逐漸更為漫長、甚至在可能性上趨於虛擬和虛幻。如此把好高騖遠的人性特質，借諸物欲在時空中有所變化的心態以戲劇性偕擬方式展現，可說發揮得淋漓盡致。尤其末尾更是一大反諷，把高處不勝寒的孤獨無依以強烈的天上與地下的對比予以呈現，更何況天地間高度只是如時空般地處於一相對性的運動關係，並無絕對性差異可言，比的「高」（高雅、高貴、或本領，又可能暗指詩藝或成就）看似當下空間占據的上下範疇（人氣、知名度），實則時間的主動選擇更為恐怖（歷史過程的淘汰，且有幸與不幸、機運亦一因素），非一時的「高度」（當代的論評）可決斷，因此其意義性不是一成不變的。此詩借時空的相對性寫出人性愛憎、互相較勁的可笑和可憫，卻以童詩方式表現時，反較原成人詩成功許多，如果說童詩是向明成人詩的影子，則此詩影子的表現還勝出原成人詩不少，其成功可能在能否擺脫過度隨身的糾纏、而更為輕盈自在的關係；上述〈影子〉一詩亦有此傾向。

---

[44] 向明：《螢火蟲》，頁30。

四、向明童詩中的文學時空指向

（一）文學（含童詩）時空與身體知覺的位置

　　文學建構的時空有賴真實生活的時空座標做為出發點，再倚靠個人才具予以轉換（超脫／錯綜／變形）、擴大（空間）或拉長（時間），但它要達到的並不是生活局部的真實，而是要經過綜合概括，反映生活整體的真實。此種綜合、概括、反映的本領若無身體知覺做為這一切的基砥，則其意識的意向性也不可能將諸種時空中的事物予以涵蓋。因此此一路徑即是一種對自我與時空互動的自覺過程。

　　宇宙中的物質（包括能量）經由因緣際會到發展出生命，再由生命發展出生物的意識，進而由「意識的自覺」（「意識到自己」之意識）發展到「精神」；此「精神」不僅成為意識的自覺，亦可視為對物質本身的自覺，乃至身體知覺在天地時空中運動的自覺。此「精神」不僅能夠回溯到物質發生之根源的虛無時空（無盡的宇宙時空），此「精神」還能夠回溯「物質」發展到「意識」、再到「精神」本身的路徑。於是可說，精神乃宇宙的一種自覺方式，「宇宙發展史」亦則可視為「宇宙自覺的發展史」。[45]則由物質、到生命、到意識、到精神（現象學認為融合了肉身）的關係，可說是各種時空的演進過程，如表四：

---

[45]　曾霄容：《時空論》，頁405。

表四　從物質、生命、意識到精神的關係表

物質→生命→意識→精神（現象學認為融合了肉身）
（天文時空／物理時空）（生物時空）（心理學時空）（文學時空／宗教時空／哲學時空）

　　就自然、社會、個人的三角關係來看，「自然」包含了「天文時空」、「物理時空」、與「生物時空」，「社會」包含了「歷史時空」，「個人」則包含「心理時空」。而含攝以上各種時空的則純理性是「哲學時空」，含攝以感性為主的是「宗教時空」、「藝術時空」，感知合一但又稍偏重感性的是「文學時空」。因此現代文學時空（含童詩的時空）在宇宙時空與文化時空發展路徑中的位置，可以下列圖一看出其衍變和關係：[46]

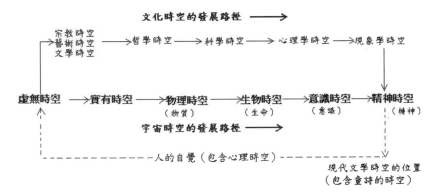

圖一　文學（含童詩）時空在宇宙時空與文化時空發展路徑中的位置

---

[46]　曾霄容：《時空論》，參考這本書頁215-493的討論，自行製作。

圖一展現了人類由「不自覺」的文化時空是由最早的各種宗教（神話）、藝術、文學不分的人與宇宙處於混沌同一中起身（即前述無名的集體性），慢慢地試圖區分自身與他者（在科學則是地球與天體的關係），在科學逐漸發達時代，將各部分自全體逐漸分離出去，以為可以透過理性掌持、理解一切（那就像自以為地球是宇宙中最進步的天體），其後在對宇宙時空的進一步認知後（比如宇宙至少有一千億條如我們銀河系般的星系，乃至近日已發現20.5光年有一如地球的天體），才自覺出沒有什麼是絕對的、中心與邊緣是相對的、任何事物之間都存在一種「內在的關係」，無法將自我與他者完全區分，乃至並無法將身體與精神予以全然二元化一般。此項發展與兒童身心發展的路徑極為相似，而身體知覺成了上述自覺過程的重要關鍵。

　　「知覺」並非是一種孤立的、外部刺激的結果，而是知覺者所經歷的內在狀態的總和。梅洛龐蒂強調「知覺因素」的重要性，因為一個人的知覺是接受世界、社會、現實和自己的一種基本模式，知覺與超越於意識之外的世界有著無可分離的內在聯繫。「知覺」正是梅洛龐蒂的知覺現象學研究的關鍵之處，也是兒童最能呈現自身能量的地方。他以知覺為對象，透過知覺去發現本能、自我與他人的聯繫，以及自我意識、氣質、語言等存在的根基。一個藝術家或哲學家不僅應該創造和表現一種思想，還要喚醒那些把思想植根於他人意識的體驗，而藝術品就是將那些散開的生命結合起來。作品使得生命變成了一種「審美歷險」。語言並不以符號的意蘊為終點，而是以呈現「事情本身」為旨歸，在童詩中即是諸多形象的畫面化。於是身體世界成了梅洛龐蒂眼中所謂藝術奧秘的謎底，因為身體既是能見的，又是所見的。我的身體之眼注視著一切事物，它

也能注視自己，並在它當時所見之中，認出它的表現的另一面。所以，身體在看的時候能自視，在觸摸的時候能自觸，是自為的「見」與「感」。軀體領會自身，構成自身並把自身改造為思想的形式，這是童詩中常出現混同自身、他人、與世界形成一體的成因。真正的藝術家，就是通過形形色色的藝術方法去表現那不可表現者，去把人們所忽略的自明之理，揭示為一種可見的「震驚」，並以一種幾乎荒誕的方式去表現現實，而完整地呈現這個被人們見慣不驚的世界。[47]肉體通過感覺的綜合活動去把握世界，並把世界明確地表達為一種意義，諸多看似各自無意義的事物因此一欲使之互動的意向性而生龍活虎起來，此種天真正是兒童最大的本領。

我們由前節所舉向明的童詩〈影子〉一詩中唱歌時「咿咿啞啞」、「有樣學樣」、「好沒個性！總是躲躲藏藏」、「好奇怪呵！他總是不敢站出來」等句，去形容身體與影子互動的關係時，即隱含了自身與他者之間始終存在著一種「無名的集體性」、因彼此維繫著微妙的「內在關係」，而「永遠無法完全區分」；而向明將原作成人詩中對他人緊跟不放、模倣他人行徑的批判性詩句，轉移為兒童自身身體與影子的遊戲關係，即是上段所說「肉體通過感覺的綜合活動去把握世界」，其轉移的可能即在梅洛龐蒂所說身體世界乃藝術奧秘的關鍵，自身身體即隱括了自我與他人的各種可能，於是其成人詩與童詩的關係宛如身體與影子的關係似的。

又比如〈比高〉一詩中，從小草到菊到藤蔓到松樹到山到星等諸事物，都不會有如詩中所述的任何想法，向明再一度把他在成人世界與他者的互動、相抗關係，改以身體能知覺的「拚命往上

---

[47] 王岳川：《現象學與解釋學文論》，頁104。

長」、「抽枝開花」、「向上攀爬」、「弓起背脊」、「眨著眼睛」、「好冷」等詞綜合了天地之間諸多事物的時空關係，去把握自身與他者難以說明白的糾纏，此詩即將「被人們見慣不驚的世界」重新「以一種幾乎荒誕的方式」予以綜合把握，給予不同的時空位置，因而也間接表現了向明心中的「現實」，鬆綁了他原有的糾纏而得以暫時脫身、亦即得以進入現象學所謂的「綻出」、「整全」、或「澄清」等的短暫本真存在的體悟中。[48]

（二）變形、拉長、縮小、擴大的文學時空

當詩人由「與現實歷程相關」的「消極式的時空」進入「借託臆想」之「積極式的時空」（張曉風）。[49]前者於藝術呈現時多與現實主義的再現或自然主義的模倣手法有關，後者則與浪漫主義、象徵主表、現代主義的表現手法有關。而由「消極式」到「積極式」可說即由所處的「外現的時空」，意向為一「內化的時空」，亦即詩人透過其擬物的描寫，打破時序或物理視野、錯綜或對照古今場景，借鑑歷史和記憶突顯現世之寂寥感，對存在處境發出哀鳴或不平。[50]如此寄意託興於其所構成的時空場域中，並透過時空存在之「過程化」手法[51]，以達成感受上的時空移動或交融。如此文學時空就常不受上述天文時空、物理時空、生物時空、心理學時空（比心理時空範圍窄）、歷史時空、乃至哲學時空所左右，它常透

---

[48] 參見夏婉雲：〈時間的擾動──從意向性與時間性分析兩首童詩〉一文中的討論，見《臺灣詩學學刊》第7期，2006年5月，頁34。

[49] 見張曉風：〈中國詩中時間與空間並崎的現象－乾坤萬裡眼，時序百年心〉一文，參見《古典文學第十一集》，（臺北：學生書局.1990年），頁68。

[50] 楊慶豐：〈詩歌藝術中「時空意識」之思考──以《離騷》為例〉，《文學前瞻第二期，2001年1月》，南華大學文學所研究生學刊。

[51] 同48註，頁35-36。

過變形、拉長、縮小、擴大等不同手法，不為其他時空所圍限，開
展出突破各種時空的創新性，因而常處在不確定或曖昧之中，此即
第三節曾提及的，於文學時空裡，時間與空間是獨立自存的，可以
自為因果，自為起始與結束，它與各種時空的關係和指向或可綜合
之，以下圖二表示之：[52]

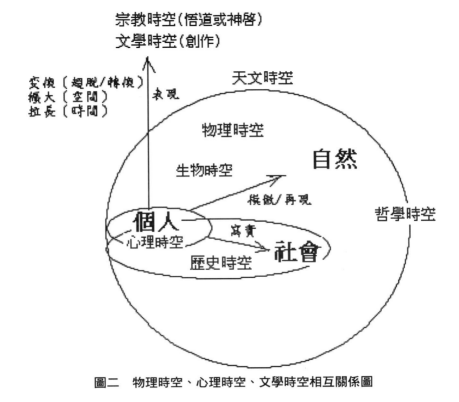

圖二　物理時空、心理時空、文學時空相互關係圖

---

[52]　參酌以上討論及圖一，製作出圖。

向明在九〇年代初期寫了系列的「童玩詩」，當時並未以童詩視之，只是借其童年及身體知覺極為親近的兒時記憶，抒發其一生命運的的險阻、幸、與不幸，後來由於部分尚適合兒童閱讀，才將這些詩作拉入其童詩集中，如〈踢毽子〉、〈跳繩〉、〈打彈珠〉、〈翹翹板〉、〈盪秋千〉等均是，而且均為原貌，無一字更替，並未如前二節所舉童詩例在語言上有少數改動以適合兒童閱讀，而如〈滾鐵環〉、〈捉迷藏〉、〈抽陀螺〉、〈跳房子〉、〈漂水花〉、〈隔海捎來一隻風箏〉等與童玩或兒童遊戲有關的詩作，由於牽扯的人事物更為複雜，則未收入。後者比如〈抽陀螺〉一詩其實理應仍可歸為童詩，或適合小六或國一的學生看，但並未收入其童詩集中，而因此詩與其他童玩詩皆有關，故特列於下以見其他：

〈抽陀螺〉

一旦、一旦被縛的生命
自一雙手中脫險
突來的自由呵
瞬間的選擇，你是
跌個踉蹌
跌成一枚失速的星子
還是，立定腳跟
趁勢旋轉

旋成一支地軸

牽著無數的眼精

看你頂天立地的

堂堂獨立表演

還是，就這樣永不停歇

旋去一生

讓抽身的鞭子

痛成

恆動的能源[53]

從童詩的角度看，這是一首寫陀螺從被繩索綑綁（首句）、放開
（二、三句）、不旋或旋（四至八句）、到旋轉至倒下的姿勢（九
至十四句）、到繼續以鞭抽打還可續轉（末三句），把整個童玩
過程寫得相當細膩。但由成人詩的角度看，則由詩句中「被縛的
生命」、「脫險」、「瞬間的選擇」、「趁勢旋轉」、「旋去一
生」、「抽身的鞭子」等辭彙可看出，向明寫的是自身在歷史時空
中僥倖未失速，而幸定立定腳跟、得以堂堂獨立表演的過程，而且
只要自我鞭笞將可旋轉完一生，這是與其同一代人許多人只因「瞬
間的選擇」的方向不同，而失速、跌個踉蹌，失卻了自我表演的機
會（比如面對一九四九年的物理時空斷裂時所作的選擇），那些
人相對於向明而言是更多數的，因此整個抽陀螺的過程是殘酷的時
空的選擇的內化，是綜合其一生的感慨、感傷於一支陀螺上！一邊
由外向世界的空間旋轉和短暫的時間停留去描述一支陀螺，一邊卻
是由當下的陀螺於空間的短暫旋轉、和其一生長時間的抽痛體認結

---

[53]　向明：《隨身的糾纏》，（臺北市：爾雅出版社 1994年），頁127。

合，去描述一整個時代的轉折和失落。如此相互輝映，使得此詩呈現出上段所說「打破時序或物理視野、錯綜或對照古今場景，借鑑歷史和記憶突顯現世之寂寥感，對存在處境發出哀鳴或不平」，這樣的童詩（雖然向明未將之歸入）顯然其時空指向大大不同於他人的詩作。

而被向明歸入其童詩集中的其他的童玩詩，大致都有略似傾向，且皆如第二節所說，其運動方式皆處在「天地之爭」中，比如：

> 一擡腿／一隻三羽的珍禽／展翅躍上青天／／再一擡腿／一顆觸天的大志／飛了出去探險／／永不饜足的／擡腿揚手／揚手擡腿／忙忙碌碌地／翻攪著黃金的童年（〈踢毽子〉前三段）[54]

> 只要注意／躍起時，動如脫兔／落地時，輕若飛燕／任颼颼的風聲／耳旁威脅的獰笑／你得鎮靜如風雨圍攻的那尊塑像／那管它，要跳脫的／是怎樣隨身的糾纏／保持一種清醒的立姿／天地都不能圍限（〈跳繩〉後半）[55]

> 這頭的我／雙腳一伸／想要趁勢躍上青天／那頭的你／兩腿一縮／處心要把地殼震動（〈翹翹板〉第二段）[56]

> 窄窄的踏板／是落腳的唯一國土／祇要兩手把持得穩／可以

54　向明：《隨身的糾纏》，頁121，另收入向明：《螢火蟲》，頁34。
55　同上註，頁36。
56　同上註，頁38。

竄升為／一柱衝天的圖騰／或是，款擺成／時間滴答的／那支主控／／盪得越高／會看得越遠／會發現／牆外的喧嘩／祇是一場虛驚／幾個同齡的頑童／看到一隻鷹掠過高處時／發出艷羨的驚恐（〈盪秋千〉後二段）[57]

這些童詩（也是成人詩）以身體的「知覺過程」（踢毽子的揚手攆腿、跳繩的躍起和落地、翹翹板的雙腳一伸或兩腿一縮、盪秋千的盪得越高會看得越遠）體現了時空的存在感，其對當下短瞬童玩之細節的「意向性」描述，又涵容了個人所處時空的特殊的、長至一生的體認和感受，這樣的童詩是具有生活的厚度、和生命的深刻思維的。這些詩中，多數尤其所經驗過的時空中取材，再經由所臆想的時空之變形、拉長、縮小、或擴大，於是毽子成了珍禽會飛出去觸天，盪秋千的人成了一隻鷹飛過高處讓同伴驚訝，跳繩的人要跳出的是遮天蓋地之隨身的糾纏，陀螺成了一支地軸可以牽著無數隻眼睛，向明藉著童玩在「時空」中的上天下地，使得兒童對童玩的認知既從身體的互動開始，也進而再由身體的知覺與時空中其他事物的五官接觸互動，逐漸擴展他對世界的認識，突破各種時空的侷限，更深入地指向他生命中自生的各種生命能力，而這正是向明以其漫長的生命，具體地濃縮、體現在這些小童玩詩上的重要貢獻。

五、結語

詩是向明向殘酷的命運發射的一通通「人生的無線電通訊」，

---

[57]　向明：《隨身的糾纏》，頁139，另收入向明：《螢火蟲》，頁42。

他年少投入通訊兵時就得以電波與四方電臺來往聯繫的背景，使得他已高壽依然可以藉指尖按鍵盤在網路世界中與年輕詩友輕鬆互動，這種與人在空中、網絡中頻繁互動的行徑，他那一代人中恐怕他是唯一的一位，他的詩即是他的身體與這世界糾纏、互動過程化的記錄和回應。由於他離家極早，又經戰事多年的折磨，他企圖保有的童年形象、母親的影子、家的感受也極迫切，他是他同時代詩人中除了楊喚外，以童詩形式書寫童年的經驗和感受最多的一位。向明以他的身體，深刻地磨擦過他年少時的土地，那成了他終身「要跳脫」但終究難以全然甩脫的「隨身的糾纏」。向明個別的命運在他諸多童詩的「文學時空」中展現了那一代人的時空困境，卻也同時又能使兒童更普遍地對天地人三者之互動有更深切的體認、對自然事物更貼近地觀察。他早期的四行詩後來轉移為童詩，那其中隱含了在那當下的時代悲哀感和對政治檢驗的規避，這與很多成人的童詩往往則是借回憶童年、或觀察其他兒童而創作、且與特殊歷史時空經常脫離，有甚大區別。

　　而多數與向明同一批來臺的詩人多在年少時期，面對的是相近的歷史時空、相同的物理時空的隔絕與斷裂、相像地皆沉浸在有家回不得的廣大鄉愁營構出的心理時空中，他們彼此之間遂有了一種命運同悲同哀的「內在的聯繫」、「無名的集體性」、和始終處於無以脫離、拉開此岸與彼岸的夢境之中，那是「永不可能完成區分」的糾纏與矛盾。此種糾葛極接近兒童成長時的赤子天真心態，遂能於其一生的時間中在內在意識中持續延伸，因此也成為他不歇地創作的最大動力。

　　而他創作於九〇年代的一系列童玩詩，常能藉著童玩建構於「時空」中上天下地的能量，使得兒童經由身體的知覺與時空中其

他事物的綜合接觸，逐漸擴展他們對世界的認識，突破各種時空的侷限，更深入地指向他們生命中自生的各種生命能力，而這正是向明在童玩詩上特殊的體現方式。

（本文刊於96年12月，白靈與蕭蕭共同主編的《儒家詩學的躬行者：向明詩作學術研討會論文集》（臺北：萬卷樓出版）。發表於96年6月，李瑞騰策劃「臺灣詩學季刊社15周年紀念研討會」「向明詩作研討會」，於臺北教育大學舉行。

自然與人為
——白靈童詩中的幾種時間

摘要

　　時間是白靈兩本童詩集的重要主題，皆以自然而少有人為的形式加以展現。「時間」觀念過於抽象，在兒童的認知上發展較緩遲。文本探究了其童詩中涉及的物理、心理、存在和非常觀點這四種時間觀點，或可拿來理解兒童對「客觀時間」的「抵抗」。

　　白靈在其諸多兒童詩中標示出「物理時間」時，都有尤其中「逃脫」至「心理時間」的傾向，白靈童詩即是試圖通過特有的審美方式，把時間從生活中偶然易逝的狀態轉化為一種延續和永存，而非常觀點的詩也與兒童奇幻童話的世界更為貼近。

　　這些觀點也因此使白靈的童詩分別具備了遊戲性、天真性、夢想性、童話性等兒童詩最自然的特質。

關鍵詞：時間、時間性、白靈、兒童詩

一、引言

　　1997年至2003年間，臺灣的三民書局陸續出版了20冊兒童詩集，稱作「小詩人系列」，這是首次集體由一群成名的詩人所創作的一系列兒童詩集。作者包括發起此系列構想的葉維廉，以及接受邀稿參與創作的前行代、中生代詩人計14人，可說集一時儁秀所展現的童詩大集結。在此之前，上述大部分詩人，均未大量創作過兒童詩[1]。包括本文討論的白靈，在此之前雖然創作過兒童詩，但到了「小詩人系列」時才出版了《妖怪的本事》（1997年）、及《臺北正在飛》（2003年）兩本兒童詩集。兒童詩創作幾乎成了絕大多數現代詩人的「階段性創作」。即使如此，這些作品由於「在情節、意象、想像、情感以及內容上，與一般作品明顯不同」[2]，可說「為兒童詩注入了一支強心劑，也為兒童詩打開了另一扇窗，兒童詩脈搏勃發的朝窗外那片五彩光芒前進」，此「新的營養」，將「產生難以預料的影響」。[3]

　　兒童詩在1949年後的臺灣整體現代詩歌的發展中，始終只是一股小流，其脈絡起伏比現代詩劇烈，常有大起大落的現象[4]。即使所有的教育工作者、詩人、學者都知道它的重要性，但能於此領域傾一生之力創作、或研究的卻少之又少。五〇年代的年輕軍中詩人

---

[1]　林煥彰在此之前即出版過兒童詩集，如《我愛青蛙呱呱呱》（小兵出版社，1993.10）、《春天飛出來》（臺灣省教育廳，1993.10）、《回去看童年》（國際少年村，1993.12）等。

[2]　洪志明：〈十一年來兒童詩歌的演化〉，見洪志明主編：《童詩萬花筒》序言，（臺北：幼獅文化事業有限公司，2000），頁28。

[3]　同上註，頁30。

[4]　林文寶：《兒童詩歌研究》，（臺北：富春出版社，1995），頁152。

楊喚即是一位以現代詩創作兒童詩的顯例[5]，他雖早逝，且只寫了二十首，卻「對早期臺灣兒童詩的發展有相當影響」，迄今詩人、童詩研究者對他的貢獻皆讚譽有加[6]。

自楊喚死後的1954年至1970年間，成人為兒童寫詩處於「自生自立的局面[7]。所幸1971年之後，臺灣兒童詩蓬勃發展進入黃金期，洪文瓊在《臺灣兒童文學手冊》一書中，曾認為臺灣兒童文學唯一較具「軍容」的是童詩，帶領臺灣兒童文學開步走的，也是童詩[8]，所謂的童詩「軍容」，指的是童詩創作熱潮。[9]黃基博、林良、謝武彰、杜榮琛等人貢獻良多，國小教師寫詩、教詩蔚成風氣，而現代詩人除了詹冰、林煥彰外真正投入者並不熱烈。及至1997年三民書局出版了「小詩人系列」，就有了指標性的意義，其所謂「新的營養」將「產生難以預料的影響」，必然與現代詩人之與一般童詩作者創作的兒童詩具有不同的指涉有關。此不同的指涉包括看到一般兒童詩作者「沒看到的地方」、「沒捕捉到的意象」、「較少使用的想像」等[10]，白靈在童詩中對「時間」的開拓即是顯例。

白靈的成人詩一向有「題材多元」、「能婉能豪」、「結構緊密」、「苦心孤詣」等特色著稱[11]，且多以歷史縱深（時間）、

---

[5]　林煥彰：〈略談臺灣的兒童詩〉，《現代詩》復刊第6期（1984.02）。

[6]　覃子豪：〈論楊喚的詩〉，見歸人編：《楊喚全集》，（臺北：洪範書局出版社，1985），頁513-514。

[7]　同註4，頁154。比如現代女詩人蓉子的《童話城》（臺灣省教育廳，1967.04）的出版即是一例，口碑甚佳，後來名列2000年所選出的《臺灣（1945-1998）兒童文學100》書中。

[8]　洪文瓊：《臺灣兒童文學手冊》（臺北：傳文文化事業有限公司，1999.08）頁57。

[9]　林文寶：《兒童詩歌研究》，頁156。

[10]　洪志明：〈十一年來兒童詩歌的演化〉，見其主編：《童詩萬花筒》序言，（臺北：幼獅文化事業有限公司），2000年，頁30。

[11]　杜十三：〈白靈詩作的時間性、空間性與人間性〉，參見《白靈世紀詩選》序，

和地理橫闊（空間）的題材入詩：其中有靈感與天性「自然」形成的；也有苦思和努力的「人為」部分，而兒童詩因是給小學中高年級的孩子閱讀，對象受到限制，是以白靈在創作童詩時取材和手法上顯然需有考量，寫出的是要適於天真、樂於活在當下的兒童閱讀，那麼「自然」一些而不那麼「人為」地表現理應是必要的。但既然是一位有上述特色的現代詩人，其表現的詩的情節、意象、想像、情感以及內容上，照理應與其成人詩仍有某種延續性和一貫性。而「時間」這個觀念在兒童的認知發展上不但比「空間」慢，且因過於抽象，因而連愛因斯坦（Einstein，1879-1955）都對孩童到底是如何判斷事物「快慢」、如何建立「時間」、「空間」的觀念深感興趣，因此曾請兒童認知心理發展專家皮亞傑（Piaget，1896-1980）研究這個問題，[12]本文即擬就「時間」的角度切入，探討白靈童詩中處理時間的部分究竟表現出什麼樣的特色或不同方式、與兒童感受時間的變化有何牽連、最後並探究其其兒童詩呈現出何種特質。

二、時間的兩模式與四觀點

愛因斯坦好友，物理學家亞瑟・斯坦利・愛丁頓，（Sir Arthur Stanley Eddington，1882-1944）認為人人都想要瞭解周圍的世界，而「要在屬於內心和外界的兩種經驗之間搭建任何橋樑，時間都占

（臺北：爾雅出版社，2000），頁11-18。

[12] 後來皮亞傑即於1946年完成了《兒童的時間概念》、《兒童運動與速度概念》兩本書。參見布林裘爾（Jean-Claude Bringuier）著，劉玉燕譯：《皮亞傑訪談錄》，（臺北：書泉出版社，1996），頁218-219。

著最關鍵的地位」[13]，偏偏「時間」從奧古斯丁（A. Augustinus，354-430）《懺悔錄》的名句就寫明了「時間究竟是什麼？沒有人問我，我倒清楚，有人問我，我想說明，便茫然不解了」。[14]而在西方兩千多年的文化時間經驗中，大致可將時間歸為「循環模式」與「線性模式」，前者以雅利安人多神教的循環宇宙論為主，包括希臘神話、印度吠陀教的宇宙觀均是認為「循環的時間更令人安慰，而將它緊抱不放」[15]；後者是閃族人的一神教為主的世界末日論，包括猶太人和信仰拜火教的波斯人，均認同這種不可逆的、前進的線性時間觀念。

　　線性時間概念的出現和因之而起的觀念改變，為地質學、達爾文的進化論開闢了道路，為現代科學立下了思想基礎，將我們和原始生物在時、空間上連接起來。而這兩種模式是同時並存的，即使在我們的身體上都可以找到對應，比如細胞的分裂、細胞的更新等皆牽涉到循環模式時間；而從出生到成長到年歲增大到死亡的老化過程，又都牽連到線性模式時間。[16]

　　此兩種「時間」模式在兒童的生活經驗上也隨處可見，比如鐘錶、一星期七天不斷地週期性循環、比如日月季節、比如上課下課、早上晚上皆屬循環模式，東西破舊、食物腐敗、連續性的年歲增長則屬線性模式。但時間不是具體存在之物質，對兒童而言，時間概念其實非常抽象，連「昨天、今天、明天」這樣的概念都得「灌輸」許久才得成效，而「前天」與「後天」甚至到小學高年級

---

[13]　羅傑・海菲爾德、彼得・柯文尼著：《時間之箭》（江濤、向守平譯），（臺北：藝文印書館，1993），頁3。

[14]　奧古斯丁：《懺悔錄》（周士良譯）卷十一第十四節，（臺北：臺灣商務印書館，1998），頁255。

[15]　同13註，頁5。

[16]　同13註，頁5-6。

的兒童仍無法完全掌握。[17]由於學校以教導知識為主，僅能就科學上所謂客觀的「物理時間」來傳授予兒童，比如時鐘、星期、月份、四季（循環模式）、及時間停不下來、動植物均會死亡（線性模式）等等。尤其「週期性」的觀念和「不可逆的時間」（時間流逝、人會老去）最不易進入兒童的時間觀中，在兒童詩中最不易表現、也令兒童最不易接受。

　　「循環模式」這種週期性概念方面，有研究顯示，[18]幼稚園的小朋友並未能具有週期概念；小學一年級至三年級的兒童已能概略說出某事件下一次發生的時間點，具有初步週期概念；到了四年級與五年級的兒童，更能用比較明確的時間點來回答下次發生同樣事件的時刻，週期概念日臻成熟；而六年級的兒童則更能配合大自然的運行來瞭解時間週期的規律性，並能運用時間週期的規律性解決問題。而他們對「循環模式」概念是被教導的、必須配合生活與上學的規律，卻是學習緩慢的。

　　「線性模式」這種連續性概念方面，幼稚園與一年級兒童尚無法明確地說出為何時間是連續的；二年級兒童能夠確定時間並沒有停下來，而且能藉由時鐘上指針的運轉來解釋時間流動的現象；三年級至五年級兒童是憑著主觀的直覺來判斷，也有的兒童是與經驗或常識相呼應；而六年級兒童已經能夠經由大自然規律的運行印證出時間是年復一年、日復一日的持續運轉。他們對「線性模式」概念依然是被教導的、必須配合生活與上學的規律的（比如由一年級、二年級逐年「線性地」增至六年級），學習仍是極緩慢的。他

17　陳穗秋、鍾靜：〈國小學童的時間順序及週期概念〉，《科學教育研究與發展季刊》33期，（臺北：臺北市立師範學院科學教育中心，2003），頁91-118。
18　鍾靜、鄧玉芬、鄭淑珍：〈學童生活中時間概念之初探研究〉，《國立臺北師範學院學報》，第十六卷第一期（2003.3），頁1-38。

們關於時間順序、週期的語詞運用方面，亦隨著年齡層的增加而極度緩慢地才學會使用時間語言。這樣的表現情形都在在顯示兒童對有關於順序連續「線性模式」和週期「循環模式」的時間概念，存在著極大的有意識或無意識的「對抗性」，使得生活情境與教學情境之間產生極大的落差。

　　皮亞傑將兒童成長分為「感知—運動階段」（出生到兩歲／前表象和前語言的）、「象徵階段」（二至七、八歲／前邏輯的）、「具體運思階段」（七、八歲至十一、二歲／邏輯思維，但限於物質現實）、「形式運思階段」（十一、二歲至十四、五歲，已屬國中階段的少年期／邏輯思維，抽象的、無限的），[19]一般較嚴謹的兒童詩是設定在小學中高年級（三至六年級），介在九歲至十二歲之間，是座落在皮亞傑所謂「具體運思階段」。而由於兒童在其「象徵階段」（二至七、八歲／前邏輯的）是處於「前因果性階段」，[20]不能區分心理的東西和物理的東西，與「萬物有靈論」（泛靈論）是相似的，因此凡運動之物皆認為由有意識和生命而來，於是風吹、日轉月移均因以為是活的生物所致，此時「自我中心觀」極為突出，[21]是一種「魔術性的現實主義」[22]，也是兒童最接近詩的階段，他們生而就有這些感官和想像力。即使到了十一、二歲的「合理的因果性階段」（與「具體運思階段」重疊），其邏輯思維仍限於物質現實、拘泥於具體的活動中，連「速度」（等於時間除以距離）這樣的度量形式也要到十一、二歲才能初步形

---

[19]　拉賓諾威克茲（Labinowicz，Ed）：《思維.學習與教學 皮亞杰學說入門》（杭生譯），（臺北：五洲出版社，1987），頁63。

[20]　杜聲鋒：《皮亞傑及其思想》，（臺北：遠流出版社，1988），頁118。

[21]　王文科：《認知發展理論與教育：皮亞傑理論的應用》，（臺北：五南出版社，1983），頁288。

[22]　同20註，頁118。。

成。[23]

何況兒童的「自我中心觀」或一種「幻想的現實主義」除了在二至七歲「象徵階段」特別突顯外，仍然會在未分化與未平衡的狀態下滲入其他後來的階段，這是詩人藝術家特別「不願意長大」，能保有兒童天真、活潑的天性和豐富想像力的原因，而畢卡索（Picasso）之所以會認為世界上只有一種人真正能作畫，那就是小孩子，他說：「我窮一生的時間，學習像小孩那樣畫圖。」[24]如此，邏輯的、科學的、客觀的「物理時間」的認知對兒童心理而言是干擾的，對其認知也往往受感覺和情緒所影響，可以看出兒童身上主觀心理的影響遠遠大過他們客觀認知抽象事物的意識和能力。

西方哲學中對時間的四種觀點，或可拿來理解兒童對「客觀時間」的「抵抗」：（1）物理觀點：時間乃運動先後的點數、為衡量運動的尺度，以亞里士多德（Aristotle，西元前387-322）為代表。（2）心理觀點：時間被靈魂所衡量、乃靈魂注視的擴散，以奧古斯丁、胡賽爾為代表。（3）存在觀點：重點不在「什麼是時間？」而在「時間性如何對人產生意義？」，而「時間性」正是「本真（或屬己）存在」的根據，以海德格（Martin Heidegger 1889-1976）、梅洛龐蒂（Maurice Merleau-Ponty，1908-1961）為代表。（4）非常觀點或超越觀點：在非常的狀態下，例如在危急的情況中，或在神祕經驗中，人的心靈經歷了意識上的轉變、而會對時間的遷流產生了不同於一般狀況的體會與感受，人無法用體會普通時間的尺度來衡量其中的特殊或超凡的體驗。[25]由於第一種「物理時

---

[23]　同上註，頁116-117。
[24]　參見「當現代遇見原始」之「畢卡索與原始藝術」項下，查詢日期2010年12月3日：http://www.aerc.nhcue.edu.tw/4-0/newteach/002/876003/a/moden.htm。
[25]　關永中：《神話與時間》，（臺北：臺灣書店，1997），頁163-177。

間」的「循環」與「線性」兩模式，固然屬於科學上的「客觀時間」，是觀察「自然」現象所得，卻是「人為」設定的「模式」，必須制約地學習才能認知，不易在兒童成長中使其快速理解，因此往往需改用「主觀時間」的觀點切入，以消弭其頑強的「時間認知的對抗性」，使之間接認識或意識到「時間」的現實意義。此時較偏向「主觀時間」或「時間內在意識」的第二、三種時間觀點，顯然更能「抵抗」第一種偏向「客觀時間」的壓迫力道，而第四種「非時間」或「超時間」的時間觀點特質則幾乎使時間停頓、或超越時間的世俗意義，其與兒童天真的「魔術性的現實主義」、或魔幻童話似的世界就更為貼近，那是一種近乎天使回歸天堂的宗教情懷、精靈進入神奇王國的神話情境。

三、自然／人為與感知／支配的時間觀

　　由上述得知，兒童是相當自我中心的，兒童成長方向是由「非社會化的」、「自然的」、「前邏輯的」日趨向「社會化的」、「人為的」、「邏輯的」，對時間的知覺是由「不知時間為何物」到「僅能由具體事物感知時間」逐漸趨向學習如何「應用時間」、「支配時間」或「被運轉社會秩序的時間所支配」。而詩的創作常常是把感知溯回「以兒童似的天真眼光」看世界、拋開理性，重返自然的天真本性，因此成人為兒童創作詩更是如此，常須由「社會化的時間秩序和邏輯」抽離出來，重返其「非社會化的自由地感知時間」、或完全「忽略時間地感知」。以上說明可以圖示之：

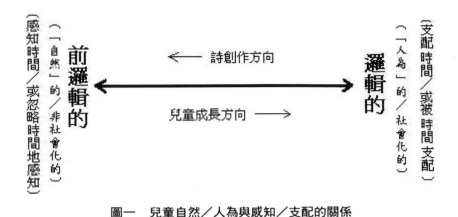

圖一　兒童自然／人為與感知／支配的關係

　　詩人不見得確知兒童對「物理時間」的掌握度，但由於幾乎所有詩人天生愛好自由、不受拘束、抵抗制約和成規的特質，是普世皆然的，因此「時間」對詩人而言是毫無拘束力的，其感覺、觀察、和想像兒童心理之特性並非難事，因此在他們以兒童詩寫有關「時間」的題材時，一樣是不服膺時間的，常只「禮貌性」打個照面，就自行「玩樂」去了。何況真願意去觸碰「時間」的題材，將之以兒童詩表達的本就不多，兒童本身觸及此一題材的就更少。

　　而的確如上述第二節所述，兒童基本上是活在當下的，即使每天教他們認識時鐘，那卻是一個不易理解的週期和「循環模式」的「奇怪物件」，不同年齡層的兒童對於掌握時間單位量便有極大不同的表現情形，比如一年級的兒童即使知道如何看時刻，但是卻沒有辦法使用時間單位量來描述時間量。到了二年級才慢慢的會使用時間單位量來描述，不過大都是以記憶的方式，而非有所認知或瞭解；三年級兒童才開始能以事件發生的時刻或者推測的方式來說

明，[26]而且一到三年級在時間單位量皆會受心理時間的影響，年級越低，心理時間影響越大[27]。即使到了高年級亦不例外，比如五、六年級，「父母催她做事，她會說『等一下下』，意思是說她接下來會去做，但不保證很快，可能是一個鐘頭或一個半鐘頭」[28]，「時間」對兒童而言像是不受歡迎的催命符。在時間量估測事件方面，會有大半部分五、六年級兒童能使用「分鐘」去估測事件的時間量，而只有較少部分五、六年級兒童能使用「時」去估測事件的時間量。雖然兒童較早知道「時」的單位，但較能用「分」的單位去估測日常生活發生的事件，可能源自於生活經驗（洗澡、喝水）大都是與「分」的單位有關。[29]而在兒童詩中，「時」、「分」更是無關緊要，而常只與他們的心情和身體的渴求或欲望有關，比如下列兩首皆寫「時鐘」的詩：

a. 〈時鐘〉／詹冰（詩人）

媽—／廚房的時鐘餓了／您看—／他的長針指著電鍋／他的短針指著電冰箱[30]

---

[26] 陳佩玉、鍾靜：〈國小學童時間單位量概念之研究〉，《國教學報》第十五期，（2003.09），頁61。

[27] 陳佩玉、鍾靜：〈國小學童時間單位量概念之研究〉，（《國立臺北師範學院學報》，2003.03），頁85。

[28] 鍾靜、鄧玉芬、鄭淑珍：〈學童生活中時間概念之初探研究〉，（《國立臺北師範學院學報》，2003.03），頁31。

[29] 陳佩玉、鍾靜：〈國小學童時間單位量概念之研究〉，（《國立臺北師範學院學報》2003年3月，2003），頁84。

[30] 洪志明主編：《童詩萬花筒》，（臺北：幼獅文化事業有限公司，2000），頁184。

b.〈時鐘〉／駱妲娥（國小六年級）

滴答滴答……／你在說什麼話？／滴答滴答……／是爸爸走遠的皮鞋聲嗎？／滴答滴答……／是媽媽出門的高跟鞋聲吧？[31]

詹冰此詩充滿童趣，「時鐘」成了兒童身體飢餓的代言人，「長針」、「短針」是手指，指向「電鍋」與「電<箱」，「時鐘」沒有「時間」意義，只有「飢餓」意義。國小六年級駱妲娥的〈時鐘〉說的是兒童「在家等待」的「心情」，也隱含了兒童對大人的不滿，大人才出門，兒童就開始數「時鐘」等待，此時心理的時間比物理的時間漫長，此時「時鐘」沒有「時間」意義，只有「等待」的意義，甚至「滴答滴答……／你在說什麼話？」一句，對「時鐘」是不耐煩的、嫌其吵雜的，甚至干擾了她想聽清楚「皮鞋聲」、和「高跟鞋聲」時的耳力。

　　以上種種可強化上節所述的觀點，觀察大自然規律所設定出的「物理時間」是強加在慣於以現實事物思維的兒童身上的「外部事物」，是「人為」的、制約的、規定的，與兒童「內在心理」的「自然」和需求並不相涉，甚至相互衝突。「物理時間」的學習隱含了要將兒童內在的「自然時間」透過整體社會教育體制強行「拖往」人人必須共同遵行的外部的「人為時間」。德國教育家福祿培爾（Fredrich Froebel，1782-1852）概括個體不同發展階段的特點時曾說：「人類發展的開始階段是童年時代，主要是為了生存的生

---

[31]　林煥彰編著：《兒童詩選讀》（臺北：爾雅出版社，1981），頁145。

命，所以這一階段是把內在的東西表現於外部。少年時代主要是學習階段，把外部的東西變成內在的。」[32]其所謂童年時代的「內在的東西」，應是先天的、非個人的，是極其原始的人類集體潛意識之精神展現。而兒童「內在的東西」是拒絕時間的，排斥時間的，幾乎是希望站在時間之外，這也是何以他們在二歲至七歲有那麼長的歲月是處在「前邏輯」的「象徵階段」的原因，那時的時間是童話時間、時間幾乎是無效的。

因此當白靈在其諸多兒童詩中標示出「物理時間」時，都有尤其中「游離」、「出走」、「逃脫」至「心理時間」的傾向，展現出「不服它管啦」的兒童遊戲性和天真性，如〈玩〉一詩：

早上醒來／雨聲在玩屋頂／吹風機在玩姊姊的長髮／洗衣機在玩衣服／鍋碗盆瓢在玩媽媽／風鈴在玩風／電動玩具在玩我／陽臺上的花朵在玩蜜蜂

下午去海邊／車子在玩馬路／太陽在玩我的影子／雲朵在玩太陽／海在玩沙灘／魚餌在玩魚／波浪在玩汽艇／天空在玩直昇機

晚上回家去／知了在玩夏天／紅綠燈在玩塞車／鞭炮在玩我的耳朵／鑰匙在玩大門／連續劇在玩電視／電視在玩我的瞌睡蟲

---

[32] 伊莉莎白・勞倫斯：《現代教育的起源和發展》（紀曉林譯），（北京：北京語言學院出版社），1992，頁216。

上床了／連蚊子也愛玩／把我的雙掌拍拍、拍地／玩紅了[33]

此詩「雨聲在玩屋頂」是擬人和倒裝法，「晚上，鑰匙在玩大門／
連續劇在玩電視／電視在玩我的瞌睡蟲」是串連、頂真法。這裡不
談一般的修辭而談時間：「早上、下午、晚上」只是「禮貌性地」
交代一下屬於「物理時間」的外在部分，僅具「標示」意義，並無
「時間」的任何嚴謹內在意義，就很像古代所說「日出而作，日入
而息，鑿井而飲，耕田而食。帝力於我何有哉？」一樣，對兒童而
言，是「時間於我何有哉？」此詩中貫串的不是成人在乎和必須的
「作、息、飲、食」，而是可以廢寢忘食的「玩」，此「玩」之一
字，將兒童內在想「玩盡天下」的心理可說發揮至極致，從睜開眼
睛下床到上床閉上眼睛，幾乎無物不與「玩」有關。而白靈利用
「反被動為主動」的手法，把眼耳舌鼻口所觸所及、上天下地地
「玩」它一遍，將兒童天真的遊戲性放置在「時間」之上，由家
中內外、到天空海上海下、到城市內外、到床的內外，無物不與
「玩」有關，「時間」此時是毫無能力的：

紅綠燈在玩塞車／鞭炮在玩我的耳朵／鑰匙在玩大門／連續
劇在玩電視／電視在玩我的瞌睡蟲

並非「人為」的「物理時間」有何作用，而是「自然」的「生理時
間」自動在作祟。此段末句「電視在玩我的瞌睡蟲」，詩理應到此
結束，末段卻再轉折，上了床玩興再起，又與蚊子大打出手，可說

---

[33] 白靈：《妖怪的本事》，（臺北：三民書局股份有限公司，1997.04），頁10-11。

完全不把「物理時間」放在眼裡，而只隨「心理時間」和「生理時間」而起舞。此詩的形式和手法大大翻轉了過去兒童詩純然「趣味性」的特質，而與後現代主義的「遊戲性」、「偶然性」、「隨意性」、「不確定性」（不確定做何事物，一切事物都是相對的，各種不確定參透人的行為、思想及解釋之中）、和「用自己造就的象徵符號「建構了他們自身」、「建構了他們的世界」，而以放眼所觸的「能指」建構了一個「玩的世界」，這世界是由「玩」之一字的語言的「內在性」（心靈通過符號，概括自身的能力，語言依據其自身建構邏輯，將宇宙重建為符號，亦即把自然轉變成文化，把文化轉變成具有「內在性符號系統」所架構的。[34]

他的〈臺北正在飛〉更是將現代詩的手法大膽引入兒童詩中，企圖挑戰兒童詩（9-12歲）與少年詩（13-15歲）的界限，刺激兒童的想像力。如：

用深呼吸／把森林公園／吸入肺裡／從新光三越的高樓／將大街小巷／裝滿眼眶

雙手在龍山寺卜卦／雙腳在世貿中心展覽／舌頭伸到淡水／剛好接到落日／臺北正在飛／我們都坐著捷運／跟著臺北飛

早上練太極拳／把中正紀念堂／捧在手上／傍晚放一只風箏／將國父紀念館／送上天空

---

[34] 參見伊·哈桑：〈後現代主義概念初探〉一文，見讓－弗·利奧塔等著：《後現代主義》（趙一凡等譯），（北京：社會科學文獻出版社，1999），頁111-129。

下午擠破動物園／晚上吃光饒河街／半夜敲鍵盤／跟全世界
聊天／臺北正在飛／大家都坐上網路／飛入臺北

副歌：我們正在飛／臺北正坐進網路／跟著我們飛

此詩用誇飾法總共寫了大臺北的「大安森林公園」、「新光三
越」、「龍山寺」、「世貿中心」、「淡水」、「中正紀念堂」、
「國父紀念館」、「動物園」、「饒河街」等九個景點，而「捷
運」是聯繫它們的主要交通工具，如此「肺」、「眼眶」、「雙
手」、「雙腳」、「舌頭」等身體才能快速地運載它們短時間到在
不同地點分頭運作，宛如一個人的身體可以利用「捷運」而「分
身」一般（後半的「網路」功效相似）。如此：

雙手在龍山寺卜卦／雙腳在世貿中心展覽／舌頭伸到淡水／
剛好接到落日

並非不可能，詩中並未說明「捷運」縮短「物理時間」的功
效，卻改用兒童「具體運思期」（七、八歲至十一、二歲）限於物
質現實的「身體任意魔幻延伸」的方式，展現人在「一天時間」之
內（事實應是兩三天濃縮成一天）藉助現代科技延展自身的可能範
疇。如此詩後半所寫的：

早上練太極拳／把中正紀念堂／捧在手上／傍晚放一只風箏
／將國父紀念館
送上天空

也就不難理解將「遠近」（近處雙拳「捧」遠處的「紀念堂」）、「高低」（高處的風箏「送出」低處的紀念館，理應反之，只是「在紀念館廣場放風箏」之意）溶匯一處所造就的「將現實魔術化」的效果。

兒童對未知的事物充滿了好奇，又不知其緣由，只能好奇地看著，繞著它不停地看著，也不知「時間」過去了多久，此時「物理時間」完全無法計時，只能任由「心理時間」自由延續，其〈太極拳〉一詩即延續了上述「魔術化現實」、「催眠式」相近的手法：

陪爺爺去河濱公園／打太極拳，他雙腳蹲穩／雙掌即輕收、慢出／這一掌推出去／好像推得倒池旁一株大樹／那一掌收回來／好像可以吸起不遠處高高的建築物

他單手朝天／舉起今早的太陽／他雙眼微垂、氣貫丹田／兩手壓住河邊漂浮的晨霧／我騎著單車以為可以跑多遠／原來只能在他翻轉旋出的十指間／滑──行──[35]

此詩與「時間」最有關的句子是「我騎著單車以為可以跑多遠／原來只能在他翻轉旋出的十指間／滑──行──」，將費了力氣騎單車所花的時間和距離（接近「線性模式」）最後仍落入「十指間」的「翻轉」中（循環模式）。「長時間」的努力竟然不如「短時間」的集中投入，「線性模式」好像總在「循環模式」的掌握中。這如與前述〈玩〉和〈臺北正在飛〉相並來看，〈玩〉詩中的

---

[35] 白靈：《臺北正在飛》，（臺北：三民書局股份有限公司，2003.02），頁48-49。

「家」是兒童遊戲與天真之「循環模式」的起點與終點，〈臺北正在飛〉詩中的「捷運」與「網路」是身體魔幻延展之「循環模式」的起點與終點，因此「物理時間」的流逝之「線性模式」在這些詩中是被忽略的。「線性」流逝的「時間」本是最「自然」的生命現象，在兒童的成長中卻被放在「規定」的、「人為」的位置，只有兒童藉著回憶、注視、期望而「自然」地擴張其「心理時間」時，才更符合兒童的天性。

四、在「時間性」與「非常時間」之間

海德格（Martin Heidegger，1889-1976）認為「時間」（Time）是有「時間性」（Temporality）的。[36]其《存在與時間》一書的主旨即在強調人應如何在有「時間性」的生命中渡一個「屬己真我」的存在，他關心的是「時間性」如何對人產生意義。[37]而時間與時間性並不同，「時間」一辭是指向世界，或事物、或甚至認知主體與被知客體的關係；「時間性」乃是人存在所蘊含的「將來」、「過去」、「現在」這三個焦點，是緊扣地指向人的存在。人的存在必需藉「時間性」來「創造」時間、或「觀看」時間。因此時間的衡量是建基於人的時間性上，最重要的是，「時間性」是一個整體，其中每一個焦點都隱括著其他兩個焦點，我們可以在「過去」之中找到「現在」與「將來」，可以在「現在」之中找到「過去」與「將來」，也可以在「將來」之中找到「過去」與「現在」。由

---

[36] 海德格（Martin Heidegger）：《存在與時間》（Being and Time），（陳嘉映、王慶節譯），（臺北：唐山出版社，1989），頁402及540附錄一的討論。
[37] 關永中《神話與時間》，頁182-183。

此海德格提出存在有三種方式，即「一般」方式（Odinary mode，尚未為自己生命作任何抉擇與計畫前的生活形式）、「不屬己」方式（Inauthentic mode，或譯非本真，向下墜落，極端地懶散化、散漫化的生命型態）、與「屬己」方式（authentic mode，或譯本真，向上提昇、積極地朝向詩意地棲居的生命型態）[38]。詩創作即是試圖通過特有的審美方式，把時間從日常生活中那種偶然的易消逝的狀態轉化為一種延續和永存，而達到上述海德格所謂人存在的「屬己」方式，即便它可能只是一瞬間，卻是對日常生活最佳的擾動方式。海德格稱這種「由當下向過去與未來伸展的特徵方式」，為我們經驗中的「綻放特徵」（the ecstatic character of our experience）[39]或「出離自身」或「綻出」（ecstasis）。高達美（H.G. Gadamer）說在那一刻常常是「忘卻自我地投入某個所注視的東西」、「完全不同於某個私有的狀態」，[40]而且最關鍵的獲得是「同時性」，是「在其表現中贏得了完全的現在性」、「像某種現在之事（不是作為當時之事）被經驗並被認真地接受」[41]。

　　「忘卻自我地投入某個所注視的東西」、「像某種現在之事被經驗並被認真地接受」說的即是現象學中的意向性行為。現象學的意向性指的是一種過程，不是結果，是意識行為、意識活動，而非意識內容。「意向性」的首要特徵是「懸擱」，[42]即對外物的存在存而不論（比如月／大江的本身，它們很難窮究，因此將之懸置，

---

[38] 同上註，頁183-184。

[39] 羅伯索科羅斯基：《現象學十四講》，（臺北：心靈工坊文化公司，2004），頁201。

[40] 高達美（H.G. Gadamer）：《真理與方法》，（上海：上海譯文出版社，1999），頁164。

[41] 同上註，頁166。

[42] 德穆·莫倫（Dermont moran）：《現象學導論》（Introduction to Phenomenology，蔡錚雲譯），（臺北：桂冠圖書股份有限公司，2005），頁15。及王岳川：《現象學與解釋學文論》，（山東：山東教育出版社，1999），頁24。

或稱「加括號」），只專注於進入腦海中的各種意識現象（如何並置月與大江使生美的關係），進而將這些意識現象在頭腦中進行各種處理以得到某種本質（比如「月湧大江流」、「月泅大江上」、或「月浮大江上」的處理方式）。這即是在對象（物件）不變的情況下（月仍是月，大江仍是大江），以主體意識的意向性方式對客體物件的意識建構（讓月與大江產生不同的互動方式）。就時空而言，但我們看見的只是各種時空中發生的現象，我們看不見現象顯現的條件，就是說，我們無法直觀到時間和空間本身。

以「時間」而言，對「時間」的現象學分析如果不參照「時間客體的構成方式」就不能解釋「時間性」。如果用意識的「意向性行為」，從「結果」（歌聲好／風景好）轉向「過程」（How如何個好法？），亦即從「時間客體的顯現」轉向對「時間本身流動」的描述，即可顯現時間的特質，即掌握住所謂的「時間性」了。當時間客體，比如說聲音，正在我的意識中呈現著，這時我突然把我的注意力作一個根本的轉向，從「被給予之物」（聲音）轉向它（聲音）「被給予的樣式」。不再關注聲音的旋律是否優美動聽，而開始關注聲音的「流動方式」和「綿延樣態」，此時即進入到聲音的「時間性」之中了。風景的呈現亦然，由整體的一幅風景轉向「風景之美被給予的過程」，亦能進入到風景的「時間性」之中。

此種「美被給予的過程」在兒童詩中比在成人詩更不易展現，白靈的〈池塘〉一詩是佳例：

> 大清早，公園裡的池塘／是沒有皺紋的鏡子／鏡子的一角／映著打拳的太太／鏡子的另一角／映著讀報的老人／鏡子的中間／映著開白花的雲朵

幾條姿態優雅的錦鯉／游在不生皺紋的鏡子裡／從打拳的身上／游過去／從讀報的紙張上／游過去／從雲朵的花瓣上／游過去[43]

此詩用譬喻法把池塘譬喻為沒皺紋的鏡子；一般人較少注意池塘邊事物倒影與池內錦鯉互動的關係，通常頂多只各自關注，此詩卻「意向性地」由池塘「一角」關注到「另一角」、再關注到「中間」的不同倒影物，然後更關注到池內錦鯉與上述倒影物的互動，如此由整幅池影風光轉向池影之美「如何被給予的過程」，自然就進入到池影的「時間性」之中了。

　　事件發生的過程只是時間，是多面向的，或無序的，現在詩人從打拳、從讀報紙等等，有主體參與或有意識參與，回應出每人不一樣的感覺才叫時間性。

　　白靈的〈竹子格格格〉是另一佳例：

一隻小狗跑上山／主人大踏步也跑上山／（高高的幾根桂竹／彎彎它的脊椎／格　格　格）

一對老夫婦／散步下山去／向階梯上坐著的我／笑一笑／（伸上天去的竹子／彎一彎脊椎／格　格　格）

早覺會的大人們／七嘴八舌走下來／有人問：「小弟弟／為

---

[43]　白靈：《妖怪的本事》，頁18-19。

什麼坐在這兒？」／我指指竹子／他們抬頭看一眼，就走了

星期天，整個早上／沒有人注意聽／竹子們向微風／不斷地說：／格　格　格／格　格　格[44]

　　此詩看似用簡單的擬人法說桂竹會彎彎它的脊椎，會格格格的笑，但事實上可用「時間性」作深入的分析：由竹子格格格聲中發現尋常人沒有發覺的美，透過「小狗」、「主人」、「老夫婦」、「早覺會的大人們」的經過營造「此聲音之美被給予的過程」，其「時間性」是以「聽時間」而創造出來的。這首詩是白靈童詩中呼應海德格所謂人「屬己」存在方式的最佳示例，它展現了個體發現自我與天地神人不斷互動且悠遊於其中、幾乎沉浸其中，那是「忘卻自我地投入某個所注視的東西」、「完全不同於某個私有的狀態」、「在其表現中贏得了完全的現在性」，這是忘我的「夢想性」存在，是出離自身的時間擾動，這就是當下永遠的現在。他的另一首詩〈每棵樹都有它的夢想〉[45]也是談「時間性」「意向性」和「籌畫」三點，它更從當下的「沉浸」擴及一生，可以參照。

　　第三節所提的「心理時間」是以「物理時間」為前提，雖然前者常故意忽略後者，而此節「存在觀點」的「時間性」又必然以「心理時間」為前提，但是更有意向性的意識行為，此三種時間觀點都是站在「時間的一般呈顯」的立場而立論，人在其中可以體驗到時間的過去、現在、將來，個人心靈意識的擴散（心理觀點），以有時間性的生命作根基（存在觀點），而能為事物時刻的流變作

---

[44]　同上註，頁28-29。
[45]　同上註，頁44-47。

先後的點數（物理觀點）。此外尚有「時間的非常呈顯」觀點，被稱為「非常觀點」[46]或「非常時間」或「非時間」，乃對時間有非比尋常的感受，比如人可以在一段很長的普通時間內體驗一段很短的非凡經歷（觀棋柯爛的故事）、人可以在一段很短的普通時間內體驗一段很長的非凡經歷（如亞倫聽貝多芬音樂在兩個音符之間即見金光而與之冥合的事跡）、人可以在出神中作默觀而讓時間吊銷（如溫可斯切在閃過一個音符之際瞥見永恆景致的湧現而失去時間意識）。[47]上述描述的狀況是人在非常的經驗中對時間的非常意識，並不能吻合人對時間的普通意識，較接近童話性、幻想性、宗教神祕性等被創造出來的「第二世界」，不同於實際生活的「第一世界」。[48]

因此並不只有楊喚的「童話詩」才有「童話性」，凡具上述科幻性、奇幻性的神祕體驗、乃至遠古的、超歷史的體驗，也都有「現代版童話性」的特質，詩例如下：

a.〈大衛魔術〉

世界傻了眼，呆立在那兒／而大衛不過才／拉下一塊輕如雲絮的布幕而已

幾億個觀眾無不以火眼金睛／瞪住他／都想要找出他手腳間／轉換的破綻／有人用慢鏡頭一格格地找／有人在舞臺上下

---

[46] 關永中，頁189。
[47] 關永中，頁190-191。
[48] 彭懿：《世界幻想兒童文學》，（臺北：天衛文化圖書有限公司，1998），頁18-19。

到處翻尋／機關之所在

看他把美女變到哪個格子裡／看他把車子藏到哪張桌子底下
／看他何以肚子長得出手／看他怎能由重重鏈鎖的火場逃生
／看他穿牆透壁／看他在空中自在翱翔／看他在透明箱裡翻
轉飛行

人群在舞臺前後包圍他／用放大鏡、望遠鏡／想找出是什麼
神奇的鋼絲／吊起他千變萬化的想像

而大衛總是微笑以對／以紳士之姿禮貌地向您欠身／感謝大
家脖子伸這麼長／眼睛睜得這麼凸

你看這時他才抓下一朵雲／世界又都傻了眼呢[49]

大衛魔術不同於傳統的童話奇幻，是現代科技下的魔幻，白靈掌握
住現代兒童的視域，把超時間停格，在一段很長的普通時間內體驗
一段很短的非凡經歷他藉著大衛，幻化了時間的長短，使兒童化成
精靈進入特殊或超凡的體驗。

　　有如《新科學》一書所言的「原始人」一般：「這些原始人沒
有推理的能力，卻渾身是強旺的感覺力和生動的想像力。這種玄學
就是他們的詩，詩就是他們生而就有的一種功能。（因為他們生而
就有這些感官和想像力）……他們還按照自己的觀念，使自己感到

---

[49]　白靈：《臺北正在飛》，頁48-49。

驚奇的事物各有一種實體存在，正像兒童們把無生命的東西拿在手裡跟它們遊戲交談，彷彿它們就是些活人。」[50]而對原始人或兒童都一樣，大自然或人創造的「驚奇的事物」都充滿神祕性，彷彿有一種超自然的力量操控著它們，對大人而言是「神話」、對兒童而言是「童話」，說大衛魔術是極具說服力、能創造「驚奇的事物」的「現代祭師」，其與「哈利波持」的小說或電影一樣，創造了「現代版的童話」，而白靈即透過童詩，還原了兒童看到「童話」的驚奇感。「恐龍化石」的出現則顯露了另一現代版的「驚奇的事物」；

b.〈恐龍救了我們〉

在地球裡躺了六千多萬年／考古學家終於用鋤頭和刷子／幫他們重新站起來／在博物館裡隨隨便便／立起的一隻／就有七四七飛機的骨架／伸出的脖子九公尺／伸到我們的鼻尖前／告訴我們／他們是人類的恩人

一窩恐龍蛋／重新出土／只比拳頭大，還比蘿蔔小／孵了幾千萬年／都還沒破殼出世／暴龍的、雷龍的／劍龍的、恐爪龍的／任何一隻長大後踩出的腳印／都可當作洗澡盆

一隻恐龍低下頭來／聞聞小朋友的頭／告訴我們／要不是被一場大浩劫強迫退休／哼哼，地球現在四處／還不是蓋滿他

---

⁵⁰ 維科（Giambattista Vico）：《新科學》，（朱光潛譯），（臺北：駱駝出版社，1987），頁221-222。

們腳上的　章[51]

此詩除用借喻法把腳印借喻為蓋印章外，為適應兒童仍採童話魔幻的書寫方式。千萬年前的恐龍是靠考古的現代科技讓他們重新站起來，「恐龍化石」部分還原了古代原始人都不可能看到的「驚奇的事物」，其顯露的「神話性」或「童話性」，此人類的集體潛意識所創造的神話或童話更原始也更古老，我們遇見了在所有種族與原始社會發生之前的神奇事物。這裡所看到的是，一種與科技時間線性模式完全相反的、也與歷史時間極端斷裂的、超越人可以思考的魔幻事物，其中伴隨著魔法一般以及圖騰一般的「極端非常的超時間性」。這種無法想像的「非常意識」的意向與書寫，對兒童而言自然指向著存有在超越普通時間遷流所湧現的永恆境界，而能與兒童的「非時間」、「超時間」的特質相結合。

五、結論

　　兒童詩一般是設定在小學中高年級，介在九歲至十二歲之間，是座落在皮亞傑所謂「具體運思階段」，而「時間」觀念過於抽象，在兒童的認知上發展較緩遲。兒童「內在的東西」是拒絕時間的，幾乎是希望站在時間之外。

　　西方哲學中對時間有物理觀點、心理觀點、存在觀點和非常觀點這四種觀點，或可拿來理解兒童對「客觀時間」的「抵抗」。由於第一種「物理時間」的「循環」與「線性」兩模式，固然屬於

---

[51] 白靈：《臺北正在飛》，頁34-35。

科學上的「客觀時間」，是觀察「自然」現象所得，卻是「人為」設定的「模式」，兒童是被教導地學習才能認知，兒童往往會改用「主觀時間」的觀點切入。童詩似乎該抓住兒童這種主觀的「心理時間」，來對抗物理時間，白靈做到這點，他童詩很本質，既遊戲又狂歡，掌握了瞬間垂直的時間。

上述心理觀點還屬簡單，再深一步探究的是第三、四種「存在時間」和「非時間性」，顯然這種「時間內在意識」更能「抵抗」第一種偏向「客觀時間」的壓迫力道，而第四種「非時間」或「超時間」的觀點特質則超越時間的世俗意義，其與兒童奇幻童話的世界更為貼近。

因此當白靈在其諸多兒童詩中標示出「物理時間」時，都有尤其中「逃脫」至「心理時間」的傾向，展現出「不服它管啦」的赤真性，對兒童而言，是「時間於我何有哉？」而與後現代主義的「遊戲性」相符應，白靈以「能指」建構了一個「玩的世界」

白靈童詩即是試圖通過特有的審美方式，把時間從生活中偶然易逝的狀態轉化為一種延續和永存，達到連兒童皆有的海德格稱的人存在「屬己」性，它只是一瞬間綻放出離，卻是對日常生活最佳的擾動方式，既是意向性的將這些意識現象在頭腦中進行各種處理以得到某種本質，這種用時間來建構意識是一種過程，不是結果，白靈把風景的呈現由整體的一幅風景轉向「風景之美被給予的過程」，亦能進入到風景的「時間性」之中，以主體意識的意向性方式對客體物件產生不同的互動方式。

六、參考書目

一、專書

王岳川：《現象學與解釋學文論》，（山東：山東教育出版社，1999）。

王文科：《認知發展理論與教育：皮亞傑理論的應用》，（臺北：五南出版社，1983）。

白靈，《白靈世紀詩選》（臺北：爾雅出版社，2000）。

白靈：《妖怪的本事》，（臺北：三民書局股份有限公司，1997.04）。

白靈：《臺北正在飛》，（臺北：三民書局股份有限公司，2003.02）。

布林裘爾（Jean-Claude Bringuier）著，劉玉燕譯：《皮亞傑訪談錄》，（臺北：書泉出版社，1996）。

林煥彰《我愛青蛙呱呱呱》（臺北：小兵出版社，1993.10）。

林煥彰《春天飛出來》（臺北：臺灣省教育廳，1993.10）。

林煥彰《回去看童年》（臺北：國際少年村，1993.12）。

林煥彰編著：《兒童詩選讀》（臺北：爾雅出版社，1981）。

林文寶：《兒童詩歌研究》，（臺北：富春出版社，1995）。

林文寶編，《臺灣（1945-1998）兒童文學100》，（臺北：文建會，2000）。

伊莉莎白‧勞倫斯：《現代教育的起源和發展》（紀曉林譯）‧（北京：北京語言學院出版社‧1992）。

杜聲鋒：《皮亞傑及其思想》，（臺北：遠流出版社，1988）。

洪文瓊：《臺灣兒童文學手冊》（臺北：傳文文化事業有限公司，1999.08）。

洪志明主編：《童詩萬花筒》，（臺北：幼獅文化事業有限公司，2000）。

拉賓諾威克茲（Labinowicz，Ed）：《思維‧學習與教學：皮亞杰學說入門》（杭生譯），（臺北：五洲出版社，1987）。

伯索科羅斯基：《現象學十四講》，（臺北：心靈工坊文化公司，2004）

維科（Giambattista Vico）著：《新科學》，朱光潛譯，（臺北：駱駝出版社，1987）。

海德格：《存在與時間》陳嘉映、王慶節譯，（臺北：唐山出版社，1989）。

蓉子《童話城》（臺灣省教育廳，1967.04）。

羅傑‧海菲爾德、彼得‧柯文尼著：《時間之箭》（江濤、向守平譯），（臺北：藝文印書館，1993）。

奧古斯丁：《懺悔錄》（周士良譯），（臺北：臺灣商務印書館，1998）。

葉維廉等著《孩子的季節》，（臺北：臺灣省教育廳，1990.04）。

彭懿：《世界幻想兒童文學》，（臺北：天衛文化圖書有限公司，1998）。

高達美：《真理與方法》，（上海：上海譯文出版社，1999）。

德穆‧莫倫：《現象學導論》，蔡錚雲譯，（臺北：桂冠圖書股份有限公司，2005）。

歸人編：《楊喚全集》，（臺北：洪範書局出版，1985）

關永中：《神話與時間》，（臺北：臺灣書店，1997）。

讓—弗・利奧塔等著：《後現代主義》（趙一凡等譯），（北京：
　　社會科學文獻出版社，1999）。

二、論文

林煥彰：〈略談臺灣的兒童詩〉，《現代詩》復刊第6期，（1984.
　　02）。

陳穗秋、鍾靜：〈國小學童的時間順序及週期概念〉，《科學教育
　　研究與發展季刊》，33期，（臺北：臺北市立師範學院科學教
　　育中心，2003）。

陳佩玉、鍾靜：〈國小學童時間單位量概念之研究〉，《國教學
　　報》第十五期，（2003.09）。

鍾靜、鄧玉芬、鄭淑珍：〈學童生活中時間概念之初探研究〉，
　　《國立臺北師範學院學報》（2003.3）。

三、電子媒體

「當現代遇見原始」之「畢卡索與原始藝術」項下http://www.aerc.
　　nhcue.edu.tw/4-0/newteach/002/876003/a/moden.htm。

（本文刊於2011年12月《臺灣詩學學刊》（第18號，臺灣詩學季刊
雜誌社出版；並於2010年12月出席由香港大學中文系主辦（召集人
黎活仁）、在珠海國際學院舉辦之白靈詩作研討會中發表）。

當下、空間情境化與童詩寫作

摘要

天真的兒童「樂在當下」，喜歡與生活時時處在「遊戲的狀態」，只有兒童保留了最多的「無名的集體性」、或混同特質、混沌天性、時空溶合同一的本領，此是創作行為中最可寶貝的本領，藝術的創作即是重拾、挽救上述的天性。

兒童是最會活在當下的人，兒童的時間是處在混沌狀況，他們不知道童詩中有時間，因時間被作者混沌化了，時間被空間情境化，加上時間變成意識的延伸，所以，一首好童詩有時間與空間的整體感，是作者當下身體對知覺客體的感覺、體驗，它透過「時空的混同存在」使人感受到情與景的交融。

好的童詩就是混沌與當下的融合。本文透過兒童樂在當下的特性，就其身體與空間互動的情境化需求，和當下所隱含的時間延伸特質，對童詩寫作的特性作了初步探究。

關鍵詞：混沌、現象學、當下、童詩

一、引言

　　兒童「活在當下」，雖然他們不懂得什麼叫做「當下」。他們極易混同了自己與外界的關係，混同了大人與小孩、男與女的差異，混同無生命與有生命的區別、混同了不同空間不同時間發生的事物於一處，他們將上述的不同、差別、區隔都可以放在同一時空的「當下」來對待。從小孩的語言、遊戲、塗鴉、繪畫中皆可看出這種對待，而將不同時空的事物拉至「當下」透過文字予以重組、錯綜、並置、排比、層遞等等，正是詩創作之原則。但兒童是不自覺的，他們混同了一切，他們「一體同觀」了一切，他們是天生的詩人。

　　所以兒童詩作品所要處理的內容和形式，應該像他們面對的每個第一次一樣，充滿驚呼期待，站在他們「樂於混同」的角度，放在那裡，等他們參與、加入，觸動他們好奇的眼睛和頻頻發問的嘴唇。世間事物對他們而言有無數的第一次，但那個第一次是要「他們能」參與的，而不是距離遙遠、強調分別的事物。寫成人詩的人會強調的時間、歲月、死亡、禪、哲思、生存，對孩子而言，都是陌生的，可隱含，卻不必說出，特別是兒童對待的時間是經常處在混沌狀況，只在當下，同在當下，一併在當下，是要在混同的觀念中，在空間中製造情境，若是因空間的變化而延伸出時間，也都是自然，不必強調。有些不瞭解兒童發展的人，會寫離兒童經驗很遠的東西，所以研究兒童詩如何表現時空？兒童內心需要怎樣的童詩？都是很有趣的事，本文擬透過兒童樂在當下的特性，就其身體與空間互動的情境化需求，和當下所隱含的時間延伸特質作初步探

究，並以幾首童詩作為論證。

二、混沌、空間情境化、時間的延伸

（一）混沌

　　時空是邏輯思考的概念，兒童是否能懂童詩中的時空觀念其實是大有疑問的。心理學即使說兒童的時間與空間觀念的發展會按齡遞增、且有先後之別，但卻非兒童天性中最原初最應珍視的狀態。曾霄容談心理時空時提及「空間的知覺是在嬰兒出生幾個月以後，時間觀念是在三歲以後漸告發達」；[1]以皮亞傑的兒童認知發展言，[2]2-7歲的運思前期，能在心中解決問題，並具有某種時間意識。7-11歲是具體運思期，他能處理順序、分類、時間和速度等問題，但還無法作抽象推理；[3]11-15歲是正式運思期，對時空是可作抽象推理了。但這些似乎都無關乎兒童日常「樂在混同」、「樂在當下」的最初發的天真本領，也就是他們對時空的瞭解是被教導的、傳授的、社會給予多於自身領悟的。

　　他們的「樂在混同」、「樂在當下」，喜歡與生活時時處在「遊戲的狀態」，而此種看似極「不實際」、「非實用」的本領，即是創作行為中最可寶貝的本領，這些本領卻在社會授與的、時空觀念的逐漸釐清中日漸喪失了。

　　因此寫童詩者若不瞭解兒童的發展，硬塞些離兒童經驗、年

---

[1]　曾霄容《時空論》，〈心理學時空〉，頁420。
[2]　Lester.Mann & David.A.Sabatino（雷斯特－門和戴微德－塞伯提洛），黃慧真譯：《認知過程的原理》，第六章〈皮亞傑與認知發展〉，0-2歲的幼兒是感覺動作時期，11-15歲是正式運思期，（臺北：心理出版社，1994年10月），頁251-254。
[3]　林文寶：《試論兒童「詩教育」》，（臺灣省：教育廳，師專教師研究叢書，1986.5），頁30-31。

齡很遠的東西，要他們明白「世事練達」的滄桑感、陰暗、灰色等等，均非兒童「活在當下」的本性和特質。現象學家梅洛龐蒂（Maurice Merleau-Ponty，1908-1961）是一個懂得兒童發展的哲人，他瞭解兒童身心發展，是從混沌狀態到區別出他人與自我的過程、但又不可能充分完成。他看到自我與他人的「相會」非是一物理現象，也非「至高無上的注視」，而是互相「存在著一種內部的聯繫」，因此我的身體與他人的身體是「同一現象的兩個方面」，是「一種無名的存在同時居住在兩個身體中」。[4]對六個月大的兒童而言，「並沒有與他人相對的單個個體，只有一個無名的集體性」，但此「無名的集體性」日後再怎麼將自我與他人區分出來，區分的過程卻永不可能充分完成。此區分非由「我思」出發，而是從散漫的「容許自我與他人毫無差別」出發。[5]因此也只有兒童保留了最多的「無名的集體性」、或混同特質、混沌天性、時空溶合同一的本領，此特性的逐步喪失即是天真的喪失、創造力的失落、和社會化的開始。

藝術的創作即是重拾、回復、挽救、汲取上述的天性，那是人人與生俱來、任誰也不能剝奪、卻又極易因社會化而失落的天生本事。而「永不可能充分完成」的區分自我與他人的過程，也是成人不論任何年齡均可創作藝術、欣賞藝術之原因，也是老年素人畫家、素人建築師之所以能存在的理由，而兒童是「區分完成度最少」的一群，更是兒童最會遊戲、最能樂在當下、混同當下、活在當下的支柱和理論基砥。

---

[4] 詹姆斯.施密特：《梅洛龐蒂——現象學與結構主義之間》，（尚新建等譯，臺北：桂冠出版社），頁105。
[5] 同上註，頁107。

（二）空間的情境化

透過前述「內在的聯繫」、「無名的集體性」、「區分自我與他人永不可能充分完成」的論述，就較易理解為何梅洛龐蒂那麼強調身體與空間的互動了，梅洛龐蒂重視客體與身體的結合，我的身體既非單純的主體，也非單純的客體，它不再是傳統哲學中與心靈相對的另一極，而是兩者的統一。傳統的哲學與心理學在探討空間經驗時，僅止於客觀的對象問題，忽略主體建構空間的能力，但梅氏的「身體主體」既是「主體」也是「客體」，身體與世界之間相容相滲透的情境關係，使得空間離不開身體主體的知覺與經驗世界，離不開人的主觀心境，那是兒童保留的「內在的聯繫」、「無名的集體性」的自動延伸。「物體和世界是和我的身體的各部分一起，不是通過一種『自然幾何學』，而是一種類似於與存在我的身體的各部分之間的聯繫，更確切地說，與之相同的一種活生生的聯繫中，呈現給我的」。[6] 他說的「空間性」是空間本身與身體主體所共構。是身體與知覺客體對象的「共存」（co-existence）而形成空間。因此身體與知覺對象間的共存所招致的所有感知的空間性除了可見的實質空間性外，亦包含著感覺、體驗、或所引發的想像的虛擬空間性。「在空間本身中，如果沒有一個心理物理主體在場，就沒有方位，就沒有裡面，就沒有外面」。[7] 「空間感覺」（spatial sensations）之空間性，並不是位置上的空間性，而是「情境的空間性」。「每一個物體都是所有其他物體的鏡子」、「每一個物體就

6　梅洛龐蒂：（Maurice Merleau-Ponty）：《知覺現象學》，姜志輝譯，（北京：商務印書館，2001），頁263。
7　同上註，頁263。

是其他物體『看到』的關於它的東西」。[8]

　　也因此當童詩中寫道：「花朵站在枝頭上／看不見春天／就踮起腳尖，急著找／春天，在那裡」[9]（謝武彰〈春天〉詩）詩中肉身化主體和客體合而為一，我就是花朵，我站在枝頭即是一個超越物性和靈性的含混的第三向度，是花朵也是我急著找春天，而時間是隱微不說的（看不見春天），僅以「踮起」、「急著找」等「當下性」、「情境性」、「參與性」的動詞予以間接呈現。再如另一首童詩：「春天在花園裡點火／把花草樹木都燒了起來／一種奇怪的火／紅的紫的。」[10]（洪志明〈奇怪的火〉詩）春天不會點火，是我在點火，是我對火的變幻不定充滿好奇，這個好奇轉移給了春天，我的身體與春天合一，因春天我的能力擴大了，是我的存在因不可見的時間（春天）轉移到可見的空間（花草樹木）而向外延伸，空間因我當下的參與而情境化了（都燒了起來），春天＝我，火＝花，它們之間有了「活生生的聯繫」。

　　兒童身體的知覺是充滿創造性的，如何鍛鍊、保有與萬事萬物「活生生的聯繫」成了兒童藝術和文學重要的目標。梅洛龐蒂即說身體的知覺是藝術創造的關鍵，它是理性介入前的所謂「前理解」區域，因為它可直觀地將「可見的」轉換為「不可見的」，同時又把「不可見的」轉換為「可見的」，它實現了兩個世界的「雙重轉換」。在其中，藝術通過書寫而表達了超越物體本身的東西，知覺轉換為精神（詩中呈現的），精神又轉化為新的知覺（讀者對時空中存在事物和自己身體的重新體認），而這就是藝術的雙重奧妙之

---

[8]　同上註，頁101。

[9]　林煥彰編：《童詩百首》，頁55。

[10]　洪志明〈奇怪的火〉詩，見杜淑貞：《兒童文學與現代修辭學》，（臺北：富春文化公司，1994年二版），頁221。

所在。[11]

　　空間的情境變化，是把空間做各情境的安排。或用蒙太奇的手法作拼貼、或用比喻將事物並放一處，主體和客體合一共構，「分則胡越、合則肝膽」，放在不同空間、必須不同時間才能分頭見到的北胡與南越，如今因藝術處理而能並置合放於同一相鄰的空間、有如可一體或一眼同觀的肝膽，透過的豈不就是某種「內在的聯繫」、「無名的集體性」、「不擬充分區分」的兒童天性？如此，當以不同的角度不同時間所見事物將空間聚在一起的呈現方式（如混同了不同角度的塞尚靜物畫和畢卡索的女人頭像、或杜尚的「下樓梯的裸體者」，畫出了五、六個相互重疊的人形，展現了下樓梯人的連續動作），要說的不就是一種混沌手法？照梅洛龐蒂的說法空間情境化是當下身體與知覺客體對象的「共存」（co-existence）而形成的整體空間。[12]因此身體知覺若能與人類整體「時空」的思索交融一塊，成了進入童詩之門的鑰匙。

（三）時空交織成「當下」

　　除了把所有時間全放在一空間裡，兒童也會把不同時間全壓在同一時間裡，如把大人、小孩、動植物、有生命、無生命的全壓在一起，把身體主體和空間本身共構，如把自己與花與鳥「同一化」。這種把時空、有無、意象混沌化的天生能力是詩創作的源頭，詩正是詩人出入於虛實、有無、可見不可見之間，[13]寫詩正是飽含了「當下性」的「被美撞了一下」，只有在事物之「有限」和

[11] 王岳川《現象學與解釋學文論》，（山東：山東教育出版社，1999年），頁107。
[12] 梅洛龐蒂：《知覺現象學》，頁103。
[13] 參考白靈：《一首詩的誕生》，（臺北：九歌出版社，1991），頁60。

由情思所生之「無限感」同時碰觸、同時混同時，人才會回復上述所說的「內在的聯繫」、「無名的集體性」、「不擬充分區分」屬於兒童的（也是人的）天性，而這正是詩存在的價值。也就是當詩人能掌握「有的、色的、實的」，和「無的、空的、虛的」的混沌狀態，詩就在那裡，在那其中，人於短暫之間獲得一種「活在當下」、也「創造了當下」的感受，既遺忘了時間、卻也充分擁有了所有的時間。

在梅洛龐蒂的說法中，是客體時間的連續性，促使身體的視域中的視覺對象與過去、現在與未來共同交織成有意義世界。[14]人腦中的每個「當下」（living present）如彗星之頭尾，是作為一個「整體的當下」（temporal whole）而存在的，也是時間的過去、現在與未來共同交織聚在一起，在時間上是「現在式」的，每一個當下是「滯留」（retention，或譯持存）與「預期」（Protection，又譯突向）在「當下」的彼此融會。因此當時空交織成有意義世界，經常就是一種「當下」的呈現。其中包含兩層意義：

（1）空間：情境化，當下身體與知覺客體對象的「共存」而形成的整體空間。

（2）時間：內在意識的延伸，也是當空間有了變化時其實是時間的延伸所致，且常將實際空間和引發的想像虛擬空間整合於一處。

「當下」使人有時間與空間的整體感。它就是一種混沌狀態，把不同的人、事、時、地、物皆混同起來、同一齊觀，透過空間情

14　梅洛龐蒂：《知覺現象學》，頁103。

境化及時間內在意識的延伸將詩飽滿起來，這是孩子的生活方式，也是童詩的寫作方式。

三、展現「當下」的童詩

英國古典經驗論者洛克（John Lock，1632-1704）的「經驗論原則」頗適合來談兒童成長。洛克著名的「經驗論」是說人類一切觀念皆來自感覺或反省。

他認為人類心靈有如白紙或空室，本一無所有，心中一切觀念的產生不外來自經驗，而經驗可分感覺與反省二種。感覺是與外在事物接觸後第一度在心中所刻印的外官觀念，如白馬、桌、椅、花等；反省則為心靈的種種作用所構成的內官觀念，如記憶、注意、意欲、省察、時間、空間顯屬後者。「一切人類觀念裡面不外來自感覺或反省」。[15]洛克所說感覺就是那一點點種子變花的心動，於是文學又有機會透過哲學的思維碰撞出來那個「感覺」來。

洛克的經驗論很合世世代代的孩童在觀察時會大呼小叫、驚訝不已的童年經驗，而到柏格森（Henri Bergson，1859-1941）就詮釋得更清楚了。柏格森主張每一個現在，含有無窮的過去，而後又成為未來的一部分。三者之間，交錯連結，不能迥然劃分，生命、人格，遂隨之而日新又新。[16]他強調「性質的時間」其實就是我們的內在生命本身，亦即是生命流動的過程，一如小花的形成是不能分割的種子、泥土、陽光、雨水、人的整理等共同完成，那個感覺是一連串的時空粘連和合，是不可計量的等待，繼而也是可反省的對

---

[15] 傅偉勳：《西洋哲學史》，（臺北：三民書局，2005），頁285。
[16] 參見本文第二章，表2-1「中、西方哲學家時空說法表」

象。此種說法和弗洛斯特說：「詩是起於喜悅，終於智慧」相似。起於喜悅是原初的直覺，看到一首好詩會有喜悅感、共鳴性，觸動人心之後，經過吟詠，琢磨後會得到一點智慧，覺得自己變聰明了，得到的反省即是智慧。

這說法發展到梅洛龐蒂的身體知覺就更深入，此種對身體（人）知覺的重視，把身體與他者的交相纏繞、互動視為藝術的重要建構方式，由此而合成一個「整體」，完成暫時的「澄清感」，人與物的「同一感」。[17]

為了印證當下、混沌、時間的延伸、空間情境化、時間與空間的整體感等的論述，筆者以現象學觀點舉正例三首詩、反例兩首詩來做實例，下面先舉七星潭、尤增輝、林世仁的三首展現「當下」的童詩來做正例證。

（一）七星潭的童詩〈一點點〉

七星潭的童詩或明或隱皆含頗深的哲學意味，[18]僅以他的〈一點點〉來說明：[19]

　　　　一點點種子

　　　　一點點泥土

　　　　一點點整理

　　　　一點點願望

---

[17] 羅伯.索科羅斯基：（Robert.Sokolowski）《現象學十四講》，（臺北：心靈工坊文化公司，2004年），頁200。

[18] 七星潭：《我畫的豬跑掉了》，（臺北：臺灣省國民學校教師研習會出版，1998.5），及選自洪志明主編：《童詩萬花筒》，頁302-303。

[19] 洪志明主編：《童詩萬花筒》，（臺北：幼獅文化事業有限公司，2000年），頁302-303。

一點點這個那個

一點點陽光

一點點雨水

一點點等待

然後

一朵小花

　　此詩要說的是貼近人身邊的生命變化過程，不直指明說，卻含豐富
的哲學思想。作者先說「種子」、「泥土」、「雨水」、「陽光」
的合作，是自然的，而「整理」、「願望」、「等待」等是人為
的、以身體參與後才有的感覺。其後才「如願」而出，因此是一種
驚訝的開始。是過程令人驚訝而非只是結果令觀者驚艷，此時可說
是處於「人」與「物」的期望均不分，「主」與「客」的努力也
都不分的等待過程中，而後才有那一朵生機盎然、迎風搖曳的小
花。[20]

　　　　用近代西方的現象學說來剖析：末尾最精當的一句「然後／
一朵小花」，彷彿拔地而起似的，使「小花」的「點」朝合成整體
的空間移動、成了一種突然完成了什麼的行動，以是，彷彿前幾句
「小花」與「一點點合成」的關係就始終處在一種「進行的」、
「過程的」關係之中，而非成為某種「結果」，於是乃有移動的空
間感產生。而且末句的突現在時間上彷若是「當下」的，卻仍朝著
該有的生命方向行動，並不停止。[21]

---

[20]　同註4，〈天人合一〉篇，頁57~76。

[21]　羅伯.索科羅斯基（Robert.Sokolowski）：《現象學十四講》，（臺北：心靈工坊文化
　　　頁200。

讓「過程」替代「結果」而「過程」必然以「當下」表露，才能隱含「過去」和「未來」，一如這首詩的末二句「然後／一朵小花」，那世人最驚訝的一瞬，這一瞬的「當下性」及時地含住「過去」總總「願望」、總總「等待」，也含著「未來」小花的總總可能。[22]

　　梅洛龐蒂視「空間性」是空間本身與身體主體所共構，[23]可說是時間內在意識的延伸。是當下身體（人的整理的手、照顧的眼睛）、與小花、知覺客體對象（泥土、陽光、雨水、等待）的「共存」而形成的整體空間，加上時間的延伸而使空間有了變化。因此身體與知覺對象間的共存，除了實質空間性外，亦包含想像的虛擬空間性（對花的期待）等等均整合於一處。

　　梅洛龐蒂把身體與他者（花、土）的交相纏繞、互動於此詩中，即是透過「泥土」、「陽光」、「雨水」、「等待」，許多的「一點點」而合成一個「整體」，由此整體而「意向」到「小花」的開放，而完成「澄清」、「同一」、「整全」。如此小花不只是小花，是詩意的超越。

　　詩中感覺到的那個「東西」，就是感覺到花誕生的「變化」，和「永恆」大地中矗立一花的心動。只有在小花之「有限」和由花而生之「無限感」同時碰觸到時，詩才存在。所以從七星潭這首〈一點點〉的小花中經由「反省」，也可以讀出嬰兒的誕生、人的成長、同樣的友情、愛情、人倫亦莫不如此，皆須一點點的灌溉，方有「開花結果」的可能，如此即使一首小詩的學習也何嘗不是如

---

[22]　此理論和余德慧的「哎呀」一聲的領悟說法，有互通之處，參見余德慧：《詮釋現象心理學第六章（臺北：心靈工坊文化，2001）。
[23]　梅洛龐蒂：《知覺現象學》，頁103。

一朵花的成長般？這首詩對童詩哲思時空的開拓顯然可持續推衍下去。

（二）尤增輝〈山・靜靜的坐著〉[24] 詩

1
山
靜靜的
坐著

2
雲來了，雲又去
花開了，花又謝
月圓了，月又缺
日出了，日又落
山

沒有說些什麼
全都看到了
山

連那野孩子偷摘他種的水果
不動身追回來

3
春夏秋冬
白天晚上
總是
山

4
靜靜的
坐著

5
是不是
山
這麼
想

雲去了，雲又來
花謝了，花又開
月缺了，月又圓
日落了，日又出
被摘走的水果
不久又要長出來

此詩直排，每句以底字對齊，可顯現出群山疊嶂、連綿不絕之山形、山貌。文學時空和哲思的時空觸碰就產生了「有限和無限」的可能，試以哲思的文學時空掌握「有限和無限」來分析：

---

[24] 林武憲等著：《秋天的信——第四屆洪建全兒童文學創作獎得獎兒童詩選集》，（臺北：書評目，1978年），頁7-8。

此詩共分五段，重複兩次「雲來去、花開謝、日出月落」，拉長了時空，代表空間的色澤、光線、和輪廓因內容物（雲、花、日、月）的不斷擾動而變幻多端、時間因此移動的持續性而不斷流逝。時間不只不斷流動還產生循環，人生也自然不斷的循環，時間空間即在其中又似乎不動，詩中表現了「山」很像「蓋婭，大地之母」一樣：大地是萬物的家，四時運作自自然然，一切包容循環，沒有也不必有壓力。[25]

　　此山即是大地的具象化，他猶如佛祖，孩子也猶如一隻潑猴，潑猴代表大自然最純真的面目。以孩子做仲介，既適合文章的內容，也表現了人與自然最純真的互動本該如是。此山和孩子也有「以一代全」的意味：山是整個自然、萬物、大地乃至宇宙的代表；孩子是人的代表，人和自然互動之關係表現得淋漓盡致，用山、孩子求到了「天人合一」，求到「天地人合」，求到天時地利即表示時空，人插入即是與天時地利中交叉。山又好像神，詩中強烈地表現了「齊物」和「一體同觀」的精神，尤增輝借〈山・靜靜的坐著〉闡釋了尊重萬物平等的概念。山代表的「時間」是「永恆」，而偷摘水果的「時間」是一「瞬間」，孩子拉出焦點，帶著視點一直跑，「空間」受到「擾動」，「時間」拉出「空間」的變化，「時間」使「空間」變化。[26]

　　而山和孩子偷果的意義在於：前面十句僅寫出景之「時空」，及至孩子出現才有「互動」，產生擾動和「交纏」，其實東西被偷也是自然。讀者也會和作者、自我做時空的對話，好像自己年少就

---

[25]　洛夫洛克（James E. Lovelock）：《蓋婭，大地之母》（金恒鑣譯），（臺北：天下文化出版，1994）
[26]　此為「時間」的「空間」化。

是那偷果的「孩子」，年歲大時又成為那不動含笑的「山」，如此既可此又可彼，人與自然可說已主客難分、不可切割。讀著正可透過文學作品來體會作者所勾勒的整體情境，感悟到和作者「對話」，而做了一次「視覺的參與」；「山・靜靜的坐著」不僅是一單純的文學文本，而是作者「存在」心靈的具體呈現（靜靜和坐均是人的感受和行為），帶動讀者作了一次自我時空的「視域交融」。其流動過程是：

　　山不動→孩子動→山不動→水果自動長出→由此而生「人」、「山」乃至日月星辰俱是自然整體不可缺少的一部分。

　　而孩子的「動」，果子長出的「動」都是「過程」之一，而不是「結果」，是讀者始終可由語中「意向性」得到的，是「當下」的也「持存」了過去，「突現」了未來的——形成時間與空間的整體感。而這在童詩的孩子身上呈現了，即有深刻的與人與自然永恆互動的可能性。

（三）林世仁的童詩〈鯨魚河〉

　　　如果我在月亮上畫隻鯨魚
　　　每一條月亮照著的小河
　　　會不會都有鯨魚唱歌？[27]

　　茲逐次分析詩如下：

---

[27]　洪志明主編：《童詩萬花筒》，（臺北：幼獅文化事業有限公司，2000年）。，頁353。

1. 拉近明月的方法

　　此詩的關鍵是「畫」的行為，人對月亮好奇，乃有想把月亮畫上一條鯨魚的衝動。以月、鯨、小河三者而言，鯨應非我實際所見，通常是由傳播的影像而得，卻又是三者中唯一讓人最好奇、最感神祕、也最不易觸及到的生物。而人在月亮上畫隻鯨魚的行為最可能實現是在窗玻璃上，月亮照出的月光乃有了鯨魚的投影（比如透過窗照在身後牆上），於是自然有了月光照在任何小河上都有了鯨魚之投影的想法，於是小河都有了鯨魚的歌聲（叫聲）成了合情的推演。在月亮上畫隻鯨魚＋月光照著的河＝月光河就有鯨魚的歌聲，變成：人＝鯨魚＝月亮＝小河＝鯨魚歌聲。本來明月高懸，和人的關係很疏遠，透過某些改變逐漸拉近了距離，這其中的差異可看出此詩的特殊性，茲先以表分析如下：

拉近明月的方法	明月和人的關係	說明	可行性
原貌	月亮是月亮 人是人	月亮高高懸掛，和人距離十萬里之遙，和人關係疏遠	
方法一	欣賞照在窗上的月亮（人＋月）	月亮被暫時框在窗上、有為我獨有的感受，卻難與之互動	實際可行，但無互動性
方法二	吃月餅（人＋想像的月）	中秋賞月　吃月餅，試圖拉近人和月的距離	月和人只有想像的互動性
方法三	太空人登月（人＋月）	阿姆斯壯的腳代替我們登上去	其他人難實行，不能互動

拉近明月的方法	明月和人的關係	說明	可行性
方法四	河上攬月（人＋月＋河）	月亮照河上，我們駕船在河上攬月	實際可行，但無法運作想像力
方法五	在月亮上畫魚（人＋月＋魚）	在月亮上畫鯨魚，月光照著的河成了月光河，就有鯨魚的歌聲。但實際上很難有鯨在河中生存。因此虛擬性最強	詩人替我們畫想像的魚，擴大了人的想像力。

文學需要強力的聯想和想像，對兒童最在行的本領是身體知覺和想像力。詩中的人雖然有點自信的「強勢」，有點不合理的「牽強」。他說月亮就是月光，他說鯨魚就要想到鯨魚的歌聲，即使是畫上去的鯨魚也要想到歌聲，讀者就要跟著他做如此聯想；他說月光照下，鯨魚也很著投影在河上，因此也就帶著歌聲，讀者就要想到光影轉變成歌聲，人只有在玻璃上畫映著的月亮，而事實上是畫不到月亮，也畫不上魚的。但詩的行動和身體力行讓上述各個元素有了結合、互動的可能。

2.拉近時空作「視域交融」

此詩有太多跳躍的想像，如「月光就帶著鯨魚歌聲」就投射很遠，「月光就通轉成鯨魚歌聲」也不大合理。但，跟著他聯想的結果是讀者看到不可思議的「東西」，這個「震驚」是你的想像被他打開了，你的蒙敝被他「開顯」，你的視域因此站出去，不只是你與月的時空、也帶出了月與魚與河的時空，不同時空形成一整體而能與畫的人有了互動、交融。

讀著正可透過文學作品來體會作者所勾勒的整體情境，感悟到和作者「對話」，而做了一次「視覺的參與」；「鯨魚河」不僅是一單純的文學文本，而是作者「存在」心靈的具體呈現，雖然畫鯨魚和鯨魚唱歌是多麼遙遠，但作者有權作天馬行空的拉近時空，帶動讀者作了一次自我時空的「視域交融」的提昇。時間在空間裡流著，鯨魚歌聲永不歇他在月亮上畫隻鯨魚，讀者就欣賞到「每一條月亮照著的小河，就有鯨魚唱歌」，讀者可以想像昏黃的月光下，月光河都有鯨魚歌聲的浪漫，而且是地球上每一條小河都同時聽到浪漫的歌聲，鯨魚在、歌聲在，「當下」既包涵了「過去」和「未來」，時間在空間裡流著，鯨魚歌聲似乎永不歇，所有小河都收攝了月光、收攝了鯨魚歌聲，真有「盜天地之氣，與日月共消長」的精神。

　　而鯨魚「動」，歌聲「動」，都由人之「動」（畫）開始，但都是「過程」之一，而不是「結果」，是讀者始終可由語中「意向性」得到的，是「當下」和過去、未來，也是時間與空間的整體感。在這童詩也可看出人與自然永恆互動的可能性。

3.月光與河的關係始終在進行，而人與鯨魚歌聲是瞬間參與

　　「會不會有鯨魚唱歌」，「有」字使「鯨魚的歌聲」自「月光河」的長條平面空間中湧出；其互動模式是不確定、未定的、纏繞不清的，也是處在「過程」而非「結果」之中。月光照河代表的「時間」是「永恆」，每個有月亮的晚上皆有月光照著河，（甚至白天也有，只是陽光太強了而不顯），而我畫魚的「時間」是兩三秒的「瞬間」，第一句的瞬間對應第二句的永恆，第三句再回到「會不會有」的不定感、瞬間感。「畫」是空間的瞬間，「歌聲」

是時間的瞬間，這些都與始終存在的月、河的空間物交叉，成為混同狀態，又有著瞬間對永恆的強烈的時間對比。

4.主體拉出「空間」的變化

「我」主體拉出焦點，帶著視點一直跑，「空間」產生「擾動」，「時間」拉出「空間」的變化，「時間」變「空間」。我先是鯨魚、再是月光、再是被投射在河上的鯨影、再是河中泅泳的鯨、再是鯨只讓人聽到歌聲，企圖將我的想法瀰漫出去，而使空間整個情境化。詩中綿延著有強烈（甚至是強迫）而不斷的動態感。透過「過程」的當下呈現，表現了時空與人之整體性不斷擴大的特性。

雖只短短三句，但詩人是大氣度的。或許詩人體認到地球的任何一點一滴無不緊密互動、纏繞，我們的身體亦然。總之，此詩把時空內化到景物中，他認為月亮是無限存在的，把月亮寄意託興於其所構成的時空場域中，它的無所不在、無所不包，也讓人的微小的「畫」的小動作有了擴展的可能和力度。

四、成人的時間觀與兒童認知的距離

兒童的天性是活在當下、動在當下，兒童保留了最多「無名的集體性」，他們混同一切於當下的混沌天性、時空溶合同一的本領，使得他們的時間觀和成人的時間觀有落差，成人的反省性太強，和兒童的直觀不同，如詩人看不出其中的差異，所寫之童詩往往有超齡之作，往往難以兒童讓接受或感受得到。不論過於遙遠的空間（比如白靈寫「911」災難的詩，兒童的空間感就很難構得

到）[28]、或過於遙遠或超出兒童能體會的時間均如此，因為那離他們身體的知覺太遠，難以使得他們產生「當下感」。後者可舉蘇紹連和向陽的兩首詩為例。

1蘇紹連的〈花兒的影子〉

──月移花影上欄杆（王安石）

夜裡
我起來看
奶奶留下來的花

那花兒的影子
隨著月亮的移動
爬上了石階
爬上了欄杆
爬上了我的膝蓋
我想把他摘下來

可是
花兒已經凋謝了[29]

　　此詩有其深刻的意境，毫無疑問是一首好詩，但筆者曾讓中高

---

[28]　白靈：《臺北正在飛》，（臺北：三民書局股份有限公司，小詩人系列，2003年2月），頁8。

[29]　蘇紹連：《穿過老樹林》，（臺北：三民書局股份有限公司，小詩人系列，1998年），頁10-11。

年級的小學生欣賞、討論此詩，卻發現他們感受度極低。顯然當童詩觸及「死亡」的議題時，常與兒童的時空背景較有距離。至少對多數兒童而言，長輩的死亡他也難以體會其代表意義，因此童詩在生成時就必須考慮兒童的「時空年齡」，否則，童詩就容易與成人詩相混，令兒童難以體認。

蘇紹連在本詩後面注解說明著：「『花影移動』，是由月亮所主控，想想看，花是誰留下來的？因此，可以把『月亮』想作『奶奶』」。[30]蘇紹連說花是奶奶留下來的，想到奶奶就能把「月亮」或「花」轉想成「奶奶」嗎？小朋友在此的自動轉移很難，即在於沒有他自身身體知覺的參與，因此很難有此空間與時間轉動。

詩中「影子爬上石階、爬上檻杆」也頗細微，但孩子通常耐心不足、不易自動安靜下來，「動」是他們的本性，因此也不易關心「靜」的變化，它不像前面「畫鯨」的動作有身體知覺在其中，因此較不易引發兒童的興趣。接著：「花兒的影子慢慢『爬上了我的膝蓋上』。」想像「影子」移在膝蓋上已很難；接著：「我想把它（花兒的影子）摘下」，再想像把這虛空的花兒影子摘下就更難了，然而意境仍是在的。

注解說明：「你保留奶奶給你的訊息，可是實際上花兒不知什麼時候凋落了，留下來的，應是對奶奶的懷念而已。」，「實際上花兒凋落了」，此句象徵奶奶的凋逝，意境也頗深，兒童多半卻意會不到。這兒的花兒是奶奶的代替物，見到時花已謝，像認識的奶奶一起初就老了，所以再看花時，奶奶已不在了（奶奶留下來的花），詩花兒凋謝與奶奶走了是同一個意思。

---

[30]　蘇紹連：《穿過老樹林》，〈花兒的影子〉詩的註說明，頁10-11。

此詩雖然高妙，但詩人還是「大人的身體」，在「空間」概念上並無縮小到「孩子的身體」上；從「時間」概念言也無退居到兒童期，小讀者的心智是慢慢成熟的，讀詩能力也需慢慢養成，詩是身體與知覺對象間的共存所招致的所有感知，超乎程度的詩，對兒童的小讀者可能尚無法使之體認。

2向陽〈落葉〉詩

1段　一片葉子
　悄悄地掉落下來

2段　一片葉子悄悄地
　從樹木的枝枒掉落了下來

3段　一片葉子悄悄地從樹木
　枝枒的家掉落到地上的家

4段　葉子的家在枝枒上
　葉子的家在土地上

5段　從枝枒到土地
　從生存到死亡
　從死亡到生存
　從土地到枝枒

6段　一片葉子
悄悄地綻開了新芽[31]

　　此詩亦如蘇紹連那首詩，也是「反省」多於「感覺」的詩，其對生與死的體認層遞而出，就境界和結構、語言均是好詩，但可能較適合歸為「青少年詩」而不是「兒童詩」。也由於「反省」層次高（尤其第五段），能讓兒童身體知覺參與的空間就較小，離兒童能體會到的「當下感」就較遠。

　　詩共分六段，六段中有五段是二短句，只有一段是四句，向陽在逐句逐句把句子逐次伸長、逐次疊高。此詩是多次時、空溶合的拼貼，茲分析如下：

　　一至三段是「短句變長」，是時空慢慢蘊積沈澱，作者慢幽幽地整理讀者讀詩的情緒，因談的是兒童難理解的「生死學、生命學」。葉子從樹木的枝枒（空間）落了下來（時間），掉落到地上的家（另一空間）。第四段「葉子的家在枝枒上，葉子的家在土地上」是前三段文字的總整理。

　　第五段寫（實際空間）「從枝枒到土地」，是為帶出（虛的時間）「從生存到死亡」這句子。

　　「從死亡到生存」（時間延伸）是頂真格，是為接回「從土地到枝枒」（空間移動），此二句是上二句的倒反句。葉落從枝枒到土地，從死到生，如何生呢？就引出末段二句，這二句就是整首詩重點。「一片葉子，悄悄地（時）綻開了新芽」，一片葉子卑微的悄悄地發芽了，隱言生命的輪迴，新芽又站出來，綻開了生命力，

---

[31]　向陽：《春天的短歌》，（臺北：三民書局股份有限公司，小詩人系列之一，2002年2月），頁24-25。

向眾人開顯。

　　此詩的深刻意涵是「要選擇葉子掉落」或「選擇發芽」，都得在乎葉子的選擇，人的命運何嘗不是如此，選擇生存或選擇死亡也是個人的選擇，因此自有其深意。

　　兒童是「活在當下」、「動在當下」的，有最多的「無名集體性」，「從生到死」的詩作離其有限的時間感尚遠，葉落從枝枒到土地，從死到生的循環，這個生死學的時間觀實在很難讓兒童的身體知覺有親臨、參與的機會，他們還在等待，但那種等待必須有他的加入（比如「一朵小花」的「整理」的動作、「鯨魚河」的「畫」的動作、「山靜靜的坐著」的「摘果」的動作），這樣會更合乎他們的混同天性。

五、結論

　　兒童是天生的詩人，他們混同了一切、「一體同觀」了一切。兒童對待的時間是經常處在混沌狀況，只在當下、同在當下、一併在當下，是要在混同的觀念中、在空間中製造情境，若是因空間的變化而延伸出時間，也都是自然，好童詩就是混沌與當下的融合。

　　本文透過兒童樂在當下的特性，就其身體與空間互動的情境化需求，和當下所隱含的時間延伸特質作初步探究。一首好童詩把過去、現在與未來的時間共同交織成一世界，是客體時間的連續性，也把空間的情境化，時空交織成「當下」，具備了時間與空間的整體感，是作者當下身體對知覺客體的感覺、體驗，它透過「時空的存在」使人感受到情與景的交融，呈現了人與自然永恆互動的可能性。

（本文刊於《臺灣詩學學刊》第八期，95.11，專輯徵稿子題「如何從詩學裡學詩」）

時間的擾動
——從意向性與時間性分析詹冰、林良兩首童詩

摘要

　　人的存在本身蘊含著「時間性」，必須籍「時間性」來創造時間、或「觀看」時間。人如能從時間造成的「結果」，「意向性」地轉向時間流動的「過程」，使其有如當下正在持續進行的行為，即是詩之所以成為詩的重要關鍵。本文即針對此「時間本身如何流動或擾動的過程」來討論詹冰的插秧、林良的白鷺鷥等兩首童詩，並以幾首唐詩與之相呼應。如何擷取經驗中「擾動的瞬間」，使之能由「當下向過去與未來展伸」，成了將經驗「綻放」為詩的重要途徑，本文對此「時間的擾動」作了初步探討。

關鍵詞：時間性、意向性、互動、關係

一、引言

時間一般被歸類為四個觀點：

第一種是物理觀點：時間乃運動前後的點數、為衡量運動的尺度，以亞里斯多德為代表。

第二種是心理時間：時間被靈魂所衡量，乃靈魂注視的擴散，以奧古斯丁為代表。

第三種是存在時間的觀點：重點不在「什麼是時間？」而在「時間性性如何對人產生意義？」而「時間性」正是「本真（或屬己）存在的根據，以海德格、梅洛龐帝為代表。

第四種時間是超越觀點或者非常觀點：指在非常的狀況下，例如在危急的情況中或在神祕經驗中，人的心靈經歷了意識上的轉變，而會對時間的遷流，產生了不同於一般狀況的體會與感受，人無法用體會普通時間的尺度來衡量其中的超凡體驗。第四種觀點若非幻覺，即為神悟和妙覺，非常人所能經驗。

第三種存在觀點正是本文擬用來討論詩的形成過程，當詩人對「時間性」予以「意向性的關注」時，就會造成詩意的可能性。因為就時空而言，我們看見的只是各種時空中發生的現象，我們看不見這些現象顯現的條件或者背景，也就是說，我們無法直觀到時間和空間本身。以時間而言，如果不參照「時間客體」的構成方式（如空間景物的變遷），就不能解釋時間的構成。比如當一段連續的音樂響起時，我聽見的是連續的聲音本身而不會是聲音連續的過程，換句話說，我聽見的只能是抑頓挫的旋律，而絕不會去關注旋律在持續中所經歷的綿延過程，亦即，我聽見的是時間意識所造就

的結果（比如歌唱得真好），而我對時間意識的運動本身卻一無所知（比如交響樂有各種樂器、樂譜、拍子、音符、聲調的運動效果）。

即如果用意識的「意向性」行為從「結果」（歌聲好，轉向「過程」（如何個好法？），亦即從時間客觀的體現（空間景物的變化）轉向對時間本身流動的描述（該變化是如何進行的），即可顯現時間的特質。從時間造成的「結果」，「意向性」的轉向「過程」，使其有如當下正在持續進行的行為，即是詩之所以之成為詩的重要關鍵。本文即針對此時間本身如何流動和擾動的過程，來討論兩首童詩。

二、時間性與意向性：海德格本真

海德格（Martin Heidegger）強調：「時間」（Time）是有「時間性」（Temporality）的。[1]時間與時間性並不同，「時間」一辭是指向世界，或事物、或甚至認知主體與被知客體的關係；「時間性」乃人存在所蘊含的「將來」、「過去」、「現在」這三個焦點，是緊扣地指向人的存在。人的存在本身蘊含著「時間性」，必需藉「時間性」來「創造」時間、或「觀看」時間。因此時間的衡量是建基於人的時間性上，最重要的是，「時間性」是一個整體，其中每一個焦點都隱括著其他兩個焦點，我們可以在「過去」之中找到「現在」與「將來」，可以在「現在」之中找到「過去」與「將來」，也可以在「將來」之中找到「過去」與「現

---

[1] 海德格（Martin Heidegger）：《存在與時間》（Being and Time，陳嘉映、王慶節譯，臺北：唐山出版社，1989），頁402及540。

在」。由此海德格提出存在有三種方式，即「一般」方式（Odinary mode）[2]、「非本真」方式（Inauthentic mode，或譯不屬己、非本己）、與「本真」方式（authentic mode，或譯屬己、本己）[3]：

（1）人存在的「一般」方式：乃一般老百姓在尚未為自己生命作任何抉擇與計畫前的生活形式。面對過去是無可檢擇的「事實性」，面對現在是忙於工作、安於佚名的「墮落性」，面對未來是不知會如何的「可能性」。

（2）人存在的「非本真」方式：自「一般」方式向下墜落，極端地懶散化、散漫化的生命型態。面對過去是忘卻現在也受過去影響、唯餘「遺忘」，面對現在是隨波逐流地「度日」，面對未來是被動地「等待」明日來臨。

（3）人存在的「本真」方式：自「一般」方式向上提昇、積極地朝向詩意地棲居的生命型態。面對過去是把握並接受它對現在和未來的影響的「重溫」，面對現在是把握每一剎那並做為未來之踏腳石的「遠見的剎那」（moment of vision），面對未來是主動地選擇並履行所選擇的「期待」。

日常生活中的一切都是轉瞬即逝的，而藝術則可說是一種保存甚至永恒化其中某時某刻的一個途徑。詩創作即是試圖通過特有的審美方式，把時間從日常生活中那種偶然的易消逝的狀態轉化為一種延續和永存，而達到上述海德格所謂人存在的「本真」方式，即便它可能只是一瞬間，卻是對日常生活最佳的擾動方式。海德格稱這種「由當下向過去與未來伸展的特徵方式」，為我們經驗中的

---

[2]　同上註，第31節，頁183。並參考關永中：《神話與時間》，頁184。

[3]　同上註，第65及68節，頁395-408。並參考關永中：《神話與時間》，頁186-187。

「綻放特徵」（the ecstatic character of our experience）[4]或「出離自身」[5]或「綻出」（ecstasis）[6]。這個「綻放」，高達美（H.G. Gadamer）稱為「絕對瞬間」[7]，有詩創作者稱為「瞬間的狂喜」（簡政珍），那是朝向本真生活的必要步驟：「寫詩前的心情猶如死，寫詩變成一種紓解，一種生。寫詩是對自我的一種交代，對自我心中縈繞不去的臉孔或情景但又深覺束手無策的一種平衡」、「詩使那一段日子以書寫的空間形態，在時間的流動中留下一個標記」[8]。高達美（H.G. Gadamer）說在那一刻常常是「忘卻自我地投入某個所注視的東西」、「完全不同於某個私有的狀態」，[9]而且最關鍵的獲得是「同時性」，是「在其表現中贏得了完全的現在性」、「像某種現在之事（不是作為當時之事）被經驗並被認真地接受」[10]。

　　如此當亦可明白上表中梅洛龐蒂所指出的：現在是過去的未來，亦是未來的過去，現在客體之所呈現包含著客體過去留存到現在的部分，而未來客體之所呈現亦包含著現在留存到未來的部分。知覺客體之時間的連續性，促使身體的視域中的視覺對象是過去、現在與未來所共同交織的意義世界。而他把空間情境化，視「空間性」是空間本身與身體主體所共構，可說是時間內在意識的延伸，是當下身體與知覺客體對象的「共存」（co-existence）[11]而形成的空間。因此他才會說：

---

[4]　羅伯索科羅斯基：《現象學十四講》，頁201。
[5]　同註33，頁402。
[6]　同上註，下方註解（2）。
[7]　高達美（H.G. Gadamer），洪漢鼎譯：《真理與方法》（上海：譯文出版社，2004），頁167。
[8]　簡政珍：《詩的瞬間的狂喜》，臺北：時報文化，1991年，頁25。
[9]　高達美（H.G. Gadamer）：《真理與方法》，頁164。
[10]　同上註，頁166。
[11]　梅洛龐蒂：《知覺現象學》，頁103。

每一個物體都是所有其他物體的鏡子，當我注視我的桌子上
的檯燈時，我不僅把在我的位置上可以看到的性質，而且也
把壁爐、牆壁、桌子能「看到」的性質給予檯燈，檯燈的背
面只不過是向壁爐「顯現」的正面。[12]

　　因此身體與知覺對象間的共存所招致的所有感知的空間性除了
可見的實質空間性外，亦包含著感覺、體驗、或所引發的想像的虛
擬空間性。現象學家梅洛龐蒂此種對身體知覺的重視，對詩藝術的
感知具重要意涵，將在文學的時空觀中再予論述。

　　分析古典詩詞和現代詩的表現方式頗多，童詩最常用「神韻」、
「意象」、「修辭」來闡述，今以詹冰的〈插秧〉詩為例：[13]

〈插秧〉　詹冰

水田是鏡子
照映著藍天
照映著白雲
照映著青山
照映著綠樹

農夫在插秧
插在綠樹上
插在青山上
插在白雲上
插在藍天上

　　〈插秧〉詩頗富盛名，分析這首詩的人極多，但多以神韻、
修辭、意象來闡述。依序的代表者是陳正治、杜淑貞、孫藝泉三
人。陳正治的《兒童詩寫作研究》常用神韻說來述說兒童詩表現手
法的情意，如「以形傳神」、「以神造形」說。[14]但在這首詩，陳

---

[12] 同上註，頁101。
[13] 詹冰等著：《小河唱歌》，（臺北：臺灣省教育廳--中華兒童叢書，1975.7），頁2。
[14] 「以形傳神」來分析林良的〈白鷺鷥〉，「以神造形」來分析林清泉的〈街上行〉。
　　參見陳正治：《兒童詩寫作研究》，頁222。

正治或因章節的安排，只舉例談詩的形式和內容合一之關係：他說：「這一首插秧詩，------每節像個長形方塊，看似整齊機械，其實詹先生設計均齊形卻是巧思。水田是方塊形的，秧是插在水田上的。」又說詩句就是秧苗：「詹先生的插秧詩，以整齊的方塊形式暗示水田，詩句就是秧苗。」[15]陳正治認為這首詩是「對稱形」，「在整齊中求變化，有一唱三歎的呼應效果。這是一種對稱美的形式。」[16]

杜淑貞是用修辭學方式來解析此詩。[17]她說此詩在形式上是「回文」兼「排比」；在內容上是「轉化」。她認為：

> 第一段景物有電影「運鏡」的效果，第二段景物倒轉過來，由綠樹寫起產生迴環情趣（杜淑貞，p660）。農夫插秧在綠樹之上，乃將水田中虛幻之映象，當作實物來聯想，是「擬虛為實」的「形象化」修辭法。造成了超常、誇張、跳出一般習慣的聯想，使想像新生。所以「形象化」的「擬虛為實」手法，才能夠飛揚詩的想像[18]。」

孫藝泉用的意象說是中國詩評家吳曉的多視角說法，用視角的轉化來說；[19]吳曉稱這種多視角的轉換為層遞的位移，詩人籍由水田的反射，原本單一的注視變多元的視角，由靜的視點轉變成動的視點。[20]

---

15 同上註，頁314。
16 同上註。
17 杜淑貞《兒童文學與現代修辭學》，頁248。
18 同上註。
19 孫藝泉：《童詩意象研究》，頁89-90。
20 吳曉：《意象符號與情感空間》，頁141-142。

第一段景物倒轉過來，就是第二段景物，而且由綠樹連接起來產生迴旋趣味。農夫插秧在綠樹之上，是將水田中虛幻之景象，當作實物來聯想，有如電腦裡的「虛擬實境」，此玩法跳出一般習慣的聯想，見人所不能見造成了誇張效果。

　　「水田是鏡子，照映著藍天白雲、青山綠樹」，是無詩意的大自然常態。加入了農夫這個會動的人物出現，乃有了插秧這個「某時某刻時間」的動作。這發現的趣味，喜悅的躍出，就是詩意最可貴的、瞬間因而綿延成永恆的詩意。這發現作者又傳給讀者，使我們也產生了閱讀的喜悅。

　　兩段詩有「廣闊天地」和「一農夫」的空間大小對比，也有農夫插秧在青山、綠樹上是時間的移動。所以，此詩是空間和時間隨著農夫的注視點，角度都在不斷的移動。

（一）他者的變化

　　第一段的空間「水田是鏡子，照映著藍天」，只是自然現象，沒有人物的介入。猶如王之渙〈登鸛鵲樓〉[21]「白日依山盡，黃河入海流」的無他者，加上「欲窮千里目」的人就產生變化，這就是加入了「他者」。這就猶如李白〈送孟浩然之廣陵〉句[22]「孤帆遠影碧山盡、猶見長江天際流」，「孤帆遠影」是他物，使得「碧山盡、長江流」有了主角；又如：「姑蘇城外寒山寺，夜半鐘聲到客船」的七絕中，「寒山寺、客船」是他物，使得「月落烏啼、江楓漁火」有了主角。

　　同樣的，「水田是鏡子，照映著藍天白雲、青山綠樹」，是

---

[21] 邱燮友註譯：《新編唐詩三百首》，（臺北：三民書局七版，1991.2），頁300。
[22] 同上註，頁358。

無詩意的大自然常態。加入了農夫這個「他者」，乃有了插秧這個某時某刻的「時間擾動」的動作，「插在青山、綠樹」等上面，則是作者而非農夫的發現，使上述擾動有了嶄新的視點，喜悅因而躍出，時間獲得綻放、瞬間因而綿延成永恆的詩意的趣味。而此處若無他者、他物的介入，這一瞬間不可能獲得，這是此短暫插秧時間之擾動，而使得平凡無奇的水田空間尋得了寶貴的生長芽，而得以自日常生活中「出離自身」或「綻出」，獲得前所未有的時空結合。本來他者的加入是一突兀，而「成為本真的是一種成為整體的潛能」[23]，詩人借「插在如鏡之田」而將農人加以「統合」，使此農人與水田、天地成為一整體，此時詩人也得以與之「整全」[24]，達到個人本真的存在感。

（二）短暫和永恆的變化

　　謹以唐詩「大漠孤煙直，長河落日圓」兩句來解釋。[25]「大漠孤煙直」的「孤」就像海德格說的「現有」，是一時一刻而非能恆久存在的，「孤」與「大漠」的關係就始終處在一種「進行的」、「過程的」關係之中，而非成為某種「結果」，於是乃有孤煙隨時會在移動的空間感會消逝的感受。而且在時間上是「現在式」的，「當下」的，[26]甚至是包含過去與未來的，始終還在行進的綿延不絕的時間之中。大漠是永恆、是常態，突然飄來的孤煙是動態、是短暫，非常貼近「現有」，貼近人。「孤煙直」的那「一瞬間」成

---

[23]　德穆．莫倫：《現象學導論》，頁311。
[24]　同上註。
[25]　王維：〈使至塞上〉整首詩為「單車欲問邊，屬國過居延。征蓬出漢塞，歸雁入胡天。大漠孤煙直，長河落日圓。蕭關逢候騎，都護在燕然」。邱燮友註譯：《新編唐詩三百首》。
[26]　王建元《現象詮釋學與中西雄渾觀》，頁154。

了改變「大漠」之恆定不變之命運關鍵，「直」既是實情（較少見）也是作者心境。同理，「長河落日圓」的「落日圓」之那「一瞬間」之恆定不變之命運關鍵，「圓」既是實情也是心境。抓取那「瞬間」所形成的「擾動」就成了詩人之「意向性」之所在。

臺灣水稻一年二至三穫，所以「水田是鏡子，照映著藍天白雲、青山綠樹」是常態、可說是恆定不變的。等到農夫來了，「插秧」這個動作就充滿了形成「擾動」之「瞬間」的「意向性」，「插在某某上」與「水田」的關係，就始終處在一種「進行的」、「過程的」關係之中，而非成為某種「結果」，於是乃有移動的空間感產生，這個「插」字就如同杜甫上舉二句詩中的「垂」字與「湧」字。而且在時間上也是「現在式」的，「當下」的，甚至是包含過去與未來的，始終還在行進的綿延不絕的時間之中。也就是說：水田一直照映著藍天，它是自然的現象，直到農夫的介入，這個介入就是親臨，親自體驗這活動，擾擾互動之後，水田的「過去」的空間改變了，「當下」的空間隨農夫的身影正不斷變化，「未來」空間也可期待會成長而富有了生命的現象。因為有農夫來可以對話，隱蔽的空間開顯了，如人的欲窮千里目，更上層樓，更上一層樓後，人隱蔽的空間開顯了。現象學談「我─能」（I Can）[27]，我「親臨」，農夫親臨水田，作了短暫改變，水田中被隱蔽的空間透過農夫短暫的參與而開顯了，水田的空間從此有了與之前完全不同的可能性。亦即農夫在時間上的當下擾動使水田的過去產生延續與未來產生變化，任何一代的讀詩者也因而可感受到上節所說：「在其表現中贏得了完全的現在性」，即是「由當下向過

---

[27] 笛卡兒是談「我─思」（I think），現象學是談「我─能」（I can）。參見羅伯索科羅斯基：《現象學十四講》，頁30-33。

去與未來伸展的特徵方式」。

（三）視點移動與時空深度

　　梅洛龐蒂（Maurice Merleau-Ponty，1908-1961）曾以現代繪畫之
父塞尚（Cezanne）的繪畫為例，說明藝術的力量，「對於存在著
的東西的表達是一種無限的任務」[28]、「眼睛實現了向心靈開啟非
心靈的東西，即諸事物的至福頭地、它們的神、太陽的奇蹟」[29]，
而且最重要的是，此種表達「雖然它是局部的卻又是完整的」[30]、
「藝術家推出其作品，就像一個人說出第一句話」[31]、「是新的經
驗、新的冒險，是對於程式化的、刻板的東西的超越」[32]、「為我
們引入陌生的經驗、引入永遠不屬於我們的那些觀點」[33]，在詩中
這些都須靠「時間性」和「意向性」來獲得。他認為塞尚的繪畫因
使用不同視點來同時呈現不同角度的靜物、風景、或蘋果，而使得
在不同時間借由身體移動所獲得之空間視點能統合於同一張圖畫
中，因而獲得了空間的深度，如此可把由單一視點造成隱蔽景物
（如蘋果的不同面）的空間予以同時呈現，亦即不可見的部分由於
「時間性」的同時掌握而能整全於一處，成為可見的，雖然仍「是
局部的」，卻又是「完整的」。而這些就像前節所述，在同時間靠
藝術家的「意向性」讓人在同一畫面看到正三角形的「等邊」和
「等角」乃至其面積等的多視點一樣，因此也呈現了此三角形統合
後的空間深度。

---

[28] 楊大春：《梅洛龐蒂》，頁81。
[29] 同上註，頁82。
[30] 同上註，頁85。
[31] 同上註，頁86。
[32] 同上註，頁89。
[33] 同上註，頁90。

詹冰的這首詩也是借視點不斷的移動，而呈現如「〉〈」的畫面，如由直式的詩來看，視點「由天而雲而山而樹」，之後是「由樹而山而雲而天」，而農夫就在二者之間加入造成時間的擾動，使得由遠而近才有機會成為由近而遠，因而造成「天、地、人」之間互動的關係。而讀者也必須隨詩句的時間移動而轉換其視點，再現如此的空間感和立體深度。我們跟著詩不斷的介入，水田的視點一會兒照映著雲，一會兒照映著山；這會兒插在雲裡，那會兒插在山裡。每一刻的閱讀都是當下的、「現時區域」（Field of Present）的[34]，農夫與水田的互動和我們與畫面的互動是一致的，在天地間隨著農夫空間和時間的視點的移動而在不斷的移動。

　　詩是活的，活的原因何在？即在視點的移動。如李白的〈登金陵鳳凰臺〉「鳳凰臺上鳳凰遊，凰去臺空江自流。」[35]因為鳳凰去了，樓臺空了，視點才移到江在自流；李商隱的〈錦瑟〉「滄海月明珠有淚，藍田日暖玉生煙。」[36]，視點由大海移到月明再移到小珠，美感都在時空的移動中完成。

（四）知覺的互動

　　現象學認為知覺是初感受，是感覺還未判斷時最初感受之物。這種初感受是兒童最熟悉的，他們喜歡用身體觸摸大地沙灘、去感受蟲魚水草，靠「親臨」，親自用身體體驗，不斷的感受、不斷的交錯。童詩就是如此，透過兒童的觀察、接觸才能真，也是海德格說的「本真」，人是要追求兒童一樣的本真。

---

[34] 參見王建元《現象詮釋學與中西雄渾觀》，頁154。
[35] 邱燮友註譯：《新編唐詩三百首》，頁265。
[36] 同上註，頁300。

詩中由於農夫的「插秧」動作之虛幻化而獲得鮮活感，像第一次被說出的話語，其知覺感受就是「非實用的」、「超功利的」，一如兒童第一次見到時一定不知那插秧的動作為何而作，其知覺一定不會認為秧不是插在青山藍天上。如此不帶功利的本真的知覺即是詩人必須極度重視和保有的。此詩就是讓我們回復到如兒童那樣非世俗的本真眼光去，即便是農夫，如能帶有這樣的本真的一瞬知覺，感受到那插秧的動作也可以是美的、非功利的，或許可抵得上幾日的辛勞也說不定。因此，詩的瞬間超世俗的知覺，即造成此詩握住了現在進行式，我的身體似乎是藉著農夫身體去親臨水田，我也感覺我在插秧，我投射到農夫身上，兩者合而為一，我把秧插在藍天白雲上。當然回到現實上，農夫也或許永遠只是在忙碌的工作、快速的幹活，他並沒有把秧插在藍天上的詩意感覺。

　　進一步說，知覺是可以互動的，並非人類才可看萬事萬物，萬事萬物也可看人類。所以並非只有我們看森林，森林也在看我們；並非我們看水田，水田也可以看農夫；藍天白雲也可以看水田，當然，水田也就有看藍天白雲的趣味；插秧也可插在綠樹上、青山上。這是梅洛龐蒂強調要與事物互動、纏繞而生可逆感，其與兒童本真的認為萬事萬物均帶有生命、隨時可與之對話、互動、永遠有著什麼關係存在其中，而當他感受到本真的感受與真實的世俗有差距和區別時，正是他走向「異化」、與自己分裂的開始。[37]而詩正是回復我們那種能力——避免被世俗和功利所完全異化的契機。

---

[37] 詹姆斯.施密特《梅洛龐蒂——現象學與結構主義之間》，頁107-108。

（五）冷和熱

　　原本自然界的水田照映著白雲青山，一切的溫度隨天地的變化而變化，但是變化不會大，像是「冷」的，直到現在做為他者的農夫進來，時空的畫面改變了；時空的畫面在流動，如釣竿的魚餌在慢慢等待被「咬」、水田灌滿了水，在慢慢等農夫來插，農夫的體溫的「熱」、「當下」進入水田中，天的光與地的熱和養分才有機會與水田產生互動、纏繞和交錯（即每一棵稻禾皆有農夫的汗水、體熱），稻田在慢慢等待秧苗的長大、長根、長葉、及長高，而稻子向長大擴張同時也「侵噬」了原有的天空青山的真實空間部分、和佔有「侵噬」了水田中原來倒影的畫面。如此農夫的「意向性」行為給予了水田從過去到未來變化的契機、以及詩人抓住此瞬間躍昇的契機。

　　這首詩明說稻秧插在土裡生根成禾、養育人口，生命的生長即是隱喻，（有「誰知盤中飧，粒粒皆辛苦」之意）現象學談「整合」、談「統合」，講萬物靜觀皆自得，這和中國哲學的「天人合一」思想很像，詩中求到的是「天地人和」，求到的是「天時地利」，這天時地利即時間（天時）和空間（地利）的統合，農夫的插入其中即是在天時地利中再加上了人和。農夫進來插入其間，彷彿水田的等待就為了農夫的插秧似的，以它的「冷」等待著農夫（人）、和天、和地的「熱」的共同參與。

　　總之，詩中詩意的流動，古代人愛用「虛、實」表示，西方人重「意、象」呈現，現代人用「時空」表示則含有更豐富的意涵。

　　用「時空」來解釋這首〈插秧〉，則可以看到「他者」、「他物」、「互動」、「關係」、「交錯」、「纏繞」等的可能。詩靠

水草、水（他物），和人（他者）的介入，使詩的時空產生交錯，像生命的再現和變化有了全新的面貌。

四、林良〈白鷺鷥〉詩的時空分析

　　現代人有以「神韻說」來談林良〈白鷺鷥〉的表現手法。陳正治在《兒童詩寫作研究》中說：兒童詩的情意以描繪「景物形象」來呈現「情意」[38]，他並引鹿國治先生的說法：「『以形傳神』對景物的細節作真實的描繪以形求神似，約略相當於王國維所說的『寫境』一類。詩人如實地再現生活，讓情感從這個真實生活的形象中透視出來，達到以形傳神，其形象的營造以造型性想像為主。」陳正治認為：「〈白鷺鷥〉這首詩，要表達大自然的景色秀麗。詩中沒有直接指出情意，而是間接透過兩幅白鷺鷥在青山下、綠水田上飛舞的畫面表現出來。這種寫景而寓情的寫法，也是以形傳神的間接表現手法。」[39]這種「以形傳神」的說法，在本質上是指涉時間的自然的具體意象，用西方的現象學正可探源此類的山水詩。[40]

　　林良的〈白鷺鷥〉一詩是童詩，卻無妨看作是山水詩。底下即對此詩做時空的分析，本詩是山水自然詩，前後兩段是以相近的迴複形式呈現，由於詩人處理此詩的時空相當特殊，因此有很大的討論空間。謹先舉林良〈白鷺鷥〉詩例如下：

---

[38] 馮中一等：《詩歌藝術教程》（山東：山東教育出版社，1990年）。
[39] 陳正治：《兒童詩寫作研究》，頁314。
[40] 王建元《現象詮釋學與中西雄渾觀》，頁149。

〈白鷺鷥〉　　　　　　　　　　　　　　　　　　　　　　　　林良

青青山下
綠綠水田
白白的鷺鷥
　　飛　低
　　　　低
　飛
　飛

青青山下
綠綠水田
白白的鷺鷥
飛
飛

現製作表格以時空來分析之。

表5-11　林良〈白鷺鷥〉詩的時空分析

時空架構	時空間差異	詩作品	時空處理	表達意圖
前段 有時 間有 空間	1句空間： 高度 2句空間： 平面 3句時空兼 具：點	1句：青青山下 2句：綠綠水田 3句：白白的鷺鷥 4句：　　　低 5句：　　　低 6句：　　　飛	1句青翠峰巒、 連綿疊嶂的高空 視野 2句平面空間視 野 3句視點再縮小 先是聚焦一隻或 三隻鳥平平的 飛，鳥他者出 現，有了生命、 生機。 4-6句時間是一 瞬間，白鷺鷥拉 出焦點，帶著視 點一直飛，空間 產生「擾動」。	3句由大 而 小， 青、綠色 下拉出一 白線，像 白粉筆細 細畫過一 片綠黑板 的中間。 4 句 和 〈插映〉 比，插映 時間是半 天 或 一 天。

時空架構	時空間差異	詩作品	時空處理	表達意圖
後段延續前段的時空	7、8、9句是鷺鷥繼續飛的空間不變 10-12句姿態騰起	7句：青青山下 8句：綠綠水田 9句：白白的鷺鷥 10句：　　飛 11句：飛 12句：　　　飛[41]	4-6句視點是平視、平順的平恆狀態，是順風的，也是壓抑的。 10-12句視點是有三次的跳動，表突破現狀，從原來空間更往上一層。	10-12句表達生命的騰起變化。變動要用力，在短促的飛行中看出永恆的變。

由此表可進一步探索下列幾點：

（一）超越和軀體動力

鷺鷥原本「低低飛」是平順的，當牠想要飛「高」的意念起動時（梅洛龐帝稱擾動）那一點即是「澄清」，意即把不安擺平。意念啟動需要軀體的動力、翅膀的運動；而那一點運動是短瞬時間裡大空間的變動，由低往高需要動能，才會提高變成位能。此短瞬的情況紛亂而起伏，但為達到另一個新的平衡實屬必要。末句「飛飛飛」即是對「低低飛」的「澄清」[42]的過程。澄清之後或是再飛高，或是低低飛皆有可能，留給讀者很多不確定和想像。

人似乎都是朝「負向」方位發展，充滿要逃離現場的氛圍。在科學上稱為負值（nagative）才會自然發生（spontaneously）或產生

---

[41] 林煥彰編：《童詩百首》，（臺北：爾雅出版社，1980年），頁25。

[42] 在「情況」中，我們必須憑藉一個「澄清原則」（Priciple of Sedimentation）從事具有創作性的「處理」或「瞭解」活動，面臨事物而加以說明。每一個「澄清」活動在「現時區域」（Field of Present）只是局部的完成，而每一個已「澄清」的又被置於幕後。作為以後同樣活動的依據。參見王建元《現象詮釋學與中西雄渾觀》，頁154。

驅動力，最終經一段時間而歸趨零值，由「不平衡」達至「暫時的平衡」；負值越大趨於平衡的零值所需時間就越長；驅動之力正是梅洛龐帝所謂的「負性」（nagativity）之必要，這是他在詮釋「情況」（即上述任一時空下的狀態）時一個極重要的基本特質。白鷺鷥對「低低飛」這穩定意念現狀產生不安，要脫離即需動力；此時由「低低飛」朝向「飛飛飛」的空間變化是由時間的擾動進行的，若非詩人「意向性地」去抓取那改變的「過程」（而非結果），則不可能感受到「時間性」的知覺。因此「低低飛」是現時性，「飛飛飛」是另一現時性，而之間的擾動又具有一段正在進行的蘊勢，其過程是由時間的過去、現在、與未來在青青山下與綠綠水田之間的一段「瞬間」中共同呈現的，既對比了恆定的山田與變化的鷺鷥的關係，也看出了動與不動、青綠與白、大面積與小面積、大空間與短時間等的對比與統合。亦即若無此「時間的擾動」，則詩人的「意向性」對此自然將只能放任其混沌而無所歸依。我們以王之渙的〈登鸛雀樓〉詩為例：[43]

> 白日依山盡→「盡」已是「無」→否定
> 黃河入海流→「入」又是「有」，卻是恆定不變的→長時間
> 　　　　肯定
> 欲窮千里目→「欲」是「新的有」，是「短時間對恆定時空
> 　　　　之擾動」
> 更上一層樓→參與的重要，是短時間擾動的確定和執著→短
> 　　　　瞬的肯定

---

[43] 邱燮友註譯：《新編唐詩三百首》，頁300。

前兩句的大動作是平日恆定的自然，若無後兩句加入「人」（以「目」代之）短時間的擾動，則大空間將仍混沌一片而無能被「意向出」一新的秩序。這就是正反合的辯證。前兩句皆是寫人的渺小，也是否定人之存在的「否定句」。到第三句「欲窮千里目」的關鍵詞「欲」字，就是一奮起的軀體動力，是對人的否定之否定，即此欲「在否定中獲得超越的肯定」，「欲」字表示不畏己身的渺小，是對「未知」好奇，是不想被他人他事壓死，是在探索自己。如果拿他人（比如宇宙天地）否定自己，就會把自身壓死。所以高達美重視在玩樂中肯定自己、很重視參與和遊戲性。他說：「事情具有最大的特性就是抓不到，抓不到是公開區最根本的特性。」[44]對此抓不到的好奇和探索（低低飛到飛飛飛的不確定性），就造成了時間的擾動和意向性的可能。

（二）知覺和行動的混合

　　梅露龐蒂的中心思想也說明知覺基本上受時間所支配和控制，通過一連串的實驗，梅氏發現當主體在其正常的方位感到被擾亂時，一個由行動或「軀體動力」所形成的知覺新準則就會自然的產生。所以，白鷺鷥理應經過短瞬的「盤整期」才展開向上「高」飛的擾動。起動高飛的念頭就是時間本身的可能性和期待，它藏在低低飛的那一刻但又不可確知卻可期待，這個白鷺鷥往上「高」飛的擾動是每一知覺行動中的可能，因此其瞬間的變化最具神祕性，詩人只能張眼等待，然後將其知覺與鷺鷥結合，鷺鷥的「飛飛飛」成了詩人的內心對下一瞬最期待的動作，也是自非本真的生命形態朝

---

[44] 余德慧：《詮釋心理現象學》，〈第六章仲介的世界〉，頁136。

向本真的期待，好像鷺鷥不再是為自己飛而是為了詩人才飛似的，於是整個畫面成了自然與人的視野與行動的混合。

（三）視覺移動是介入

前面第二節曾提及及時間性（Tempomlity）是一個整體，其中每一個焦點都隱括著其他兩個焦點，我們可以在「過去」之中找到「現在」與「將來」，可以在「現在」之中找到「過去」與「將來」，也可以在「將來」之中找到「過去」與「現在」。而「我們從未只有一個原子般的當下」、「每一個當下總是有個像是彗星尾巴」[45]。因此白鷺鷥＝主體＝時間的整體，牠在作自身的超越、分裂的活動。畫面鷺鷥伸延的飛是再往上高高飛或低低飛都有可能超越、分裂、和波動。

因此如上節討論詹冰詩作時，提到塞尚放棄單一視點，獨到地提出移動視點的新技法來指出身體的視點運動，它即是建立在知覺活動的基礎上所展開的場域（空間）。觀看並非靜止、固定在一點上，相反地，他處在一種運動中，因此塞尚放棄單一視點的表現方式而採取移動視點。但此視點又不可窮盡，以是白鷺鷥也只能瞬間進入青山與水田的範疇內與之作短暫的交錯。塞尚「移動視點」的表現方式，表達出我們所看到的空間之觀看真相，亦即人的時間性的出現在自然面前的真相，亦即此「過程」再現了人的命運，必得由自然之中的「低低低飛」朝向「飛飛飛」的過程，而不論結果將如何。是故，白鷺鷥的時間性＝人的時間性。

---

[45] 羅伯索科羅斯基（Robert Sokolowski）：《現象學十四講》（李維倫譯），頁201。

所以〈白鷺鷥〉詩中我們知覺到我們「變成」或「成為」那幾隻白鷺鷥，伏在牠身上隨牠飛高飛低，隨牠「出神忘我」，隨詩產生了愉快。梅洛龐蒂用塞尚的畫面來解釋，用不同視點來同時呈現，如塞尚畫的蘋果。林良的這首詩也是視點不斷的移動，空間和時間的視點都在不斷的移動。我們跟著詩不斷的「介入」。我們即是白鷺鷥（人＝白鷺鷥），心動是和鳥的互動一致，這種視覺的互動，如我們在親臨塞尚的畫，不會是只靠想像，不會有理念的干擾，而必也是身體的親臨。由是也可感知由「低低飛」到「飛飛飛」，不僅是白鷺鷥，也是人。

　　林良〈白鷺鷥〉出現在兩個版本裡，先選在1980年林煥彰編的《童詩百首》選本裡，「低低飛」直排、「飛飛飛」也直排；事隔九年，到1989年林武憲主編：《兒童文學詩歌選集》，其選錄的林良〈白鷺鷥〉，「低低飛」和「飛飛飛」也一樣是直排；再事隔六年後，陳正治所著《兒童詩寫作研究》也選此文作討論（1995年），而所引用的詩外形迥異於《童詩百首》、《兒童文學詩歌選集》，陳正治書由林良寫序，「低低飛」三字變橫排、「飛飛飛」三字也呈橫排，且有高飛再低下之勢，外形不同處正宜於大加討論，茲表列如下：

表5-12 林良〈白鷺鷥〉一詩之形式改變前後時空的比較

詩	詩作品	時空處理	表達意圖
原詩	青青山下 綠綠水田 白白的鷺鷥 低低飛。 青青山下 綠綠水田 白白的鷺鷥 飛飛飛	1.「低低飛」直排，空間較少變化，讀起來較快速，看不出空間位能的移動。 2.如李白的〈登金陵鳳凰臺〉「鳳凰臺上鳳凰遊，凰去臺空江自流。」因為鳳凰去了，樓臺空了，視點才移到江在自流。 3.「凰去樓空江自流」直排，讀起來看不出空間位能的改變。	如改成新詩的形式成 「凰去樓空 　　　　　　江 　　　　　　自 　　　　　　流」 空間較多變化，有大江緩緩東流的感覺。
修改後作品	青青山下 綠綠水田 白白的鷺鷥 　　　　低 　　　　低 　　　　飛 青青山下 綠綠水田 白白的鷺鷥 　　　　飛 　　飛 　　　飛	1.低 　低 　飛和 　　　　「飛 　　　飛 　　　　　飛」 讀起來較慢，飛的畫面是連續性的，如影片可以銜接的。 2.　　「飛 　　　飛 　　　　飛」 空間產生「擾動」，時間、空間的變化。 我們知覺到我們「變成」白鷺鷥，隨地飛高「出神忘我」。	「四維空間」即空間的三維性（長、寬、高）加上時間的一維性（時間的永恆流逝）。 舉例來說：美國超現實主義畫家馬賽爾·迪尚的〈下樓梯的裸體者〉，畫出了五、六個相互重疊的人形，展現了下樓梯人的連續動作，就是「四維空間」的表現。[46]

---

[46] 仇小屏《古典詩詞時空設計美學》，頁260。仇氏參考〈藝術與哲學〉，頁34-35。

由上面〈白鷺鷥〉一詩之形式改變前和改變後時空的比較可看出時空處理、表達意圖的不同。「飛飛飛」直排，讀起來看不出空間位能的改變，「飛飛飛」高飛橫排讀起來飛得較慢，空間較多變化，飛的畫面是連續性的，如影片可以銜接的，空間的三維性（長、寬、高）加上時間的一維性（時間的永恆流逝）成了「四維空間」；可見詩的時間性和意向性的重要，瞬時產生「擾動」、不安後，時間、空間的變化。

再言之，詩是可以比較兩詩的不同的，細細分析都可見出作者的巧思，今再比較兩詩在時空觀的變化，可以分析它們表現在「他者、短暫、親臨感、視點、軀體動力空間」的不同，和表現在「冷熱、虛實空間、詩意、動和靜」等相關論點的變化上，謹列表析言之：

表5-13、〈插秧〉和〈白鷺鷥〉二首詩時空變化的比較

兩詩主題比較	A詩：〈插秧〉	B詩：〈白鷺鷥〉	時空相異處
1.他者的變化	水田映著青山是自然的常態。加入了農夫這個「他者」，有了插秧這個動作，插在青山上面，他物的介入，就產生詩意的趣味。	青山、水田下，有一白鷺鷥的他者介入，他者在第一段即出現。詩意的趣味，即在兩段中他者的變化。	空間不同：〈白鷺鷥〉的「他者」在第一段即出現。〈插秧〉的「他者」在第二段才出現。

兩詩主題比較	A詩：〈插秧〉	B詩：〈白鷺鷥〉	時空相異處
2.短暫和永恆的變化	「水田映著青山」是永恆，「插在青山上」是短暫。	「青山綠水」是永恆，「鷺鷥低飛」是短暫。	時間不同： A詩：「青山綠水」是永恆， B詩：「水田映著青山」有季節性，較短暫。 A詩：「插在青山上」時間長達一兩天，B詩：鷺鷥飛過只是數秒鐘。
3.親臨感的變化	〈插秧〉讀者參與了農夫的插秧，在農夫身上看到插秧在藍天上，比〈白鷺鷥〉多一些親臨感。	〈白鷺鷥〉是讀者在欣賞景致，讀者可變成白鷺鷥和牠款款而飛讀者貼在鷺鷥身上低飛。	1.讀者參與了農夫彎身的插秧動作，和讀者貼在鷺鷥身上低飛的親臨不同。 2.鷺鷥和人的互動性不足、參與性有限，親臨感較少。
4.視點的移動	「插在青山上」視點不停止地移動來適應他對事務的遠視」。為了「一個飽和的視野」而「最終經一段時間由「不平衡」達至「暫時的平衡」	白鷺鷥對「低低飛」這穩定意念現狀產生不安，要脫離就要有動力。似乎都是朝「負向」方位發展，充滿要逃離現場的氛圍，產生驅動力。	兩詩皆將「空間的各單位時間化」 A詩：「插在青山藍天上」是多視角 B詩：白鷺鷥「低低飛」是單一視角，「飛飛飛」是另一視角

兩詩主題比較	A詩：〈插秧〉	B詩：〈白鷺鷥〉	時空相異處
5. 軀體動力空間的不同	「插」那一點即是「澄清」，是軀體動力，動力空間較小、較靜態。	原本「低低飛」是平順的，當牠想要飛「高」的那一點意念是瞬間大空間的變動，此即是「澄清」，把不安擺平的動力。	A詩：外人視之農夫「插」的瞬時動力空間較小、較靜態。 B詩：外人視之「低低飛」的瞬時動力空間較大、較動態。
6. 冷熱的不同	時空的畫面是慢的。在慢慢的流動，稻子在生長，在長根、在長葉。	鷺鷥的飛畫面較動態	A詩：畫面冷。是「萬物靜觀皆自得」狀。 B詩：畫面熱。畫面有翅膀舞動的動態
7. 虛實空間的不同	第一段是實景空間，第二段是虛景空間。	兩段皆為實景空間。	A詩：第二段虛空間是第一段實空間的延伸。 B詩：兩段皆為實空間，兩段內容完全一樣，只是稍微變動兩個字而已。
8. 詩意的不同	第一段較無詩意，字句較散化。	第一段有詩意，第二段更有詩意、變化，且有「鳳去樓空江自流」的況味（只無歷史感）。	A詩：第一段較無詩意，字句較散化。 B詩：兩段皆有詩意，它物我相映，讀來不慍不火、渾然天成。

兩詩主題比較	A詩：〈插秧〉	B詩：〈白鷺鷥〉	時空相異處
9. 動和靜的不同	先靜後動的時空，時空先穩定後不穩定，隨著農夫時空不斷擾動。	兩段的鷺鷥一直在動，時空也一直在往前動。〈白鷺鷥〉是葉維廉所說的「物我相泯」、「物我交感」。	A詩：先靜後動的時空，時空先穩定後不穩定。 B詩：兩段的鷺鷥一直在動，時空也一直在往前動。

四、結論

　　由以上顯示，筆者發現〈白鷺鷥〉、〈插秧〉兩詩時空變化的比較有九種不同的結果，綜合言之：

　　他者空間的變化：〈白鷺鷥〉的「他者」在第一段即出現，〈插秧〉的「他者」在第二段才出現。

　　短暫和永恆的變化：〈插秧〉的「青山綠水」是永恆，「水田映著青山」有季節性，較短暫，「插在青山上」時間只有一兩天；而〈白鷺鷥〉鷺鷥飛過更是只有數秒鐘。

　　親臨感的變化：〈插秧〉讀者參與了農夫的插秧，在農夫身上看到插秧在藍天上，比〈白鷺鷥〉多一些親臨感。

　　視點的移動：兩詩皆將「空間的各單位時間化」，〈插秧〉「插在青山藍天上」是多視角，〈白鷺鷥〉「低低飛」是單一視角，「飛飛飛」是另一視角。

　　軀體動力空間的不同：〈插秧〉外人視之農夫「插」的瞬時動力空間較小、較靜態，〈白鷺鷥〉外人視之「低低飛」的瞬時動力空間較大、較動態。

冷熱的不同：〈插秧〉畫面冷，是「萬物靜觀皆自得」狀；〈白鷺鷥〉畫面熱，畫面有翅膀舞動的動態。

虛實空間的不同：〈插秧〉第二段虛空間是第一段實空間的延伸，〈白鷺鷥〉兩段皆為實空間，兩段內容完全一樣，只是稍微變動兩個字而已。

詩意的不同：〈插秧〉第一段較無詩意，字句較散化。〈白鷺鷥〉兩段皆有詩意，且有物我相映、渾然天成之感。

動和靜的不同：〈插秧〉先靜後動的時空，時空先穩定後不穩定；〈白鷺鷥〉兩段的鷺鷥一直在動，時空也一直在往前動。

（本文見《臺灣詩學學刊》第七號，2006年5月。）

虛像與實像
——漢字詩創作與教學之研究

摘要

　　漢字的認知是華語文教學中最費時、費勁、最難、也是最複雜的，如何透過造字原則或非造字原則，以增進各式漢字詩的閱讀、創作、和遊戲等的認知，不但可引發學習漢字者的興趣或童心，在文字的教學中也可達到事半功倍的效果。本文即先就文字與思維的關係、文字本身可能引發的魅力和方向，探究擴張漢字的視域和增長認字的觸鬚之可能，次就如何透過造字原則或非造字原則，使漢字成為有趣的詩教學與文字教學結合的各種方式加以探究。末了則舉闡明筆者在此領域所做的教學實驗，以及漢字詩在華文教學上發展的可能。

關鍵詞：漢字詩、六書、圖象、童詩

一、引言

「漢字童詩」，又名「漢文字童詩」，利用漢字圖象特性和建築特性，將文字形、音、義作具象的象徵、排列、組合，達到圖形寫貌的作用，以利習字的詩。「漢字童詩」，在臺灣童詩界簡稱「漢字詩」或「文字詩」，「漢字詩」源於現代詩的圖象技巧，四〇年代的臺灣，由詹冰開始寫作「圖象詩」，經過五〇年代的提倡，形成一股風潮，臺灣童詩七〇年代－九〇年代的高度發達，「漢字詩」結合文字教學的需要，也應運而生。於今，在全球華語文學習熱潮下，臺灣「漢字童詩」的創作、研究和推廣，正可作華語文學習漢字能力的提昇。

中國字有別於拼音文字，它是形，音，義的組合，其最大特色是在「字形」。李白的「狂風吹古月」[1]，「古月」兩字字形左右合併則為「胡」字，暗寫胡地之悲涼；劉禹錫的「道是無晴，卻有晴」[2]，「無晴」實指「無情」，「晴、情」字音相同，這些字或是字形的趣味，或是字音、字義的趣味，都可說明中國字具有極大的延展性，是可做詩的文字。

先民造字，其最大特色就是「字形」，這種由「點、線」組成的象形文字是簡略的圖形符號，象形演進成符號是歷經五千年歷史

---

[1]　李白詩全集卷三（樂府三十七首）.「關山月，明月出天山。蒼茫雲海間，長風幾萬里，吹度玉門關，狂風吹古月，竊弄章華臺，北落明星動光彩，南征猛將如雲雷。」

[2]　劉禹錫，《竹枝詞》，《竹枝詞》是巴渝一帶的民間歌謠，劉禹錫在任夔州刺史時，依照這種歌謠的曲調寫了十數首歌詞，以本篇最為傳頌，全詩是「楊柳青青江水平，聞郎江上唱歌聲。東邊日出西邊雨，道是無晴卻有晴。」《唐.劉禹錫竹枝詞》。

慢慢走過來的。漢古文字歷經彩陶、商陶片、石鼓文、甲骨文、金文、籒文、大小篆等的演變，這些古籒[3]，提供我等做漢字詩絕佳的素材。同時，我們也要感謝有「隸變」（隸書是現在楷書的基本造型）；因為在漢字的發展演變中，由篆書到隸書的「隸變」是公認最大的一個變化，它使「漢字的圖畫性消失殆盡，而使其符號性大大增強」，而漢字詩的發想，剛好是要將字符號，還原成圖象，所幸的是「古文字的形象化的基本精神，在隸變以後的漢字中依然保持不變。更確切地說：隸變後漢字字形的形象性是古文字書風的一種傳承。」[4]

　　這就是說「隸定」後的圖象性，一直隱藏在字的血液之中，圖象的字元素一直都存在[5]，這「字素」成了它基本的組成分子；明乎此，創作漢字詩就要從文字六書結構著手、也要從畫古文字著手，而這些正好皆是漢字教學的基礎，才能使華語文教學紮實又有趣。根據筆者多年經驗，如能從文字結構著手，漢字教學定收事半功倍之效，如進一步把文字教學和童詩寫作做一結合，也有助於童詩創作、寫作教學、美術教育。再則，丁旭輝又認為：

> 除了具備「圖象基因」外，在隸定後成為方塊字形的漢字，又多了一種絕無僅有的「建築特性」，每個漢字都有如一塊方磚，可以自由堆疊，建築理想中的詩歌城堡。

所以，漢字要變成漢字詩，是「圖象基因」和「建築特性」這兩個

---

[3]　高景成，《中國的漢字》（臺北：谷風出版社，1987）16。
[4]　劉志基，《漢字文化綜論》（廣西：廣西教育出版社，1999）169。
[5]　丁旭輝，《臺灣現代詩圖象技巧研究》（春暉出版社，2000）10

的視域交融的結果，詩透過變形、拉長、縮小、擴大等不同手法，展開了創新、趣味。[6]

又，國內有關文字或圖象詩的名詞紛繁雜多，各立其所立，類漢字詩名詞亦複雜紛陳、便宜行事，故名詞釋義也相對不易，較難周全，筆者才學有限，僅試著詮釋於下：

（一）漢字詩

（一）漢字詩：又名「漢文字童詩」。利用漢字圖象特性和建築特性，將文字形、音、義作具象的象徵、排列、組合，達到圖形寫貌的作用，以利習字的詩。

（二）圖象詩：又稱具象詩，指的是利漢文字的圖象特性和建築特性，將文字加上排列，以達到圖形寫貌的作用，或藉此進行暗示、象徵的詩學活動的詩。[7]

（三）象形詩：象形字是圖形符號，畫出簡略圖形，而據此構成詩題所指稱的圖案的詩。

（四）會意詩：依字的「意義」，或聯想字意，所寫成之詩。

（五）字音詩：利用同音字、相似音的趣味而寫成之詩。

（二）類漢字詩

為了解釋分類方便，我們提出了一個新名詞——類漢字詩——用以指稱在非漢字詩中，援用漢字詩手法，製造出特殊效果的詩，如「音韻詩」、「數字詩」、「符號詩」——等非漢字詩。以下分成：

---

[6] 夏婉雲，《童詩的時空設計》（臺北：富春出版社，2007）60-63。
[7] 同上註1，圖象詩依丁旭輝所作之名詞釋義。

（一）符號詩：含天干地支和標點符號，依符號的外形發揮想像力寫成的詩。

（二）數字詩：依數字的外形而寫成的詩。

（三）文字兒歌：或文字歌謠，以兒歌、歌謠形式寫成，用以教幼兒、兒童朗誦、認識國字或注音符號的兒歌。

（四）數位詩：包括「新具體詩」、「多向詩」、「多媒體詩」、「互動詩」等，利用這最新科技，詩的表現可說變化萬千，特別是在圖象性上，更是神乎其技的加入聲光、音樂、影像、動畫[8]。

由於在華語文教學中漢字的認知是最費時、費勁、最難、也是最複雜的，如果透過造字原則或非造字原則，以各式文字遊戲似的認知，圖象或非圖象的方法引發學習漢字者的興趣或童心，則在文字的教學中將可達到事半功倍的效果，本文即先就文字與思維的關係、以及文字本身可引發的魅力和方向，擴張漢字的視域和增長認字的觸鬚，使之與詩結合，使漢字成為有趣的詩教學與文字教學結合的可能加以探究。[9]

二、漢字詩的思維

寫好漢字詩的美學論述甚多，需要以影象為憑藉、用遠離實際文字的間接思維，需要寄意託興於內化的時空，更需要遊戲中的自我表現，這樣才把握住藝術作品存在方式，以下分三點分述之：

---

[8] 須文蔚，《網路詩創的破與立》，《創世紀》117：（1998）：80-95。
[9] 林世仁，《文字森林海》（臺北：虫二閱讀文化有限公司，2004）。

（一）以影象為憑藉的間接思維

　　榮格（jung）對人類的貢獻除了集體潛意識外，另就是他注重「想像」（Phantasy）。他所謂想像是所想的幻景（Pnanyasm）與能想的心力（Imaginative Activity）。他以為人類的思想作用有兩種：一種名曰直接思維（Directed Thinking）；另一種名曰間接思維（Indirected Thinking），僅以表述之：[10]

思想	思維方式	思維定向	想法	作法	實例
直接思維	以言語為工具	定向思維	對於實際事物是想有以切近之	對於實際事物可以左右之	1.以數學公式來解決難題。 2.修鐘錶機件
間接思維	以影象憑藉	非定向思維	對於實際事物是遠離的；一廂情願的，向內而不向外的	對於實際事物只求主觀的自在；自發的，半自覺的，不負責任的，非理性	白日夢。窮人夢發財。

　　榮格以為想像是精神的內轉（Jntroversion）。所以在一二歲至三四歲的時候沒有想像，因為彼時精神力與所向的目的物如饑擇食合而為一，未曾分開。到了三四歲以後，兒童的想像力便漸漸增加，他稱此曰「外轉」（Extroversion）直至青春期，可說是最富於幻想的時期。過此以往，因為閱世漸深，理智便發達了，直接的思想多起來了，解決難題事愈多，對於客觀愈加尊重。[11]從事藝術創

---

[10]　丁天編著，《佛洛伊德心理分析》，（普天文庫，臺中：普天出版社，1969）58-59。
[11]　同上註。

作的人是屬於間接思維的後者，對於實際事物是遠離的，尤其是詩創作者，是向內而不向外的想像，是精神的內轉。因此認識文字時，若以實際制約式定向的文字本身與圖象（影像）非定向的思維方式，同時並進，將大大有益於漢字的學習。

（二）文字內化的威力

　　確實，文字本身是有魔力的，如何在華文教學時釋放此項魔力，是教學者必須認真思考的。赫曼・赫塞（Hersize）也發現文字本身內在的威力和魔力，影響了作者，自然也影響了讀者，他說：[12]

> 抒情詩人除了盡力表達自己的思想與感情外，他在寫詩的時候，文字對他產生極大的影響力，文字本身具有的魔力、音韻以及圖畫性，深深地影響了作者，不僅有助於他的寫作，同時也誘使他脫離原本很清晰的計畫。

因為作者的工具——文字——很特別，它不僅僅是死的工具，字有形、音、義，他說：

> 文字也是創造的力量，雖不比作者理性，卻比他更具威力。當作者寫下了一個字，以為這個字僅僅表達了某一個有限的、主觀的意思，殊不知這個字引起一串音響的、視覺的、情緒的聯想，這些聯想將他帶往一個與本意完全不同的方向。

---

[12]　赫曼.赫塞，《赫塞語粹》（顧燕翎譯，臺北：金楓出版有限公司，1987）130。

這種精神的內轉，很難透過華文教學中「字」的單純認識完成，而必須積極地與其他行動結合。此處或可藉臺灣張曉風教授「消極式的時空」和「積極式的時空」來做說明，當作者或讀者由與現實歷程相關的「消極式的時空」進入借託臆想之「積極式的時空」，[13] 即由「消極式」「外現的時空」認知轉移到「積極式」可「內化的時空」，如此則可寄意託興於其所構成的時空場域中，透過時空存在之「過程」手法，[14]以達成感受上的時空移動或交融。如此文學常透過變形、拉長、縮小、擴大等不同手法，展現出創新性。[15]「字」的認知和記憶又何嘗不然，不同於一般「文字教學」而使用各式方法、不同角度切入同一文字的認知，其引發的效果和趣味將大為不同。

用詩教學切入文字教學即是可能的方式之一。因為詩是文學中最有延展性的，所以赫曼‧赫塞才會說：

> 詩不同於理性的文章，它的內容獨特，永遠不可能重複，而且也不能與作者的本意完全符合。這也就是我們為什麼在意識與潛意識中特別偏愛詩的原因。[16]

（三）親臨

以詩教學切入文字教學即是以人的精神與漢字產生互動，不僅字，人也等於展現了、釋放了能量和魅力。梅洛龐蒂（Maurice Merleau-

---

[13] 見張曉風：〈中國詩中時間與空間並峙的現象－乾坤萬裡眼，時序百年心〉一文，參見《古典文學》，11（臺北：學生書局.1990）68。

[14] 楊慶豐，〈詩歌藝術中「時空意識」之思考——以《離騷》為例〉，《文學前瞻第二期，2001年1月》，南華大學文學所研究生學刊。

[15] 夏婉雲，《童詩的時空設計》，（臺北：富春出版社，2007）60-63。

[16] 同註24。

Ponty，1908-1961）也對自我和藝術（漢字此時等於被藝術化）的表現，提出看法。梅洛龐蒂曾以現代繪畫之父塞尚（Cezanne）的繪畫為例，說明藝術的力量，「對於存在著的東西的表達是一種無限的任務」[17]、「眼睛實現了向心靈開啟非心靈的東西，即諸事物的至福頭地、它們的神、太陽的奇蹟」[18]，而且最重要的是，此種表達「雖然它是局部的卻又是完整的」[19]、「藝術家推出其作品，就像一個人說出第一句話」[20]、「是新的經驗、新的冒險，是對於程式化的、刻板的東西的超越」[21]、「為我們引入陌生的經驗、引入永遠不屬於我們的那些觀點」[22]。梅洛龐蒂強調要與事物互動、纏繞而生可逆感，其與兒童本真的認為萬事萬物均帶有生命、隨時可與之對話、互動、永遠有著什麼關係存在其中，而當他感受到本真的感受與真實的世俗有差距和區別時，正是他走向「異化」、與自己分裂的開始。[23]而漢字認知與詩結合，正是在認知中藉詩回復我們那種能力——避免被世俗和功利所完全異化的契機——不為認知而認知，不為記憶而記憶。

上述這三點論述，皆可用在漢字詩的探討上，這些論述可相互交融，我們同時知道：詮釋者理解作品也要和作者的視域融合，經過作品與詮釋者兩方面互相融合才開顯意義。離開詮釋者當時的處境，每首詩的意義是不可理解的，以漢字詩而言，尤需注意到兒童性，在華語文教學中漢字的認知是最難最複雜的，如果在文字的教

---

[17] 楊大春：《梅洛龐蒂》，（臺北：生智文化股份有限公司，2003）81。

[18] 同上註82。

[19] 同上註85。

[20] 同上註86。

[21] 同上註89。

[22] 同上註90。

[23] 詹姆斯.施密特，《梅洛龐蒂——現象學與結構主義之間》107-08。

學中以兒童的視域來親臨來迷上漢字，才是真實也是最具趣味的理解。[24]

「文字」的迷人加上「詩」的迷人，剛好形成漢字詩的魔力所在，作品向我們開顯了自己，我們要讀懂這多態的、多元的招喚，它呼喚我等來親臨。[25]

三、合乎六書原則的漢字詩

中國字是記錄語言的圖形符號，漢字詩即著眼於此而創，它是以文字作中心，將字做分析、組合、聯想而寫成詩，它可能與文字的造字原則相符，亦可能不符，今為討論方便，將它分為合乎六書原則和不合乎六書原則兩種。本節先討論合乎六書原則部分。

（一）字形詩：以「字的結構」來作詩

創作字的結構詩，即在藉詩來詮釋中國字的結構之美。舉凡合乎「象形」、「指事」、「會意」、「形聲」的六書原則所創之詩皆屬之。先民創字，內中蘊含智慧和文化，如「水，皿，囚」合成「溫」字，是拿器皿裝水給囚犯喝；又如「水、欠、皿」合成「盜」，是看到器皿口中就流下口水。今舉之成詩者：

> 奴隸的心情是怎樣？／寫寫看就知道／原來是怒。（林彥廷
> 竹大附小四年二班：〈怒〉）[26]

---

[24] 帕瑪（R.E Palmer），《詮釋學》，嚴平譯（臺北：桂冠圖書公司，1992）111-20。
[25] 同註35 107-108。
[26] 見培根寫作中心網站「2009年春季w4401班有趣的文字詩」，見http://ebacon.pixnet.net/blog，2010年3月20日。

「奴」字是形聲字，從「心」「奴」聲，依聲訓條例「形聲」必兼「會意」，奴婢、奴僕的心情是「怒」，這是寫寫看就知道的事。又比如象形字「父」字詩為例：「Ψ」手字；「、」火、炬也。「父」即為右手持火炬者，如〈父〉一詩：

> 爸爸是舉聖火的選手／他右手高高舉起／紅紅火把／帶領全家大小／往前跑汗流滿面／還是往前跑／爸，你手酸不酸？[27]

再舉會意字〈休〉字詩為例。「休」，人靠樹幹即是休憩之意：

> 累了的時候／我愛躺在木椅上／趴在木床上／我更愛斜靠樹幹／伸長了腿／壓低了帽／聽風在吹鳥在唱／我什麼也不想／什麼也不想[28]

如此詩與文字互動，內在與外在互補，認字即成了更有趣的學習。梅洛龐蒂曾以現代繪畫之父塞尚的繪畫為例，說：「眼睛實現了向心靈開啟非心靈的東西。」這非心靈的東西在孩童這裡，就是真實、自然，不費吹灰之力而來。

（二）字義詩：以「字的引申」來作詩

詩是最有想像空間的文字，所以在合乎六書原則所創之字之

---

[27] 夏婉雲《文字詩的悄悄話》（臺北：東穎出版社，1989年），頁20。
[28] 同上註，頁25。

後，把字「引申」開來，就易成詩。漢字詩作引申再聯想，如此詩的意象更佳。現以黃瑞琴先生的〈瓜〉詩來例證。

> 故事拖了好長好長／才得到一個圓滿的結果／莖蔓拖了好長好長／才排起一個圓圓的小絲瓜（黃瑞琴〈瓜〉）[29]

「莖蔓拖了好長」，「才排起一個小絲瓜」，正是象形字的「瓜」結構，也是「瓜」字「撥開層層藤葉／一顆小果果偷偷／藏在中間」的意思；開花後圓滿結了果，也是故事拖了好長才有個圓滿的結果，其「結果」同一，亦是媽媽懷孕一點點結的果一樣。所以把字「引申」開來，就易成詩。

「引申」字義中，「同文會意字」很可入詩，此字是一種字形很特殊的會意字，例如「多、出、晶、品、磊、森……」這些會意字，是由二個或三個相同的字所組成的一個新字，此字必會有新意，漢文字「引申」字詩，即著眼於此有趣現象所產生的詩，有些作法是完全合乎六書的，有些詩皆有引申意，或聯想意，所作之詩富含童趣。如二位學生的作品：

> 哈哈！／石頭也會玩騎馬打仗／真有趣呢！（海寶國小張繡譽：〈磊〉）[30]
> 一座森林只有三棵樹／為免太少了／讓我來多種幾棵／使森林更茂密（仙吉國小五年康博慧：〈森林〉）[31]

---

[29] 黃基博等：《兒童詩1.》洪建全兒童文學獎作品集，（臺北：書評書目，2000）39。
[30] 杜榮琛，《海寶的祕密──海寶國小兒童詩集》，（臺北：布穀鳥兒童詩學叢書，1982）10。
[31] 黃基博，《圖象詩》（屏東：屏東新園鄉仙吉國民小學出版，1984）11。

知覺是初感受，是感覺還未判斷時最初感受之物。這種初感受兒童最熟悉，兒童靠身體觸摸「鳥獸蟲魚、土地水草」，靠「親臨」用身體體驗，知覺不斷的感受、不斷的交錯，就是海德格說的「本真」，有了他者就產生互動、產生關係，這首童詩就是如此，透過兒童的觀察、接觸才能「真」，而成人也要還原追求兒童一樣的本真，我想是此二詩的延伸意義。

四、不合乎六書原則的漢字詩

合乎六書原則的詩，固然有助於了解字形和本義，而有些字它的外形特異，可以作一些奇想、聯想，現在提倡多元活潑的教學，因學生的天性是愛遊戲，他們喜愛字的遊戲，會作出創意無限的漢字詩。為了要先闡述「字形的虛像」觀點，合乎六書原則的詩容後再敘，先言不合乎六書原則的詩，此種詩分「依拆字、依外形」二類述之，而產生技巧分「字的奇想、字的排列」二種方式分述之：

（一）輪廓詩：依外形而自行演創的詩

依字外形而創的詩，其特點在於字的形狀輪廓變化極大，適合由此自創衍伸。因漢字是圖象性與建築性結合的符號，而隸變使漢字的圖畫性消失，而使符號性增強，漢字詩的發想，剛好要將字符號，還原成圖象。而「圖形」可有各式各樣的解釋，以下舉筆者的詩，譬如：[32]「士」字外形，可以還原成圖形，想成（：「打仗

---

[32] 夏婉雲，《坐在雲端的鵝——兒童文字詩創作集》，（臺北：富春文化事業有限公司，1994）。頁 20-50。

的『盾』牌、作竹竿子的『挺』、朝廷辦事的『士』大夫、紙飛
機上衝的『士』的樣子——等各種意義。」故「士」字詩可寫成
「盾、挺、士大夫、飛機上衝、下俯的樣子」。各種想像的意思，
如圖一：

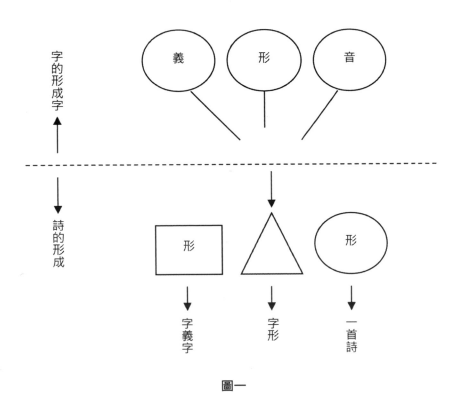

圖一

而文字不只是單純的圖形字形，它還含有特定的「字音」（先有語
音，才再造文字），並透過「音」的傳達，使人理解它還表示特定
的「義」，這樣就定格成一個特別的字。所以「士」音ㄕˋ，就只
有一個帝王將士的「士」、士人的意思了，別的「盾」牌、作竹竿

的「挺」、紙飛機上衝的「士」意思都不能成立。這是字的形成，是「形」要加「音」、「義」定格成一個「字」。而如果是詩的形成就正好相反，要把字形還原成各式各樣的圖形來說明、來想像。僅以筆者所寫〈士和干〉這首詩來舉例：

> 荷花池的上空／陽光燦爛／小小一群飛機／在作特技表演／輕巧伸出透明薄翼／以驚人的技術／低空飛行／有時去校閱／一張張荷葉的大圓盤／有時清點一下／一盅盅荷花的小紅澡盆／有時數一數／一根根搖擺青綠石柱／一下／「士」──勇敢的上升／一下／「干」──快速的下降／衝上衝下／別人提心吊膽／牠卻輕鬆自在／荷花池的綠色波浪上／蜻蜓是飛行的小勇士[33]

這首詩要我們仔細地再看一下「士」和「干」兩個字的形狀。「士」字本意是「十」和「一」合成的字，「從一而終於十，聞一知十」就是士，本義做「事」解釋是指「能任事、做事的人」。筆者在末句才點出小飛機到底是什麼，如再重新把「士」「干」兩字仔細觀看，發現「字」也可寫在詩裡，會覺得有趣才是。

（二）拆字詩：依「拆字」而創的詩

不合乎六書原則的詩，第二分類是依拆字而創的詩，依字的拆解而創的舉二例說明。如屏東縣仙吉國小的黃基博老師指導學生創作了詩與漢字詩見《仙吉國小圖象詩》一書，（1984年），六年級

---

[33] 夏婉雲，《坐在雲端的鵝──兒童文字詩創作集》，（臺北：富春文化事業有限公司，1994）。116。

的蔡佳燕小朋友所作的〈湖〉詩：

水很平靜／映著一個／古老的月亮[34]

「湖」字原為「形聲字」從「水」、「胡」聲，作者故意將其拆為「水，古，月」三字，而做成〈湖〉字詩。兒童把自己化為湖水，才能体悟出月亮非常古老，兒童本真的認為萬事萬物均帶有生命、隨時可與之對話、互動，他們認為永遠有著什麼關係存在其中，這是兒童特有的本真，[35]大人要「戮力以行」才學得來。現象學家梅洛龐蒂非常讚嘆兒童的本真天性；而且作者也要心緒平靜，才能將心比心，體會出湖水的平靜。另一例是苗栗縣海寶國小吳政雄小朋友也作了一首拆字詩〈出〉：

你看！你看！／山的背上也有一座山／是不是山媽媽背著她的兒子／想摘天上的星星呀！[36]

「出」字的本義是「草初生冒出之形」，和「大山背小山」相去甚遠，古詩中「山上後有山」句，和此詩意同，真是今詩、古詩相輝映，成人、孩童相交融。「山上後有山」是常見的層巒疊嶂之景，孩童以切身經驗卻能想到「山媽媽背著她的兒子」。

梅洛龐蒂說：「藝術家推出其作品，就像一個人說出第一句話」[37]、「是新的經驗、新的冒險，是對於程式化的、刻板的東西

---

[34] 杜榮琛，《海寶的祕密——海寶國小兒童童詩集》頁15。
[35] 楊大春，《梅洛龐蒂》（臺北：生智文化股份有限公司，2003）頁81。
[36] 杜榮琛，《海寶的祕密——海寶國小兒童童詩集》頁18。
[37] 同上註，頁86。

的超越」[38]，「山上後有山」是常見之景，孩童卻能想到「山媽媽背著她的兒子」，這是刻板的東西的超越。孩童接下來能想到「想摘天上的星星」，也是「為我們引入陌生的經驗、引入永遠不屬於我們的那些觀點」[39]，這陌生的經驗，永遠不屬於我們的觀點，只有「內化」、「純淨」心靈才有的觀點，就是前述赫曼・赫塞說的：「這也就是我們為什麼在意識與潛意識中特別偏愛詩的原因。」[40]

（三）玄想詩：跳脫字義、依字的奇想

不合乎六書原則所生之詩，其技巧依字的玄想和字的排列二點而詳言之。字的形成，是「形」要加「音」、「義」定格成一個「字」。而如果是詩的形成就正好相反，要把字形還原成各式各樣的圖形來說明、來想像。本文前言曾言述及「漢字詩的發想，是要將字符號還原成圖象」，我們不考慮字的「音、義」，只考慮字的「形」，將字還原成「圖形」；把字符號玄想成各式各樣的圖形；「字形的虛像」即構成詩，形成「焦點」。今舉「絲」字圖來說明：

---

[38] 同上註，頁89。
[39] 同上註，頁90。
[40] 同註23。

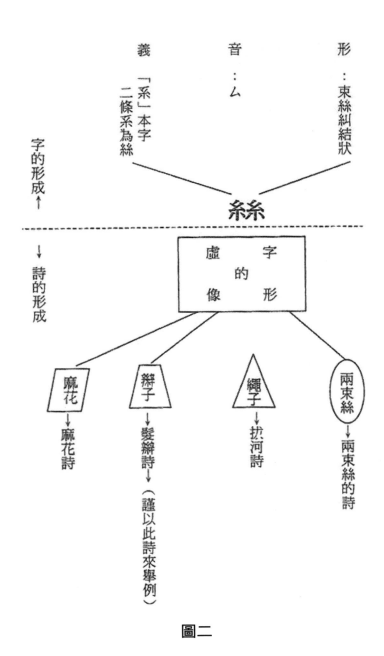

形：束絲糾結狀

音：ㄙ

義：「系」本字
　　二條系為絲

字的形成 ↑

絲

↓ 詩的形成

字的形
虛的像

麻花 → 麻花詩

辮子 → 髮辮詩 →（謹以此詩來舉例）

繩子 → 拔河詩

兩束絲 → 兩束絲的詩

圖二

由圖可見字的形成，是「形」要加「音」、「義」定格成一個「字」。而如果是詩的形成就正好相反，要把字形還原成各式各樣的圖形來說明、來想像。字「圖形」，可有各式各樣的解釋，譬如：「絲」字外形，可以還原成圖形，想成；「兩束絲」、「辮子」、「麻花」的──等各種意義。；故「絲」字詩可由「繩子」進而想成「拔河繩」詩，「麻花髮辮」想成小六畢業要剪髮，更進而想成童年結束，形成一首詩。以下舉筆者「絲」字寫成的〈辮子〉詩例舉如下：

> 兩條烏溜溜的辮子／垂在我背後／不注意時／小虎拿它寫書法／大頭綁過鞭炮、吊過壁虎／害我高聲叫嚷／大毛把它綑在椅背上／喊起立時／突然背它一起站／／嘻嘻哈哈的童年／唱過驪歌之後就剪斷了／剪成兩條黑緞／用盒子悄悄收藏／在我開盒把玩的那當兒／這些惡作劇塗了蜜／像輕煙／一縷縷／飄出來[41]

日常生活中的一切都是轉瞬即逝的，而藝術和詩創作即是試圖通過特有的審美方式，把時間從日常易消逝的狀態轉化為一種延續和永存，而達到人存在的「本真」方式，即便它可能只是一瞬間。海德格稱這種「由當下向過去與未來伸展的特徵方式」，為我們經驗中的「綻放特徵」。[42]而回憶、夢想與幻想的書寫正可以綻放絕對瞬間的狂喜[43]。上述『辮子』的擾動有了嶄新的視點，喜悅因而躍

---

[41] 夏婉雲《坐在雲端的鵝──兒童文字詩創作集》，頁89。

[42] 羅伯索科羅斯基（Robert Sokolowski）：《現象學十四講》（李維倫譯），頁201。

[43] 高達美（H.G. Gadamer，另譯為迦達默爾）：《真理與方法》（洪漢鼎譯，上海：譯文出版社，2004），頁167。

出，時間獲得綻放、瞬間因而綿延成永恆的詩意的趣味。

　　不合乎六書原則，依字的玄想所創之詩，有別於字的「輪廓」、「外形」、「拆字」、它是完全跳脫字義，而做的胡思亂想。根據「字形虛像化」後，字形的圖形符號就有了生命，可以聯想成許多的意思，此是漢字象形文字最大的特點；而西方的「表音」文字只具備「音」和「義」二要素，未具「形」的要素，這是和象形文字最大的相異點。

　　如木柵國小學生作的〈回〉字詩：

　　小英家房子很小／院子卻很大／她天天吵著／要改建房子
　　（木柵國小四年級黃以倫：〈回〉）[44]

本詩是將「回」裡面的小口當作房子，外面的口當作院子。「字的奇想」既然可以有各種不同的意思，所寫之漢字童詩就有各種層面，發展的空間自然廣大。兒童是天生的詩人，本文第貳章赫曼‧赫塞曾說：「詩不同於理性的文章，它的內容獨特，永遠不可能重複。」這也就是為什麼我們特別偏愛詩的原因吧！除了單字可做「字的奇想」，比較幾個相似字所造成的「字的奇想」，更有教學性、文學性。如馮輝岳有名的〈三位怪先生〉，是「都、陪、鄰」三字互比；臺北縣莒光國小官文惠小朋友的〈二位怪先生〉，是比較「乒、乓、兵」三字所做之詩，列如下：

　　「乒先生」不喜歡把腳伸到右邊／「乓先生」不喜歡把腳伸

────────────

[44] 筆者學生現場練習作品，未發表。

到左邊／他們倆走起路來／總是乒乒乓乓／乒乒乓乓／「乒
先生」就對「乓先生」說／我們兩人合作／於是／就變成了
勇敢的「兵先生」（二位怪先生 官文惠小朋友）[45]

許多相關字皆可寫成詩，如「上和下」、「比和北」、「恕和
怒」。……以增加孩童對字形的辨別。

　　用字來作玄想詩，或依字的外形來作詩，此都適合找「同文
會意」的字來寫，像上述的「絲」字。所謂「同文會意」字是指會
合二個或二個以上形體相同文字以見其命意的字屬之。如「林、
森、品、出、磊、晶、炎、……」等形體各部分相同之字類。又如
「士」字字形像孩童的「飛機」，而且是上衝的飛機，「干」字的
字形可以想成下衝的飛機皆極為有趣。另外如「只」外形像「電視
機、電插頭、女孩頭」、「勿」像一把扁梳子「立、辛」像人帶帽
之形……皆可做輪廓的外形想像。因為此是字形輪廓虛像化後具體
的呈現，蓋「虛象」的東西予以實像化則易於著手，有如抽象畫
讓人能深入的作各種聯想及思考，而「實象畫」的腦部創思空間就
較窄。

（四）圖象詩：依字的圖象排列

　　誠如現代詩一樣，漢字詩的外表也有人做圖象技巧的表現，
而有些學者認為童詩頗適合用圖象詩表現。[46]「字的排列」詩是指
「圖象詩」。圖象詩最早臺灣詩論家林東山說：「凡是一首詩，部

---

[45] 參見「童詩創作版」，見http://dyna.hcc.edu.tw/dyna/discuss/index.php?account=hs2633，
2009年3月21日。
[46] 此是以丁旭輝為代表。

分或整首，以詩行的排列展示圖象的，都可以稱為圖象詩。」[47]大陸詩論家呂進說：「圖象詩的特點，是訴諸讀者的視覺，詩人以文字排列摹仿各種事物的外形，企圖以詩讓『那件事的本身站在那兒向你逼視』。」[48]爾近「圖象詩」總整理的學者丁旭輝則下定義為：「圖象詩指的是用漢字的圖象基因和建築特性，將文字加以排列，以達到圖形寫貌的作用，或藉此進行暗示、象徵詩學活動的詩。」[49]

　　圖象特性，前已闡述，建築特性即作者在創作詩時，也同時注意到這首詩的排列，它的奇特處在句子的排列型式，恰好構成一幅詩主題所欲指謂的圖案，因而增加讀者視覺的趣味性和奇特性。臺灣詩人最早應用詩的圖象寫童詩的是詹益川（詹冰）先生，請看他民國64年獲得第二屆洪建全兒童文學獎兒童詩佳作獎的〈山路上的螞蟻〉作品：

　　　　螞蟻螞蟻螞蟻螞蟻螞蟻螞蟻
　　　　蝗蟲的大腿
　　　　螞蟻螞蟻螞蟻螞蟻螞蟻螞蟻

　　　　螞蟻螞蟻螞蟻螞蟻螞蟻螞蟻
　　　　蜻蜓的眼睛
　　　　螞蟻螞蟻螞蟻螞蟻螞蟻螞蟻

[47]　林東山《現代詩形式初探》P37-129花蓮：作者自印，1985年。
[48]　呂進《中國現代詩學》重慶：重慶出版社，1991年。
[49]　丁旭輝：《臺灣現代詩圖象技巧研究》，高雄：春暉出版社，2000年12月，P1。

螞蟻螞蟻螞蟻螞蟻螞蟻螞蟻

蝴蝶的翅膀

螞蟻螞蟻螞蟻螞蟻螞蟻螞蟻[50]

詹先生這首圖象詩，採用寓情於景法的表現技巧，把有關的意象，
應用文字排成圖象，讓讀者自行體會詩中的主題。「山路上」二排
螞蟻之間，抬著的東西何其多，有蝗蟲的大腿、蜻蜓的眼睛、蝴蝶
的翅膀──等；二排工蟻在工作，一個個「螞蟻字」排列即代表諸
多的動物「螞蟻」在排班工作。這種詩，需要讀者發揮想像力，把
有關的意象會合，才能悟出其中的無限趣味。

　　林東山先生將圖象詩分為：象形詩、圖形詩、會意詩三類，筆
者為恐讀者混淆，不擬將其細分。筆者認為詩的正確走向應是以內
容取勝，形式如能和內容緊密接合，達到視覺上的特殊效果，這是
圖象詩當追求的，但不可本末倒置，捨詩意就形式。

五、類漢字詩的創作

　　有些漢字詩不宜歸為「合乎造字原則」的詩，也不宜歸為「不
合乎造字原則的詩」，我們歸放於此，為了解釋分類方便，並提出
了一個新名詩──類漢字詩──用以指稱在非漢字中，援用上述漢
字詩作法，製造出特殊效果的詩，如「音韻詩」、「數字詩」、
「符號詩」──等非漢字詩。以下分成：

---

[50]　黃基博等：《兒童詩1.》洪建全兒童文學獎作品第一、二屆合集，（臺北：書評書
　　　目，2000年12月，P204。亦在單本《蝴蝶飛舞》29頁

（一）數字詩

依數字（如「1」到「10」）的外形或字形而寫成的詩，稱之為「數字詩」（有許多「數字兒歌詩」、「數字童謠詩」也寫成這類）。下面這首劉正盛寫的童詩〈豆藤寫字〉，即是一首數字詩：

> 豆藤會寫像鴨蛋的0／會寫像鉛筆的1／會寫像小鵝的2／會寫像杯子把兒的3／會寫像船帆的4／會寫像秤鉤的5／會寫像哨子的6／會寫像拐杖的7／兩個0連這在一塊兒是8／6倒過來看是9。蝴蝶知道豆藤會寫字／忙著到處去傳佈／這好消息／太陽看了笑嘻嘻／風兒過來一念／把數字灑了滿地[51]

劉正盛先想好「3像杯子把兒的，4像船帆，5像秤鉤——」再以「豆藤會寫字」串連起來，末了靠蝴蝶知道了這事，忙著到處去傳佈這好消息。」其中含了充滿想像力的詩心，「太陽看了笑嘻嘻，風兒過來一念」讀來生動、有趣，「把數字灑了滿地」，也是匠心獨俱。

（二）符號詩

符號詩是依符號的外形像什麼而發揮想像寫成的詩，這其中包含標點符號詩。比如「，」，「。」、「？」、「！」等，因與文字的行文與語氣有關，也是華文教學中極為重要的部分，比如下列仙吉國小五年級謝青容寫「，」的〈逗號〉一詩：

---

[51] 參見劉正盛：《豆藤會寫字》（彰化縣作家作品集，彰化縣：彰化縣政府出版。1994年），頁53。

我的簿子和課本／好像小池塘／有許許多多可愛的小蝌蚪／
在游泳[52]

（三）音韻詩

　　漢字的特質是每字單音，同音字很多，據臺灣教育部國語會統
計在三萬個常用字中，同音字佔百分之七，同音字多，相似音就更
多，如「第、的、弟、帝」皆同音，可造字音詩。今舉今舉謝武影
「大家來唱ㄅㄆㄇ」裡介紹〈ㄎ〉這個字：

> 柯伯伯／嗑瓜子兒／嗑、嗑、嗑！／咬開瓜子殼／柯伯伯／
> 嗑瓜子兒／嗑、嗑、嗑！／越嗑越口渴。[53]

在兒歌，童謠中更適合用「音韻詩」來表現，藉兒歌、童謠可讓初
學字的兒童，認識中國字的聲韻，感覺到音韻的節奏美，如謝武彰
的「大家來唱ㄅㄆㄇ」、林武憲的「我愛ㄅㄆㄇ」以及中華兒童叢
書為低年級所寫之書。此兒歌塑造一個趣事，同時表現了字音的變
化，「嗑瓜子」是幼兒就有的經驗，有「嗑、嗑、嗑」的聲音表現
更增情趣，而「柯、殼、渴、嗑」剛好把「ㄎ」的四聲都包括在
內。此將「柯、殼、渴、嗑」作個字音辨則、字形辨別，可以提醒
國小學生不再寫錯別字，此類字音詩頗值得經營。有了字音詩的寓
教於樂，可避免枯燥的學習，學生在有趣味的詩中，學習字音，分
辨字音，字形的相異，所以「音韻詩」，有教學上的功能，所要追
求的目標是詩味濃、趣味高，值得我們開發；國內，除童歌、童謠

---

[52] 黃基博《圖象詩》（屏東：屏東新園鄉仙吉國民小學出版，1984年），頁30。
[53] 謝武彰：《大家來唱ㄅㄆㄇ》（臺北：親親文化事業有限公司，1981年），頁26。

外，在兒童詩方面甚少有人從事字音的創作，實有待努力。

（四）文字兒歌

學認字是幼兒的一項語文活動，文字兒歌有一主要功能是「寫成兒歌的形式來教兒童認識國字」，謹以陳正治兒歌〈林〉及〈明〉為例：

> 左邊一棵樹，／右邊一棵樹，／兩樹在一起，／你猜什麼字？（〈林〉）[54]
> 奇怪奇怪真奇怪／太陽月亮在一起（〈明〉）[55]

用猜謎的方式寫的文字兒歌，既有猜謎的樂趣又能認識國字。

（五）文字數位詩

文字電腦數位詩包括「新具體詩」、「多向詩」、「多媒體詩」、「互動詩」、「造景」等，利用這最新科技，詩的表現可說變化萬千，特別是在圖象性上，更是神乎其技。在這個資訊飛達的時代，文字可以數位化，文字網頁可以玩出各種文字趣味來。[56]

如字與字的組合成另一個字，或一字或字組的飛入，跳出騎在另一字或字群的上面、下面、左邊、右邊，或慢飛或快入，將文字遊戲動畫用有聲配樂來做多樣化、數位化的呈現，都能造成學習的趣味，極待程式設計人員和語文學家、教師、電腦玩家來合力完

---

[54] 陳正治：《猜謎識字》，（臺北：國語日報出版，2000年），頁18。
[55] 同上注，頁10。
[56] （須文蔚：1998，80-95），臺灣較出名的Fresh網站是詩人卡羅米索（蘇紹連）、白靈。

成，官方中央研究院有數位文字學習網、教育部科技中心、故宮皆投入大量心血。

比如透過網頁可以做成動畫效果：如：動畫中一匹馬先跑出來，一位小朋友再騎上去。動畫走完以後再換成「馬」字從甲骨文→篆→隸書→楷書如此演變的走出來，一個「人」字再騎上去慢走出來。如此在漢字教學上將可與現代科技同步，比如臺灣蘇紹連、白靈的數位詩有不少這樣的實驗作品。[57]

六、漢字詩的教學實驗

（一）如何教字謎

準備階段：研究對象選擇四年級一個班級作一學期的教學實驗。實驗組教學流程為：第一階段：做字謎教學；第二階段：文字畫教學；第三階段：文字六書教學。

漢字要變成漢文字詩，是「圖象基因」和「建築特性」這兩個的視域交融的結果，詩透過變形、拉長、縮小、擴大等不同手法，展開了創新、趣味。做成字謎似乎比諸歐美字謎高雅風趣。比如小學生最喜歡猜謎，尤其是「一字謎」，謎底僅為一字，字謎單純，衹要將謎面的意思判斷明白，知其含意是屬「會意、象形、組合、增損、析字……」那一種，依此而推求，則不難迎刀而解，是最簡明有趣的一謎語。這種出謎題的技巧有那些種類呢？大體言之，適

---

[57] 參見臺灣蘇紹連「現代詩島嶼」網站http://www.sces.chc.edu.tw/portfolio/93/%E9%99%B3%E9%BA%97%E5%8D%89%E6%95%99%E5%AD%B8%E6%AA%94%E6%A1%88/%E7%B6%B2%E9%A0%81/milo/milo/milo-index.html，及白靈「象天堂」網站http://www.ntut.edu.tw/~thchuang/e/index.htm，均有甚多以漢字做成的數位詩，如白靈的「象」字及「馬」字的變形，打入站名即可進入。

合小學生的有：

  （一）會意類：由謎面而聯想出謎底，會其意。如：十五天→
      「胖」字（半月）。

  （二）象形類：由「字」象形「物」如：帶眼睛的人→「火」
      字（「兩點」象形「眼鏡」）

  （三）形似類：字形相似的兩字。如：反「比」→「北」字又
      如犬腿跛→「尢」字。

  （四）析字類：字的解體。如：隱居的人→「仙」字（山
      人）。

  （五）增減類：字的加減筆劃。如：天字少一橫、犬字沒有
      點、本字沒有十→「大」字。

  （六）組合類：字的重新組合。如：一口咬掉牛尾也→「告」
      字。大人帶十四個小孩子→「傘」字。

  字謎始則由師出謎題，第二步則由老師解釋出謎題的技巧，點
燃其猜謎興趣；學生熟稔後，第三步則由學生自己出題，請同學互
猜，教師只要在旁指導，妙趣橫處在此，每一課的漢字皆可做成字
謎，增加教學趣味。

  至於，如何從字謎入徑到的漢字詩？漢字詩可在字謎中找題
材，將學生所造想像力特別豐富的字謎，指導學生改寫成漢字詩，
只要有創意，音韻合計，字數多寡不拘。

（二）如何教文字畫

  中國字有圖畫的美感，前臺中師院半僧畫家呂佛庭，就把許多
有意思的字排列組合畫出優美的圖來，在國立歷史博物館展出。學
童的「一字畫」，雅趣天成，想像奇特，常超過大人想像，文字畫

妙趣橫生可配合美術課來畫字；也可在漢字教學時找出有趣的字來畫，如：

（一）有感情的字：如**怕**，**哭**、**笑**，**追**、**趕**，**跑**、**跳**，皆可表示表情。

（二）象形的字：動、植物、天文，自然，山川諸古文字字皆可。如：馬→**馬**，桑→**桑**

（三）富於想像的字：迴→**迴**

（四）猜謎的字：猜謎的意思，可畫出來，如：公→**㉿**

（五）合乎六書原則的字：經教師解釋，合於六書造字原則的字可畫成文字畫，如：看→**看**、閃→**閃**

其中（二）、（五）類是合乎六書原則的，教師需要做文字六書的說明，（一）、（三）、（四）類全在於學生想像力的發揮。又，如何從文字畫入徑到漢字詩呢？文字畫中可以找出好詩題材，因只有文字，不易保存和流傳，轉化成漢字詩，則圖文配合，詩畫合一。如上述的「公」、「迴」、「過」、「桑」、「囚」、「晶」……等皆是好題目。比如：

> 哈哈！嘴巴居然被堵住了／你不能罵我了吧！看你還能不能說大話？（〈田〉，黃子倫竹大附小四年五班）[58]
> 好痛／看誰把刀子藏在心臟裡／痛死我了！（〈必〉，黃子倫竹大附小四年五班）[59]

---

[58] 見培根寫作中心網站「2009年春季w4401班有趣的文字詩」，見http://ebacon. pixnet. net/blog，2010年3月20日。
[59] 同上注。

兒童愛用畫補其思想之不備，此二首皆有栩栩如生之圖像（Image），畫和詩視域交融，做到「詩畫交融。」之境。

（三）如何做漢字詩教學

有了字謎和文字畫的基礎，啟開了學童想像力，再教漢字詩就簡單易行了。為了教學，筆者寫了六首「甩」字，先進行圖表講解（如圖四），並以分組討論、角色扮演、畫出文字謎的方式進行，教師由場面主角退居到助角當屬最佳。進行圖表如下：

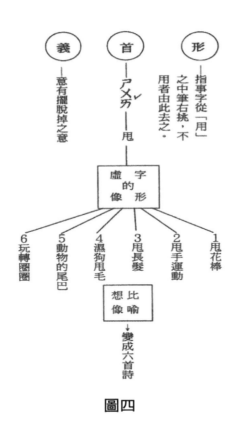

圖四

筆者用「甩」這個指事字聯想出二首詩作示範並討論：例詩如左：

　　　　小女孩走在樂隊前方／當她把手中的花棒／甩向半空中／樂隊熱烈地演奏起來／像一顆音符／從一首歌裡飛出／小女孩向前走兩步／又把那音符／輕鬆地接了回來（〈甩花棒〉）[60]

　　　　抓好我的雙臂／爸爸說：要轉囉！就陀螺似的快轉起來／我是緊粘著他的／一截小花繩咯咯咯的笑聲像噴泉／爸爸把我的笑聲／甩來甩去（〈圈圈〉）[61]

　　如前所述，如「甩」有關的場景至少就有五、六個，限於篇幅，此處僅列出二首。孩童其實知道很多場景，但都是片斷、零散的在長篇，散文、論文中很難用到，只有在「輕薄短小」的詩中較好經營，這也是孩童愛寫童詩的原因。

　　寫詩的技巧就是在觀察生活的點點滴滴，將它放大，分解，或叫它「停格」在某處，好讓我們能記下一個景、一個畫面。寫詩就是在找「頭」、找這個「焦點」，這個「共同點」。「文字」剛好就是這「焦點」，如「甩」字剛好就是許多動作的焦點，甩花棒找到了「甩」字，只要再加一點點想像、比喻，「接花棒」成了「接音符」，就成了一首「字的想像」詩了。（參閱圖四）

---

[60]　夏婉雲《坐在雲端的鵝──兒童文字詩創作集》，頁175。
[61]　同上註，頁95。

（四）學生作品成果展現

實驗組學生就「甩、回、品、只、晶、哭、辛……等」諸字習作，得到的佳作如下，比如「甩」字詩：

> 穿上媽媽的長襯衫／妹妹把袖子甩來甩去／像是歌仔戲的楊麗花（〈袖子〉，木柵國小年級陳仕傑）[62]

> 怕痛的弟弟急忙甩著頭／說他再也不敢了／他的頭不停的搖／終於搖下媽媽的棍子（〈甩頭〉，木柵國小四年級　王巧帆）[63]

其他以「品」字詩的練習為例：

> 教室裡／一大堆嘴巴在動／像機關槍ㄅㄚ　ㄅㄚ　ㄅㄚ／打個不停／老師一來，機關槍就／停止掃射了（〈講話〉，木柵國小四年級　劉光堯）[64]

七、結論

中國字是象形文字，它是表達心意，記錄語言的圖形符號，漢字詩即著眼於此而創，漢字詩並非只以合乎六書原則來寫的詩，

---

[62] 筆者學生現場練習作品，未發表。
[63] 筆者學生現場練習作品，未發表。
[64] 筆者學生現場練習作品，未發表。

不合乎六書原則的詩正可以玩出字的拆散、奇想、排列之趣味。這些詩可以擴大學生的想像力，讓學生的奇想遨翔於天際。如一筆一劃教教漢字、死記部首筆順，最是枯燥無味。中國字形、音、義的運妙不可言，正足以由「字」中訓練學生的想像力，教師如能引導學生「胡思亂想」，必得漢文字佳詩。以不合乎造字原則所做之詩，是以文字作思考的焦點‧以字為中心，向外擴展、輻射，作「拆散、想像、奇想」的功夫，使學生想法較具體，認字效果增加，寫詩也較易入手，可以成為華文及詩教學發展的另一面小天空。

　　本文即先就文字與思維的關係、文字本身可能引發的魅力和方向，探究擴張漢字的視域和增長認字的觸鬚之可能，次就如何透過造字原則或非造字原則，使漢字成為有趣的詩教學與文字教學結合的各種方式加以探究。末了則舉例闡明筆者在此領域所做的教學實驗，由例證中可看出在文字教學中，參入漢字詩的欣賞與創作，對學習者而言將可增添趣味和創意，強化認字的效果。

（2010年4月3日4月，應邀出席由香港大學中文系主辦（召集人黎活仁），本文發表於廈門大學《兩岸三地華文教學研討會》）。

附錄

夏婉雲文學年表

1951　3月，出生於屏東，祖籍湖北鄂城，二歲搬至花蓮。

1963　就讀花女初中部（小學讀花蓮空小，小四文章被登在國語日報）。

1966　考入花蓮師專，花師頗重視藝能科，參加文藝社，讀經典小說，並做過「愛智社」社社長。

1971　分發至臺北市玉成國小任教。

1972　轉任臺北市永建國小教書，在此做級任老師十年，1974年插班考入淡江夜間部，這是開放給五專生就讀的唯二夜校，全省八所師專生要升學的北部老師全匯集於此碰撞，對來自花蓮鄉下的我，震撼甚大。

1975　插班臺灣師範大學國文系三年級，受完整中文古典教育，1978年畢業。

1976　師大兒教社徵童詩，以〈大海〉獲第三名。

1978　寫兒童文學，1月，28日獲《洪建全兒童文學獎》童詩獎第一名。

1979　師大畢業，白天繼續教國小，夜間擔任耕莘青年寫作會秘書。

1981　8月，1日以〈瞎〉獲第二屆《布穀鳥兒童詩獎》，在宜蘭羅東頒獎。

考上國中教師甄試，分至臺北縣石碇國中，做國文科老師達三年。

1984　中華民國兒童文學學會成立，為發起人之一。

1985　因喜愛兒童文學，從國中回任國小教師，在臺北縣大豐國小做級任四年，並任臺北縣兒童文學輔導員3年。

1986　陳龍安教授邀約編寫「兒童身得壯德智體群」故事錄音帶，負責「智」部分。開始在國語日報教作文及兒童文學課。4月，6日得臺北市社會局兒歌獎第二名、扶輪社兒歌獎佳作。

1987　〈彩虹精靈大競賽〉獲民生報兒童文學獎童話獎。

1988　考上北縣蘆洲國小輔導主任，未上任。6月，圖畫故事《穿紅背心的野鴨》由國語日報出版。

　　　《穿紅背心的野鴨》獲新聞局金鼎獎，日後成為暢銷書，首版二十刷。

　　　8月，轉任臺北市木柵國小開始作組長達三年，受王天福校長邀約協助「臺北市兒童文學教育學會」工作以及「國語科輔導團」團務，開啟擔任國語科輔導員長達13年，每週至一國小輔導。

　　　以〈蜂炮城〉獲民生報兒童文學兒童散文獎。

1989　擔任臺北市兒童文學教育學會總幹事，以及「中華民國兒童文學學會」理事，至此在後者擔任理監事已30多年。

1990　11月，兒歌《文字詩的悄悄話》由東穎出版社出版。

　　　12月，30日獲「臺北市兒童文學教育學會」第一屆成人創作獎。

1991　考主任，在木柵做總務、訓導主任三年，在木柵共服務六年。

1992　6月，文字童詩《坐在雲端的鵝》由富春出版社。

〈野馬鎮的傳奇〉獲第十一屆柔蘭兒童文學獎兒童故事組佳作。

7月至1994年二個暑假，在臺北市立師院修二十個輔導學分。

1993　5月，30日得第二十六屆中國語文獎章。

轉任臺北市興德國小作總務、訓導、教務主任五年。

6月，和主任班蔡淑桂合寫研究論文《圖表作文教學法對兒童創造力、作文焦慮之影響》由臺北市教師研習中心。

6月，童話集《愛吃雞腿的國王》由企鵝（大千）出版社出版。

1994　6月，獲得臺北市政府研究論文著作獎，論文集《圖表作文教學法對作文能力之影響》。

1995　5月，兒童散文《文字小拼盤》由新苗出版社，5月，兒歌《ㄅㄆㄇ園地》由億霖文化公司出版。經作家李潼介紹寫〈山羊是除草機〉、〈奶嘴樹〉兩兒歌譜成曲，出版成「皓皓兒歌錄音帶」。

1996　《文字小拼盤》獲「臺北縣教師出版著作」佳作獎。

1996　6月，出版兒童散文《快樂學文字》，新苗出版社。

1996至2000年四個暑假，讀臺北市立師院國民教育研究所40學分班結業。

1997　9月，文字童詩《坐在雲端的鵝》第二版。

1999　11月，圖畫故事書《穿紅背心的野鴨》入選「一九四五年以來臺灣兒童文學100」。

2000　8月，轉任臺北市指南國小作總務主任一年。

12月，17日以〈小鴨鴨〉獲文建會第一屆兒歌百首徵文佳作獎，從1000多首中脫穎而出。

2001　8月，31日以〈通關密語〉獲臺灣省第十四屆兒童文學創作

獎童話佳作。

12月，22日以〈大象走路〉、〈大老鷹〉獲第二屆兒歌百首優選獎及佳作獎。

12月，23日以〈貓空戀〉獲文建會頒「文學講古──鄉鎮的故事」徵文散文佳作。四個獎紛來沓至，萌生退休，專職寫作。

2002 　提出退休，1月，14日以〈誰來指南〉獲第四屆臺北市「臺北文學獎」散文佳作，從493件中名列前10名，文登中國時報副刊。

2月，1日，教育界服務30.5年退休，準備考兒童文學研究所。2月，兒童散文《大冠鷲的呼喚》富春出版社出版。

7月，1日考入臺東大學兒文所暑期部，讀四年，白天至政大、臺大旁聽，排滿哲學系、中文系課。

10月，31日，獲得花師傑出校友獎、鐸聲獎；12月，21日以〈臺東的都蘭山〉獲第三屆兒歌百首佳作獎。

2003 　8月，書寫「中華兒童叢書」徵文獲得入選。8月，20日以〈花蓮是一種聲音〉獲2003花蓮文學獎散文佳作，至松園休憩三小時待獎。

2004 　8月，20日，寫松園〈護身符〉獲2004花蓮文學獎小小說徵文佳作。

2005 　5月，〈從意向性與時間性分析兩首童詩〉，刊於《臺灣詩學學刊》第七號。

6月，取得兒童文學碩士，碩論為《童詩時空觀之研究》，欲考博士班。

10月，14日以「神的衣服」獲臺中市「大墩文學獎」童話

首獎。

11月，〈當下、空間情境化與童詩寫作〉刊於《臺灣詩學學刊》第八期。

2007　1月，獲國藝會出版補助，4月，以輔助經費出版《童詩時空的設計》，（富春文化）。

6月，論文〈從向明的童詩看文學時空的指向〉發表於「向明詩作研討會」，此在北教大舉行。此文收在《儒家美學的躬行者：向明詩作學術研討會論文集》，（萬卷樓）。

11月，出版《婉約詞人：李清照》（臺北：三民）。

2008　4月，出版《用想像力玩作文》（新北市：幼福文化）。

8月，考上文化、佛光、淡江三所中文博及中興推甄備一；銘是華語文研究所，是否讀可獲利的「華語文研究所」長考旬月，最後選擇淡江中文博。

2009　10月，博一論文〈論簡政珍火詩的意涵結構〉發表於第五屆東吳「漢學多元化」學術研討會），並刊於《臺北，《有鳳初鳴年刊》（第五屆東吳大學出版社。頁165-182。）

長期坐讀，致使臀部肌肉僵硬疼痛達五年，四處求醫，至政大、臺大上課皆站立上課。

2010　4月，3日應邀至廈門大學「兩岸三地文史哲研討會」，發表論文〈李清照孤獨意涵的詮釋〉此由港大中文系主辦（召集人黎活仁）。

4月，4日接著在廈大「華文教學研討會」發表論文〈漢字詩創作與教學之研究〉，此亦由黎活仁主辦。

6月，應邀至北京，出席由北大、首都師大主辦之「兩岸四地第三屆當代詩學論壇」，發表論文〈臺灣詩人唐捐身體詩

生發的時空〉。

12月，應邀至珠海，由港大黎活仁主辦、在珠海國際學院之
白靈詩作研討會），發表論文〈白靈童詩中的幾種時間〉並
獲刊於《臺灣詩學學刊》（第18號，臺灣詩學出版。

2011　1月，9日論文〈《我的媽媽是精靈》中的延緩與超時間〉發
表於「文化與閱讀—少年小說創作與閱讀學術研討」，（中
華民國兒童文學學會主辦）。

9月世新大學任兼任講師，教授「華文文法」。

2012　7月，〈李清照孤獨意涵——〉刊於《世新中文研究集刊》
第八期，世新大學中文系出刊。

10月，論文〈論唐捐身體詩生發的時空〉刊於湖北武漢《江
漢大學學報》（人文科學版）第5期。

2013　6月，取得淡大博士，博論為《臺灣詩人的囚與逃—以商
禽、蘇紹連、唐捐為抽樣》。

9月，平日黃昏在教作文袁保新教授介紹應聘至新竹明新科大
教授週五「大一國文」一年，週六順至新竹空大面授「繪本
與插畫」二學期，再從新竹週日至明道大學中文所烏日學分
班教授「新詩創作與研究」。

2014　4月，博士論文獲「臺灣詩學季刊社」論文獎助。

6月，出版經典少年遊系列《老殘遊記：帝國的最後一
瞥》，（大塊文化）。6月，〈永恆的母題：臺灣詩人的囚
與逃〉登於臺灣詩學學刊23期。

7月，〈遠土的囚與逃——商禽的原質追索——〉登於當代
詩學第9期。

9月，30日，辛苦至中部明道大學兼課，由明道大學送審，

教育部審定，取得部定助理教授資格。

9月，〈商禽的守望、飛行與生命變位〉登於創世紀詩雜誌季刊180期秋季號。

9月，應聘至輔大兼任助理教授，教授大學國文至今五年，並在臺北空大面授「繪本與插畫」二學期，週日再至明道大學土城班授課二年。

2015　1月，〈蘇紹連詩中的缺位、擬態──〉刊於當代詩學年刊第八期。

1月，應殷善培主任之聘至淡江大學兼任助理教授，教授「寫作訓練」至今。

4月，出版博論《臺灣詩人的囚與逃：以商禽、蘇紹連、唐捐為例》，（臺北爾雅）。

6月，〈唐捐詩文中的乩童意象和幻土追索〉刊於臺灣詩學學刊25期，頁7-35。

9月，〈從紀弦「吠月之犬」到商禽的「阿米巴弟弟」〉刊於創世紀秋季號184期，頁155-159。

12月，30日淡大辦「現代詩的回顧與展望──何金蘭學術研討會」，發表〈尹玲詩中的逃逸與抵抗〉論文，此論文審過登於《臺灣詩學學刊》（第二十七期，2016年5月），並見於《淡江大學論叢──尹玲評論集》。

11月，6日以〈父親的陂塘〉獲桃園縣鍾肇政文學獎新詩類佳作，獲獎通知時為父親入殮日（先父10月31日仙逝）。

2016　1月，應鍾正道主任之聘至東吳大學兼任助理教授，教授「兒童文學及習作」。

7月，耕莘寫作會金50周年慶，本人擔任七本「耕莘文叢」

的總編輯，工程浩大，整整忙碌一年；這七本是白靈、夏婉雲編《耕莘50詩選》、《耕莘50小說選》、《耕莘50散文選》、《耕莘寫作會研究班文集》、《耕莘50紀念文集》、《葉紅女性詩獎精選集》、《陸達誠神父口述史》，17日，在紀州庵辦新書發表會。

7月，23至27日應邀出席泰國小詩磨坊十週年慶，並發表論文〈以高德曼發生學結構主義解析泰華詩人曾心、楊玲兩首詩〉，同年底刊於創世紀詩刊，曾登曾心、楊玲兩詩的分析簡文。

8月，前往巴西旅遊一個月。

10月，27日，開始向葉莎學習如何寫詩，上8次課，頗有收穫。

11月，以〈正在掉落的桐花——與父親同遊土城公園〉一詩，獲新北市文學獎黃金組佳作。

12月，30日，散文〈扣〉，獲新北市黃金組首獎，同時〈失落的水圳遺址〉獲漫遊書寫組第二名。

2017　2月，應淡江中文系之邀，送十首詩，選入《淡江詩選》

2月，12日至18日全家去沖繩6天，慶祝第三外孫女周歲。

3月，31至6日隨何金蘭（尹玲）教授赴越南胡志明市參觀7日，見到杜風人等詩人；杜風人坐輪椅來見，其19歲考取臺灣政大，為省船票，偷渡來臺，半工半讀四年；在越戰期間至美國開餐廳，後回到越南，傷及脊椎，帶病赴中國學中醫，取得中醫師執照，回越南開中醫診所。5日，應邀至詩人余問耕所辦華語學校演講「華語教學」。

5月，18至25日，應廈門作家協會之邀，和郭漢辰、特穆爾出席「第五屆海峽兩岸文學筆會」，赴廈門、福州、寧德

（8日），發表論文〈臺灣廟會的綻放〉。

11月，18至27日和同學赴日本京都賞櫻8日。

2018　4月，〈孫想四帖〉獲選入《2017年臺灣年度詩選》

4月，26日，新北市文化局安排至新北圖書館總館和作家廖玉蕙對談文學。

8月，新北市文化局安排至板橋林家花園和作家向陽座談文學。

11月，24日至2日，應緬甸五邊形詩社邀出席第十六屆亞細安華文文藝營，會中發表〈走在水面上的詩人——以發生學結構主義解析緬華號角、轉角兩首詩〉的論文，會後至曼德勒、臘戌、仰光巡迴作文講座。

12月〈「內／外」、「遠／近」的關係——試論泰華詩人曾心、楊玲兩首詩〉論文登於《華人文化研究》第六卷第二期（南洋文化學會編印）。

秀威經典　　　　　　　　　　　臺灣詩學論叢13　PG2181

時間的擾動

作　　　者／夏婉雲
主　　　編／李瑞騰
責任編輯／林昕平
圖文排版／楊家齊
封面設計／楊廣榕

出版策劃／秀威經典
發 行 人／宋政坤
法律顧問／毛國樑　律師
印製發行／秀威資訊科技股份有限公司
　　　　　114台北市內湖區瑞光路76巷65號1樓
　　　　　電話：+886-2-2796-3638　傳真：+886-2-2796-1377
　　　　　http://www.showwe.com.tw
劃撥帳號／19563868　戶名：秀威資訊科技股份有限公司
　　　　　讀者服務信箱：service@showwe.com.tw
展售門市／國家書店（松江門市）
　　　　　104台北市中山區松江路209號1樓
　　　　　電話：+886-2-2518-0207　傳真：+886-2-2518-0778
網路訂購／秀威網路書店：https://store.showwe.tw
　　　　　國家網路書店：https://www.govbooks.com.tw

2018年11月　BOD一版
定價：420元
版權所有　翻印必究
本書如有缺頁、破損或裝訂錯誤，請寄回更換

國家圖書館出版品預行編目

時間的擾動 / 夏婉雲著. -- 一版. -- 臺北市：
秀威經典, 2018.11
　　面；　公分. -- (臺灣詩學論叢 ; 13)
BOD版
ISBN 978-986-97053-0-1(平裝)

1. 臺灣詩　2. 新詩　3. 詩評

863.21　　　　　　　　　　　107019217

讀 者 回 函 卡

感謝您購買本書,為提升服務品質,請填妥以下資料,將讀者回函卡直接寄
回或傳真本公司,收到您的寶貴意見後,我們會收藏記錄及檢討,謝謝!
如您需要了解本公司最新出版書目、購書優惠或企劃活動,歡迎您上網查詢
或下載相關資料:http:// www.showwe.com.tw

您購買的書名: ＿＿＿＿＿＿＿＿＿＿＿＿＿＿＿＿＿＿＿＿＿＿＿＿
出生日期: ＿＿＿＿年＿＿＿＿月＿＿＿＿日
學歷:□高中 (含) 以下　　□大專　　□研究所 (含) 以上
職業:□製造業　□金融業　□資訊業　□軍警　□傳播業　□自由業
　　　□服務業　□公務員　□教職　　□學生　□家管　　□其它＿＿＿
購書地點:□網路書店　□實體書店　□書展　□郵購　□贈閱　□其他
您從何得知本書的消息?
　□網路書店　□實體書店　□網路搜尋　□電子報　□書訊　□雜誌
　□傳播媒體　□親友推薦　□網站推薦　□部落格　□其他＿＿＿＿＿＿
您對本書的評價:(請填代號　1.非常滿意　2.滿意　3.尚可　4.再改進)
　封面設計＿＿＿　版面編排＿＿＿　內容＿＿＿　文／譯筆＿＿＿　價格＿＿＿
讀完書後您覺得:
　□很有收穫　□有收穫　□收穫不多　□沒收穫

對我們的建議: ＿＿＿＿＿＿＿＿＿＿＿＿＿＿＿＿＿＿＿＿＿＿＿＿

＿＿＿＿＿＿＿＿＿＿＿＿＿＿＿＿＿＿＿＿＿＿＿＿＿＿＿＿＿＿＿

＿＿＿＿＿＿＿＿＿＿＿＿＿＿＿＿＿＿＿＿＿＿＿＿＿＿＿＿＿＿＿

＿＿＿＿＿＿＿＿＿＿＿＿＿＿＿＿＿＿＿＿＿＿＿＿＿＿＿＿＿＿＿

11466
台北市內湖區瑞光路 76 巷 65 號 1 樓

秀威資訊科技股份有限公司　　　收
BOD 數位出版事業部

．．．

（請沿線對折寄回，謝謝！）

姓　　名：＿＿＿＿＿＿＿＿　年齡：＿＿＿＿　性別：□女　□男

郵遞區號：□□□□□

地　　址：＿＿＿＿＿＿＿＿＿＿＿＿＿＿＿＿＿＿＿＿＿＿

聯絡電話：(日)＿＿＿＿＿＿＿＿＿　(夜)＿＿＿＿＿＿＿＿＿

E - m a i l：＿＿＿＿＿＿＿＿＿＿＿＿＿＿＿＿＿＿＿＿